LA BRÉSILIENNE

ROMAN PARISIEN

PAR

UN ABSENT

Feuilleton du RAPPEL

PARIS

IMPRIMERIE SPÉCIALE DU *RAPPEL*

18, rue de Valois, 18

1876

LA BRÉSILIENNE

ROMAN PARISIEN

PAR

UN ABSENT

Feuilleton du RAPPEL

PARIS

IMPRIMERIE SPÉCIALE DU RAPPEL

18, rue de Valois, 18

1870

LA BRÉSILIENNE

ROMAN PARISIEN

Le drame que nous allons raconter, bien qu'atroce dans plusieurs de ses détails, n'a eu qu'un faible retentissement. Le public n'en a jamais connu les péripéties exactes. Il n'a vu que le dénouement, auquel il n'a rien compris.

Quelques personnes ont supposé, deviné une partie de la vérité, mais en petit nombre ; et elles se sont tues d'ailleurs, ne pouvant apporter aucune preuve à l'appui de leur opinion.

On causa, pendant vingt-quatre heures de la catastrophe inattendue qui frappait une grande famille, puis on pensa à autre chose.

Il n'en pouvait être différemment. Les acteurs du drame étaient trop haut placés et avaient trop d'intérêt à étouffer l'affaire, pour qu'elle ne restât pas à peu près secrète.

En voici, aujourd'hui, le récit complet.

I

L'Hôtel de Sergy

Le comte de Sergy occupait, en l'année 1863, l'un des plus beaux hôtels du faubourg Saint-Honoré. Cet hôtel avait pour façade sur la rue une immense porte cochère, derrière laquelle on apercevait, au fond d'une cour large et soigneusement sablée, le perron élégant et les hautes fenêtres du bâtiment d'habitation, élevé de deux étages seulement. Au-dessus du toit, on distinguait, dénudées par les approches de l'hiver, les branches supérieures de quelques arbres. En effet, la partie de l'hôtel qui regardait du côté des Champs-Élysées, donnait sur un assez grand jardin, plein d'ombre, de fraîcheur et de senteurs, à la belle saison. Ce jardin s'étendait jusqu'à l'avenue des Champs-Élysées, où il se terminait par une grille, ouvrage remarquable de serrurerie moderne.

M. le comte de Sergy était un homme important et riche, décoré de tous les cordons et de tous les aigles, bicéphales ou non, que produit l'Europe monarchique. Sa noblesse était d'ailleurs tout à fait ancienne et authentique.

Bien qu'il appartînt à l'opinion légitimiste par sa naissance, il était de ces grands cœurs qui ne refusent jamais de servir la France sous tous les gouvernements, dans les hauts emplois largement rétribués.

Sous Louis-Philippe, député agréable, il allait devenir pair de France de la branche cadette, comme son père l'avait été de la branche aînée, quand éclata la révolution de 1848. Ne reconnaissant plus la France dans le gouvernement provisoire, il ne fit point partie de l'Assemblée qui constitua la République ; mais il se laissa élire à la Législative.

Le coup d'État l'ayant d'abord fourré en prison, M. de Sergy s'éloigna du second empire, qui ne lui offrait rien du tout. En voyant cependant à l'œuvre le nouveau souverain, il comprit vite que le prince expéditif qui nettoyait si bien la France de tout esprit de liberté, de toute institution démocratique, représentait à son tour la France. Il brigua pour la troisième fois la confiance des électeurs. Une bonne candidature officielle, en Normandie, où il possédait, du reste, un vieux château, lui valut un siège au Corps législatif, avec l'espoir justifié d'obtenir, un jour ou l'autre, une ambassade, ou même un ministère.

À l'époque où nous avons l'honneur de le rencontrer, M. de Sergy pouvait avoir soixante ans. Mais il ne les paraissait pas ; les gens de sa sorte vivent vieux ; ces conservateurs se conservent étonnamment, ce qui provient évidemment de la solidité imperturbable de leur conscience.

Le rez-de-chaussée de l'hôtel de Sergy était occupé par les pièces de réception et d'apparat. Deux appartements, séparés par une vaste antichambre, composaient le premier étage : à droite l'appartement du comte, et à gauche l'appartement de la fille ; car M. de Sergy était époux et père.

Au second étage l'appartement principal était occupé par une jeune parente, cousine de Mme de Sergy, née au Brésil, pauvre, orpheline, et recueillie six ans auparavant par la comtesse, qui avait cru de son devoir de ne point l'abandonner. On l'appelait dans la maison Mlle Balda.

Cet étage avait également contenu le petit logement du fils aîné de la maison, Lucien, absent depuis plusieurs années.

Il était environ huit heures du soir. La journée avait été une de ces journées de l'automne parisien, humides et sombres, dont la lumière indécise s'étend sur la ville maussade comme un linceul gris. Avec la nuit, avait commencé une pluie glacée, menue et monotone. Seulement, — rien n'existe que par contraste ou comparaison, — ce temps âpre et lugubre au dehors ne faisait paraître que plus doux et plus chaud le confortable et luxueux intérieur de l'hôtel de Sergy, et surtout, dans son grand goût et dans son élégant ameublement, le salon particulier de l'appartement de la comtesse.

Un vieux domestique était en train d'activer le feu dans la cheminée de ce salon, quand une jeune femme de chambre entra, portant de ses deux mains une grande lampe allumée, en porcelaine de Sèvres bleu de roi, adoucie par un abat-jour et par un globe dépoli. Elle posa cette lampe sur un guéridon, auprès d'un vaste fauteuil de velours, large et profond, dont la vue attristait sans qu'on sût pourquoi, et faisait rêver de larmes et de maladie.

— Comment va Mme la comtesse, ce soir, mademoiselle Julie ? demanda le vieux domestique.

— Pas trop bien, monsieur Germain ; madame est toujours d'une faiblesse !...

— Madame doit être pourtant bien contente aujourd'hui ?

— Ah ! vous savez donc la grande nouvelle, monsieur Germain ? Qui a pu vous dire ?...

— Eh! c'est Mlle Lucie. Je suis un vieux serviteur, voyez-vous, et elle n'a pas de secret pour moi, cette chère enfant.

— Eh bien, oui, M. Lucien est en route pour revenir ; madame a reçu ce matin la lettre qui le lui annonce. Mais, avec sa maladie de cœur, les émotions, même de joie, ne sont pas bonnes. Ainsi, madame, malgré sa potion, n'a pas pu dormir, dans la journée, ses deux heures, qui, avec deux heures de nuit, sont tout son sommeil.

— Oui, madame est délicate, mais elle est nerveuse, elle résiste. Et elle résistera longtemps ; vous verrez.

— Possible ! mais alors, ce serait à une condition qui, dans l'état des choses, n'est malheureusement pas facile à remplir :— à la condition qu'on la ménage, qu'on lui épargne toute secousse...

— Oh! quand M. Lucien sera là, le bonheur continu la sauvera, j'en suis sûr.

— Dites donc, monsieur Germain, il y a dans la maison une autre personne qui sera moins heureuse de ce retour.

— Mlle Balda ! je crois bien ! C'est à cause d'elle que M. Lucien a été obligé de partir, il y a trois ans.

— Ah ! c'est donc vrai ?

— Oui, et c'est malgré elle qu'il revient, j'en réponds !

— Malgré son père aussi, peut-être ?

— Je n'en sais rien. En tout cas, M. Lucien a vingt-et-un ans à présent. Il est majeur ; et si Mlle Balda...

— Chut ! c'est elle ! dit vivement la femme de chambre.

En effet, Balda venait d'ouvrir doucement la porte et d'entrer dans le salon sans bruit.

— Lucie n'est pas là ? demanda-t-elle.

— Non, mademoiselle, dit sèchement Julie, en appuyant d'une façon particulière sur le mot *mademoiselle*.

— Savez-vous si elle est dans sa chambre ?

— Non, mademoiselle.

— Mme de Sergy est-elle visible ?

— Non, mademoiselle.—Madame n'a pas dormi dans la journée; elle essaye de reposer, et m'a défendu de la déranger. Elle ne recevra pas ce soir.

— Elle n'est pas plus malade? demanda Balda avec une certaine vivacité.

— Nous espérons bien que non ! dit la suivante.

— Nous l'espérons tous ! ajouta Germain.

— C'est bien, répondit froidement Balda. La consigne n'est point pour les personnes de la famille. Je l'attendrai ici.

— Mais... dit Julie intimidée de son accent.

— Vous pouvez vous retirer, reprit Balda.

Sur ce mot, la femme de chambre se redressa, et, se tournant vers Germain :

— Monsieur Germain, lui dit-elle, votre service vous appelle sans doute auprès de M. le comte. Moi, je suis au service de Mme la comtesse, et j'attends ses ordres.

— Bien répondu! grommela Germain ; et il se retira.

Mais Balda n'avait même pas paru entendre la femme de chambre. Elle s'était approchée de la cheminée, et chauffait successivement à la flamme le bout de ses petits pieds.

—

II

Les deux femmes

Balda était plutôt petite que grande. Sa taille, bien prise et mignonne, et ses formes délicates, lui donnaient toute l'apparence d'une jeune fille, bien qu'elle ne fût plus déjà de la première jeunesse. Elle avait vingt-sept ans, et elle en paraissait dix-sept.

Sa physionomie frappait tout d'abord, sans que l'on pût juger si elle était jolie. Il fallait s'y habituer, s'y faire, se laisser pénétrer ; et alors, on comprenait que, sous cette apparence inoffensive et ingénue, il se dégageait de cette femme une sorte d'attrait puissant, d'autant plus redoutable et plus irrésistible que rien ne vous mettait en garde, et qu'à l'instant où vous le perceviez, il avait déjà accompli son œuvre d'envahissement et de conquête.

La tête était petite, développée dans la partie supérieure, renflée aux tempes, et allait en diminuant des pommettes à l'extrémité du menton. Le front, assez grand et bombé, dominait deux yeux bleus, mais d'un bleu intense, qui n'avait rien de commun avec les diverses nuances où il se rapproche insensiblement soit du gris, soit du vert; c'était du bleu—bleu. Immenses, longs, bien fendus, on ne voyait qu'eux dans toute la figure; bien que le regard manquât généralement de vivacité, et parût plutôt concentré ; — singulier regard, qui fait dire des gens qui le possèdent, qu'ils « regardent en dedans ». Sa fixité devenait parfois inquiétante pour celui qui le rencontrait tout à coup.

Cependant ces yeux étranges et magnifiques savaient s'animer à l'occasion. Ils pouvaient se charger de caresses ; ils pouvaient devenir terribles sous l'empire d'une passion violente. Habituellement, les longs cils châtains qui les ombrageaient leur donnaient une grande douceur, et leur expression semblait celle de la candeur un peu étonnée et interrogative des vierges.

Les sourcils minces et foncés, les cheveux abondants, fins, à reflet doré, relevés sur les tempes, achevaient d'éclaircir et de mettre en relief cette partie de la figure.

Le bas, moins développé, était gracieux, et, pour ainsi dire, enfantin. Le nez, petit, avait les narines mobiles. Petite aussi était la bouche, mais rouge, quoique les lèvres fussent un peu trop minces; petit le menton; petites les oreilles finement modelées.

Le teint, généralement pâle, et pâlissant encore au choc de la moindre émotion, donnait quelque chose d'intéressant à cet ensemble, qui, une fois entrevu, vous occupait comme une vivante énigme.

Pour M. de Sergy et pour la plupart des hommes, c'était une tête angélique.

Les femmes, au contraire, y démêlaient un air de fausseté et de ruse, et déclaraient « qu'il n'y a pire eau que l'eau qui dort. »

S'il est vrai que presque tous les êtres humains ont primordialement quelque chose d'un animal quelconque, Balda, avec son air doux, innocent et endormi, devait tenir de la chatte, ce diminutif du tigre.

Le costume de Balda, simple et modeste comme sa personne, semblait calculé pour n'éveiller aucune attention; mais, admirablement proportionné à ses formes, il en faisait ressortir l'aspect juvénile et la gracilité presque enfantine.

Elle portait une sorte de robe de chambre, dont le corsage n'était point ajusté, mais qui s'amincissait à la taille sans la presser, suivait les contours des hanches, tombait droite sur le devant et les côtés, et s'allongeait par derrière en deux gros plis souples. Cela moulait discrètement le corps, et le faisait voir, en paraissant seulement le faire deviner.

Cette robe gris-clair, faiblement échancrée en cœur à la racine du cou, dont les attaches élégantes se dégageaient au regard, n'avait d'autre ornement que des revers et des parements du bleu des yeux. Des manches demi-plates, et dessinant le bras, sortait une main toute petite, blanche, souple, ni maigre ni grasse, et terminée par des ongles transparents.

Nul bijou; pas même de boucles d'oreilles ; pas une bague, pas un ruban ; rien dans les cheveux.

Quand Germain fut sorti, il régna, pendant quelques minutes, dans le salon, un silence profond, interrompu seulement par le pétillement joyeux des tisons.

La femme de chambre, pour se donner une contenance, affectait de mettre un peu d'ordre sur la table, encombrée de divers objets laissés là par Lucie. Balda, debout devant la cheminée, tournait le dos à Julie, qui l'observait en dessous.

La pendule sonna la demie de huit heures ; puis on entendit un léger bruit dans la chambre à coucher de Mme de Sergy.

Julie se dirigea vivement vers la porte de communication, tandis que Balda se retournait lentement, de façon à voir de face la personne qui allait entrer.

Sa figure était parfaitement calme; seulement un observateur eût remarqué que la pâleur ordinaire de son teint avait un peu augmenté.

La porte s'ouvrit au moment où Julie

mettait la main sur le bouton, et Mme de Sergy parut.

C'était une femme grande et maigre, que sa maigreur faisait paraître plus grande. Elle avait les joues creuses, les traits longs et réguliers. Ses yeux noirs, et entourés d'un large cercle dessiné par la maladie, l'insomnie et le chagrin, brillaient d'un éclat fiévreux. Sa figure avait de la distinction, et avait dû avoir de la beauté, une beauté aristocratique, trop régulière et quelque peu froide. Mais la souffrance, physique et morale, avait imprimé sa trace sur chaque ligne, adoucissant et flétrissant ce qu'elle touchait.

Tout, chez elle, indiquait la surexcitation nerveuse et l'exaltation maladive ; rien n'indiquait la volonté ferme qui ne plie pas.

On devinait, à la voir, que cette femme, d'abord choyée par la vie, avait été surprise par la lutte et la douleur sans y être préparée, et n'avait su ni se mettre au-dessus avec résolution, ni céder avec résignation.

Ce qui frappait en elle, à première vue, c'était la dignité tempérée par la bonté, et la bonté dévoyée, exaspérée par quelque profonde commotion. C'était assurément là une nature altière à l'extérieur, timide au fond ; à la fois faible et passionnée.

La comtesse était vêtue de noir, et comme en deuil.

Ses gestes avaient ce caractère saccadé, exagéré propre à certaines maladies qui troublent la circulation, et, par là, ébranlent le système nerveux.

Ses cheveux, jadis noirs comme le jais, à présent semés de fils d'argent, descendaient en bandeaux plats sur les joues, dont on pouvait suivre l'ossature, des pommettes à la mâchoire.

Bien qu'elle n'eût que quarante-deux ans, elle paraissait largement dix ans de plus. Cependant elle avait encore d'admirables dents, qui étonnaient entre ses lèvres décolorées et crispées par une expression d'amertume.

En apercevant Balda, Mme de Sergy s'arrêta brusquement, et presque pliant sur elle-même, comme sous un choc électrique. Un nuage de sang monta à son visage, puis disparut faisant place à une pâleur mortelle.

———

III

La lutte

Ce fut d'une voix entrecoupée par les secousses d'une palpitation évidente que Mme de Sergy dit à Julie, qui lui offrait le bras pour la conduire au fauteuil, près de la table ronde :

— Je vous avais dit qu'aujourd'hui je n'y étais pour personne, si ce n'est pour ma fille et mon mari.

— J'ai fait savoir votre volonté, madame, répondit Julie à demi-voix, mais de façon à être entendue de Balda ; *on* n'a pas voulu comprendre… et j'aurais craint… en insistant…

Mme de Sergy, comme si elle regrettait d'avoir trop laissé voir les sentiments que lui inspirait la présence inattendue de Balda, interrompit vivement Julie pour dire, en s'asseyant, à la femme de chambre, d'une voix plus douce et qu'elle cherchait à rendre indifférente :

— Merci, mon enfant. Laissez-moi.

Julie salua sa maîtresse avec un respect qui n'était pas affecté, et, passant devant Balda sans la regarder, sortit de l'appartement.

Il y eut un moment de silence. Ces deux femmes en présence savaient ou sentaient clairement qu'une lutte allait s'engager entre elles.

Mme de Sergy posa sur la table sa longue main diaphane et couleur de vieil ivoire, redressa la tête, et envisageant Balda en face, lui dit d'une voix sourde :

— Que me voulez-vous ?

Balda, qui était restée près de la cheminée, supporta ce coup d'œil hautain sans sourciller. Elle demeura ainsi sans bouger jusqu'à la fin, arrêtant imperturbablement son œil froid sur la comtesse ; et rien n'était insolent et insupportable comme cette attitude immobile et ce regard fixe.

Elle reprit, lentement, avec un calme suprême et une douceur indifférente, comme si elle n'avait rien vu, rien entendu, rien compris :

— Je cherchais Lucie. Je venais lui offrir mes soins. Vous savez, madame, que Lucie est attendue chez Mme de Solanges, à une soirée de jeunes filles où Mlle de Solanges réunit quelques amies de pension. Me trouvant chez vous,—contre mon habitude,—j'aurais cru peu convenable de me retirer sans vous présenter mes respects et m'informer de l'état de votre santé.

— Rassurez-vous, dit amèrement Mme de Sergy, ma santé est aussi mauvaise que possible.

Balda ne parut pas entendre.

— Je voulais également vous féliciter sur le bonheur qui vous arrive.

Mme de Sergy se souleva à demi ; ses yeux lancèrent un éclair.

— De quel bonheur parlez-vous ? dit-elle, d'une voix presque menaçante.

— Je parle du prochain retour de M. Lucien, répliqua Balda, toujours impassible, et dont la voix devenait plus douce à mesure que celle de de Mme de Sergy s'élevait et s'animait.

Mme de Sergy pâlit, se leva brusquement, tout d'une pièce :

— Assez ! s'écria-t-elle, avec un geste d'une violence inouïe, assez ! S'il est un nom que vous ne deviez jamais prononcer devant moi, c'est celui de Lucien, du fils qui, à cause de vous, a dû quitter la maison paternelle, où il ne pouvait voir de sang-froid votre triomphe et ma douleur !

Il y avait trois êtres que j'aimais : mon mari, mon fils et ma fille. Vous m'avez pris mon mari ; vous avez chassé mon fils… Et vous osez me féliciter de son retour prochain ! L'impudeur a ses bornes. Jouissez de mes larmes, je vous le permets ; mais n'essayez pas d'empoisonner mes joies, je vous le défends !

Balda ne perdit rien de son impassibilité apparente, en écoutant ces paroles passionnées et l'accent de mépris altier avec lequel elles étaient prononcées. Si sa pâleur augmenta et si un léger frémissement agita ses narines, la comtesse, dans la pénombre, ne put s'en apercevoir ; seulement les grands yeux de Balda fixés sur elle lui parurent s'agrandir encore.

Balda laissa passer un temps, puis, de la même voix impitoyablement douce et calme, elle reprit :

— Enfin, madame, reçue ici par vos domestiques, j'ai voulu rester pour me plaindre d'eux directement à vous, et pour vous dire que, si j'étais méchante, c'est à M. le comte de Sergy que je dénoncerais leur insolence.

C'était trop ! étaler et vanter devant la comtesse la toute-puissance qu'elle exerçait sur son mari, n'était ce pas délibérément vouloir la défier, l'exaspérer, la pousser à bout ? Mme de Sergy le comprit ; mais tout ce qu'elle put faire, ce fut de prendre assez sur elle-même pour imposer à sa colère la dignité et lui interdire la violence ; seulement, cet effort allait lui coûter plus que la violence même.

Elle se dressa, debout, et, s'avançant vers Balda, dans sa longue robe noire, qui flottait sur son corps amaigri comme de grandes ailes repliées.

— Mademoiselle, dit-elle, vous avez tout pris ici, et je vous ai laissé tout, par respect pour le nom du père de mes enfants, et pour sauver l'honneur, ne pouvant plus sauver le bonheur. Du naufrage de ma vie, je n'ai réservé que deux choses, mais auxquelles vous ne toucherez pas : — un sentiment, mes joies ou mes douleurs maternelles ; — et un asile, cet appartement, où le respect de moi-même, à défaut de la maladie, m'aurait clouée. En passant le seuil de cette porte, vous êtes chez moi. Le reste vous appartient. Allez !

Balda l'avait écoutée avec une sorte d'avidité ; on eût dit qu'elle était venue chercher ces malédictions et provoquer ces insultes

La comtesse avait évidemment dépassé la mesure de ses forces ; mais, par un prodige de volonté, elle se tenait debout, la main étendue, montrant à Balda la porte. Balda, loin de paraître écrasée par cet héroïque et suprême effort d'une âme outragée, semblait vouloir plutôt le prolonger comme quelque chose qu'on admire. Il était visible que, dès qu'elle serait dehors, ou seulement dès qu'elle n'aurait plus les yeux sur la comtesse, sa vaillante rivale retomberait épuisée. Balda ne se pressait pas de sortir, Balda soutenait de son regard fixe le regard irrité qui pesait sur elle ; et, même en marchant lente et silencieuse vers la porte, même en passant le front courbé devant la comtesse, elle tournait la tête de façon à ne pas perdre Mme de Sergy un instant de vue, faisant ainsi durer un temps mortellement long leur mutuel supplice.

Et quand enfin la porte se referma sur elle, ce n'était pas l'humiliation qui se peignait sur son visage pâle, c'était plutôt le triomphe; et un sourire étrange desserrait ses lèvres minces.

Mais ce ne fut que l'affaire d'un instant, elle composa tout de suite son visage, et, traversant l'antichambre, alla frapper un coup discret à la porte de l'appartement de M. de Sergy.

Un jeune groom, qui se tenait dans la petite pièce d'entrée, lui ouvrit.

— Demandez à M. le comte, lui dit-elle, de vouloir bien venir me parler un moment.

— Mademoiselle n'y va pas elle-même?

— Je n'ai qu'un mot à lui dire. Allez!

Le groom entra dans le cabinet du comte, et presque aussitôt parut M. de Sergy, en robe de chambre, l'air surpris. Balda s'empressa de prévenir sa question.

— Monsieur, lui dit-elle à demi-voix, je quitte Mme la comtesse, à qui j'étais allée présenter mes respects et mes félicitations. Je n'ai pas besoin de vous assurer que je n'ai pas dit une parole qui ait eu l'intention de l'offenser, mais elle s'est offensée elle-même de ma démarche, et je crains de l'avoir laissée bien souffrante et bien agitée. Je vous serais infiniment obligée si vous aviez la bonté, avant d'aller à votre cercle, d'entrer chez Mme la comtesse, et, sans lui parler de moi, de la calmer avec quelque bonne parole.

— Mais, je n'ai pas vu ma femme depuis huit jours, dit M. de Sergy, et aujourd'hui moins que jamais cette visite.

— Monsieur, je vous en prie, interrompit Balda.

Et elle appuya ces mots: je vous en prie, d'un regard qui contenait à la fois une supplication si instante et une injonction si impérieuse, qu'aussitôt le comte reprit:

— Je ferai ce que vous souhaitez.

— Merci! dit Balda.

Et, s'inclinant, elle se retira.

Deuxième assaut

Dès qu'elle avait été seule, Mme de Sergy avait perdu la force factice que la passion lui avait prêtée. La réaction se fit, son corps se détendit, elle se courba en deux, ses jambes tremblèrent, et elle put à grand'peine se traîner jusqu'à son fauteuil, où elle tomba presque évanouie.

Rien de plus triste à voir, dans cet appartement somptueux, en face de ce feu joyeux, que cette pauvre créature, seule et désespérée, où la destruction avait mis son empreinte. C'est que le bonheur, comme la douleur, est tout en nous. Le monde extérieur se reflète dans l'homme; mais l'homme est un instrument d'optique, qui décompose les rayons de la lumière, éloignant les uns, appelant les autres, les noyant tous parfois sous la teinte uniforme d'un deuil incurable.

Une fois retombée dans son fauteuil, Mme de Sergy porta la main à son cœur avec un geste d'effroi désespéré.

— Oh! non, non, murmura-t-elle, je ne veux pas mourir maintenant! Je veux le revoir, le serrer dans mes bras, plonger mes yeux dans ses yeux, plonger mes lèvres dans ses cheveux, sentir son haleine sur mon front, sa main dans ma main, entendre sa voix!

Elle s'arrêta, haletante. La sueur perlait sur son visage; le cercle profond de ses yeux s'agrandissait et se creusait. Sous le corsage de la robe, les bonds furieux du cœur soulevaient l'étoffe.

— Non! non! s'écria-t-elle, se raidissant encore, je ne veux pas qu'il ait l'horrible surprise de me trouver mourante!

Elle se tut. La crise approchait de sa fin; l'agitation désordonnée qui secouait ce pauvre corps débile devint moins cruelle, la palpitation plus lente et plus régulière. La malade passa son mouchoir sur son front, respira un flacon, et parut reprendre possession d'elle-même.

— Oh! cette femme!... dit-elle encore sourdement.

Mais aussitôt elle secoua la tête comme pour chasser une idée importune, et, tirant vivement de sa poche une lettre froissée, et qui semblait avoir été lue et relue:

— Donne-moi de nouveau du courage, mon Lucien!

Elle lut avec un sourire de joie, murmura doucement: « Dans huit jours!... par Liverpool!... sur le *Gibraltar*!... »

En ce moment, Julie entra après avoir frappé.

— Madame, dit-elle, M. le comte fait demander à Mme la comtesse si elle veut bien le recevoir avant qu'il ne sorte.

— Ce soir?.. à présent?.. demanda Mme de Sergy avec une sorte d'effroi.

— Mais... oui! madame.

— Oh! mon Dieu! Impossible!... Faites répondre à M. le comte que je suis trop souffrante, trop fatiguée; que je le prie de m'excuser; que...

La parole expirait sur ses lèvres.

— Oui, madame a raison! elle n'est pas assez bien pour recevoir M. le comte, dit Julie, qui marchait déjà vers la porte.

— Non... attendez! reprit vivement la malade.

Elle pressa son front de ses deux mains; elle réfléchit. — Son mari voulait sans doute lui parler de Lucien, de sa lettre, de son retour; refuser de le recevoir, c'était paraître écarter et redouter ce sujet de conversation; il venait bien assez rarement chez elle, et il ne fallait pas le décourager de ces velléités d'attentions et d'égards.

— Julie, dit-elle, décidément je me sens un peu mieux. Vous pouvez faire répondre à monsieur que je serai heureuse de le voir.

— Madame, vous êtes si faible, si pâle!...

— Faites ce que je dis, mon enfant.

La femme de chambre sortit, en secouant la tête.

Mme de Sergy ouvrit le tiroir de sa table, y chercha un cordial que le médecin avait prescrit pour être pris, par cuillerée, après les crises et les évanouissements, et, portant le flacon à ses lèvres, en absorba coup sur coup trois gorgées. Elle approcha ensuite un miroir en marqueterie, prit un petit peigne d'écaille, et lissa ses cheveux; puis elle tira ses manchettes, arrangea son col, disposa les plis de sa robe. Rien n'était triste et touchant comme cette toilette de mourante.

Julie ouvrit la porte, annonça: « Monsieur le comte », et se retira.

M. de Sergy entra, tenant son pardessus et son chapeau, qu'il déposa sur une chaise, et s'avança vers sa femme d'un air aisé, et avec les façons les plus parfaites.

Il lui prit la main et la baisa.

— Eh bien, ma chère Jeanne... dit-il, qu'est-ce qu'on me dit? que vous êtes aujourd'hui un peu plus *indisposée*? Je n'ai pas voulu sortir sans prendre moi-même de vos nouvelles.

— Vous êtes bien bon, mon ami, dit doucement la comtesse, je ne me sens pas plus mal.

M. de Sergy s'assit près du fauteuil de sa femme.

Le comte de Sergy était un des plus beaux hommes de sa génération. Grand, bien fait, la poitrine large, la tête altière, la main et le pied remarquablement petits, il avait en tout un grand air de distinction; ce qui causait toujours une certaine sensation quand il assistait aux réunions intimes de la cour de Napoléon III, où l'on rencontrait tous les *airs* possibles, mais rarement cet air-là.

L'âge avait dégarni le front, où rayonnait l'orgueil assuré de lui-même. Le nez long, effilé du bout, tombait droit sur une bouche assez grande, aux lèvres sensuelles, dont le pli sarcastique laissait voir en se relevant une double rangée de dents parfaitement blanches et intactes.

Ce qu'il y avait de réellement beau dans cette figure, plus frappante qu'aimable, c'étaient les yeux, grands, bien fendus, gris-clair, abrités sous une arcade sourcilière proéminente et abondamment fournie de poils soyeux et encore noirs. Cet œil brillant, vif, à reflets d'acier, sous ces sourcils épais, — quand le reste de la figure s'encadrait dans la neige des cheveux et de la barbe en collier, — donnait un caractère singulier d'originalité à l'ensemble de la tête.

L'expression habituelle de ces yeux était la dureté, tempérée par l'usage du monde. A certains moments même, le regard pouvait devenir caressant ; jamais doux ou bienveillant.

Ce fut avec ces caresses dans le regard que M. de Sergy parla d'abord à sa femme. Il obéissait, sans comprendre, à la volonté de Balda en lui faisant cette visite ; mais son air, sa voix, ses paroles, lui demandaient en quelque sorte de ne pas la rendre plus embarrassante et plus pénible.

C'est ainsi qu'en s'informant avec sollicitude de sa santé, il ne voulut entendre à aucune réponse découragée, n'admettant qu'une indisposition un peu prolongée, et se récriant contre toute espèce d'inquiétude et de doute sur son rétablissement prochain. Il était, en ce qui touchait le malaise et la souffrance des autres, d'un optimisme absolu et obstiné.

Cependant ces premières questions sur la santé furent épuisées assez vite, entre le mari et la femme, qui, habitant sous le même toit, se voyaient si rarement : et il se fit un court silence.

Mme de Sergy attendait, évidemment, qu'il lui parlât de Lucien. Ce ne pouvait être, pensait-elle, pour une autre raison qu'il lui avait demandé cet entretien. De son côté, il sentait cette attente ; il eût voulu pourtant se dérober à cette périlleuse conversation : mais le pouvait-il ?

Balda avait bien su ce qu'elle faisait en les mettant ce soir là en présence l'un de l'autre. La lettre de Lucien reçue le matin même, l'arrivée prochaine du fils exilé, cet intérêt présent et pressant, cette passion commune et différente à la fois, devaient forcément s'imposer à ce père et à cette mère se retrouvant face à face. Deux nuages chargés d'électricité peuvent-ils se rencontrer impunément ?

M. de Sergy, se redoutant lui-même, essaya néanmoins encore d'éviter ou tout au moins d'ajourner le choc ; et, faisant un mouvement pour se lever :

— Je crains, dit-il, que vous ne soyez fatiguée ce soir...

— Oh ! je suis toujours fatiguée... répondit-elle. Et voyant son mari hésitant, elle ajouta : — Vous n'aviez sans doute pas, mon ami, à me parler seulement de moi !

— Rien cependant ne m'est plus à cœur ! dit-il, comme machinalement.

Il s'arrêta. Il était visiblement troublé. La pauvre généreuse créature voulut lui venir en aide.

— Voyons, dit-elle, vous avez dû recevoir ce matin une lettre ? — une lettre de Lucien ? — pareille à la mienne ?

— Une lettre de Lucien, c'est vrai. Pareille à la vôtre, j'en doute.

L'accent sourd dont ces paroles furent prononcées ; les sourcils froncés ; les lèvres serrées de M. de Sergy frappèrent sa femme d'une sorte de terreur ; elle eut comme un pressentiment funeste ; elle se repentit d'avoir parlé. Mais il était trop tard.

Mme de Sergy rassembla tout ce qu'il lui restait de force morale, à défaut de la force physique, et reprit, après un moment de silence :

— Je connais mon fils, et, sans avoir lu la lettre qu'il me dit vous avoir écrite, je suis sûre qu'elle ne peut être que pleine de respect pour son père.

— Le respect est dans les paroles, peut-être, dit M. de Sergy, en secouant la tête, mais il n'est guère dans l'action.

— Dans quelle action ?

— Eh mais, vous le savez, cette lettre de Lucien m'apprend qu'il est en route pour revenir. A-t-il daigné me consulter pour prendre cette brusque détermination, que rien ne justifie ?

M. de Sergy appuya sur ces derniers mots :

— Il sait sa mère malade et...

— Et malheureuse, n'est-ce pas ? dit avec un sourire amer M. de Sergy ; et il revient pour la consoler.

— Vous ne sauriez blâmer l'affection d'un fils pour sa mère, dit la malade d'une voix presque humble.

— Non, certes, à condition, toutefois, que l'affection pour la mère ne soit pas de la rébellion contre le père.

— Oh ! cela ne peut être ! s'écria Mme de Sergy. Elle ajouta plus timidement : cela n'a jamais été. Lucien, à ma personne, c'eût été un peu trop fort. Mais, à mon autorité, à ma volonté, Lucien a-t-il été toujours filial et docile ?

La mère courbait la tête, pensive ; puis, à voix basse, comme se parlant à elle-même :

— Hélas ! dit-elle, j'ai pu, à Lucie, jeune fille ignorante et innocente, cacher la vérité ; mais Lucien était homme...

M. de Sergy se leva avec violence.

— Et moi, je ne tolérerai jamais qu'un enfant, mon fils, se permette de contrôler mes actes et de juger ma conduite !

Mme de Sergy porta la main à son cœur d'un mouvement convulsif.

— Jacques, par grâce, murmura-t-elle, ne me tuez pas avant son retour !

M. de Sergy s'arrêta, la regarda. Un éclair de pitié succéda, dans ses yeux, à l'éclair de la colère. Il se contint, et ce fut d'une voix plus calme, quoiqu'il y tremblât un reste d'irritation, qu'il lui répondit en se rapprochant d'elle :

— Vous avez raison, excusez-moi, Jeanne. J'oubliais que votre santé exige des ménagements excessifs. Mais comprenez aussi, et faites comprendre à Lucien, je vous prie, qu'il est des choses que ma dignité ne peut admettre.

— Lucien a eu tort, reprit vivement Mme de Sergy, profitant avec hâte de cette accalmie momentanée. Oui, un fils ne doit jamais. Mais voyons, tâchons de prévenir le retour de ces conflits, de ces douleurs. Je ne vous demande plus aujourd'hui, ce que vous avez refusé dans le temps, ce qui eût pourtant coupé court, à tout, ce qui eût évité ces séparations, ces angoisses... Je vous avais supplié d'éloigner de cette

maison une... personne, qu'il semblait un peu dur de garder sous le même toit que moi.

— Une personne, — interrompit brusquement le comte, que vous aviez appelée, et introduite sous ce toit vous-même ; votre parente à vous, que vous vouliez chasser, jeter sur le pavé, après lui avoir fait quitter sa patrie !

— Nous étions assez riches pour qu'elle ne manquât de rien, — et vous étiez libre de la voir ailleurs autant que vous auriez voulu.

— C'est cela le scandale, le déshonneur, la honte pour elle.

— Ah ! il valait donc mieux le désespoir et la mort pour moi.

Ce cri échappa à la comtesse. Il surprit M. de Sergy, et, chose étrange, parut le calmer. Sentait-il que le terrain était mauvais pour lui ? Craignait-il d'épuiser la patience de sa femme, ou, tout au moins, sa force. Toujours est-il qu'il resta silencieux quelques secondes, et que sa voix avait pris une intonation plus conciliante, lorsqu'il lui dit :

— Voyons, Jeanne, vous disiez que vous ne demandiez plus rien sur ce point délicat ; à quoi bon, alors, revenir sur le passé ?

Mme de Sergy, que brisaient toutes ces alternatives, reprit d'une voix lente, avec accablement :

— Ne parlons donc du passé que pour ce qui me concerne. Il y a trois ans, j'ai consenti au départ de Lucien pour éviter ce scandale que je redoutais autant que vous, pour vous et pour mes deux enfants. Vous m'avez demandé le sacrifice le plus cruel pour une mère, l'éloignement de son fils. Et j'ai consenti. J'avais déjà immolé l'épouse ; j'ai immolé la mère. A votre nom, à votre réputation, j'avais déjà donné tout ce qu'une femme peut donner. Il me restait deux enfants ; on m'en a pris un ; et je n'en suis pas morte sur le coup, puisque j'en meurs encore. Je me suis demandé quelquefois, depuis, si ce n'était pas pousser l'abnégation jusqu'au crime, et si Dieu ne m'en punirait pas.

Mme de Sergy se leva lentement, avec la solennité que la douleur et la maladie donnent à nos moindres actions, et, fixant ses yeux noirs où brillait la fièvre sur les yeux irrités, mais domptés de son mari, avec une hardiesse qui ne lui était pas habituelle, elle ajouta d'une voix basse, suppliante et pourtant ferme :

— Pouvais-je davantage, monsieur ? Et regrettez-vous que ce soit moi qui porte votre nom, sans tache, aux yeux du monde ?

M. de Sergy, quoiqu'il se raidît, se sentit ému plus profondément qu'il n'aurait voulu et qu'il ne convenait à son orgueil de le reconnaître ; car, s'émouvoir pour elle, c'était se juger, lui, et la plaindre, c'était se condamner.

— Je ne vous accuse pas, reprit-il plus doucement, je reconnais les sacrifices dont vous parlez, bien que vous m'ayez fait souffrir beaucoup par vos tristesses, vos larmes, vos airs de victime.

— Aurait-il donc fallu supporter allègre et indifférente l'écroulement de mes illusions et de mon amour? Car je vous aimais, moi! Vous ne m'en aimeriez pas davantage et vous m'en estimeriez moins!

— Enfin, que voulez-vous de moi? balbutia M. de Sergy, troublé par ces accents qui, à travers la triple cuirasse de sa vanité, de son égoïsme et de son entêtement, pénétraient jusqu'en lui et l'amollissaient.

— Que vous pardonniez à Lucien, que vous le receviez comme un père reçoit son fils, que vous n'exigiez pas de lui certaines condescendances... qui révolteraient sa nature fière et loyale, et qui blesseraient l'affection qu'il me porte.

Mme de Sergy venait d'être imprudente, et M. de Sergy saisit ce joint, trop heureux d'échapper n'importe comment au malaise qu'il éprouvait depuis quelques instants. Il avait presque failli se trouver des torts, et s'attendrir sur quelqu'un qui n'était pas lui!

Aussi ce fut avec un emportement, trop précipité pour n'être pas un peu voulu, qu'il s'écria :

— Je vous comprends! Vous désirez que j'autorise votre fils à insulter, à la journée, une jeune femme qui ne peut se défendre... sans protection...

— Sans protection! répéta Mme de Sergy avec une ironie qui vibra aux oreilles de son mari comme une lame de poignard dans la blessure qu'elle ouvre.

Elle se reprit aussitôt, et continua d'une voix haletante et suppliante :

— Jacques, mes jours sont comptés à présent. Je le sens... je le sais! Lucien revient pour fermer mes yeux, pour que je puisse mourir dans ses bras. En échange de tout ce que vous m'avez pris, en échange de tout ce que j'ai perdu, pour tant de larmes versées dans le secret de ma solitude, je ne vous demande qu'une chose: ne me faites pas une nouvelle douleur du retour de Lucien! ne m'empoisonnez pas cette joie suprême, la dernière que je puisse goûter ici-bas! Cela, oh! cela, je vous le demande, s'il le faut, à genoux!

Et Mme de Sergy se laissa tomber sur le tapis, les mains levées vers son maître.

M. de Sergy, comme beaucoup d'autres, était fort sensible aux choses extérieures. La vue de cette femme en deuil, amaigrie, mourante, à ses pieds, le bouleversa complètement, et lui arracha un véritable cri de pitié, de douleur et de honte.

Il se précipita vers elle, la releva presque avec tendresse, la fit asseoir dans un fauteuil, et ce fut d'une voix sincèrement émue, qu'il lui dit :

— Jeanne! Jeanne! que faites-vous ? Je ne suis pas une âme si cruelle! Pourquoi me calomnier ainsi? Que Lucien m'aime, et moi aussi je l'aimerai.

— Je vous jure d'obtenir de lui plus de raison, plus de respect, si vous le voulez; mais vous, jurez-moi que son retour ne sera pas l'occasion de nouvelles luttes, que je n'aurais pas la force de supporter.

— Je vous le jure, répondit avec entraînement M. de Sergy. Il ne trouvera en moi qu'un père indulgent, qui aura tout oublié.

— Merci! merci!

— Mais vous êtes bien pâle ! Voulez-vous que j'appelle Julie?

— Non, non; ce ne sera rien. Les émotions, vous le savez, me fatiguent un peu; mais je vais me remettre; j'ai seulement besoin de quelques instants de repos et de solitude. Allez à vos plaisirs, moi je reste avec mon bonheur.

M. de Sergy, un peu pâle, lui aussi, s'avança vers sa femme, comme pour l'embrasser sur le front; mais elle détourna tristement la tête, et lui tendit la main.

— Allez, lui dit-elle, merci.

M. de Sergy hésita une seconde, mais il n'osa pas insister, et serra avec embarras cette main moite et glacée; puis se retira le front moins haut qu'à son entrée.

Mme de Sergy, quand il fut dehors, tomba dans une sorte d'anéantissement. Après la joie trop forte pour elle de la lettre de Lucien, après les exaspérations de la lutte avec Balda, les terreurs, les secousses, et, pour ainsi parler, les hauts et les bas de cette explication avec son mari, avaient comme achevé le pauvre corps agonisant qui enfermait cette pauvre âme endolorie.

Elle n'était pourtant pas encore au bout de ses émotions. Dans ce même instant, Balda disait à Lucie, qui allait partir pour le bal avec sa gouvernante :

— Ne vous en allez pas surtout sans avoir vu votre mère.

<hr>

V

Lucie

Combien de temps Mme de Sergy resta-t-elle plongée dans une espèce de torpeur, elle ne le sut pas elle-même; elle s'en réveilla, en sentant sur sa main brûlante le doux baiser d'une bouche fraîche.

Elle ouvrit les yeux, et elle vit Lucie agenouillée près d'elle; et rien n'était charmant comme cette jeune fille, blanche et toute de blanc vêtue, penchée sur ce long corps amaigri en habits de deuil.

Un pâle sourire effleura les lèvres de la mourante quand elle aperçut sa fille. Elle allait donc enfin se détendre et respirer un peu! Elle le croyait, et elle se trompait. L'âme humaine est comme un clavier dont les sentiments sont les cordes; tous les sentiments venaient d'être frappés, malmenés et surexcités dans la pauvre malade, excepté peut-être ceux de l'attendrissement, qu'il aurait fallu du moins laisser en repos; et elle était en ce moment trop brisée et trop épuisée pour qu'il lui fût bon même de pleurer.

— Comme tu es belle, petite coquette ! dit-elle à Lucie, d'une voix basse et douce comme un soupir.

Lucie, dans sa robe de bal, était en effet une mignonne et ravissante créature. Au premier abord, elle ne ressemblait ni à son père ni à sa mère, bien qu'à un second regard, on pût la reconnaître aisément pour leur fille. Son père et sa mère étaient grands; elle était plutôt petite. Tous deux étaient ou avaient été bruns; elle était blonde. Le père avait les yeux gris, la mère les yeux noirs; elle avait les yeux bleus. La couleur de ses longs cils et de ses sourcils finement dessinés, la rapprochait seule un peu de sa mère; quelques-uns de ses traits aussi, tels que le front élevé et le nez droit rappelaient son père; mais la ressemblance s'arrêtait là. La bouche gracieuse et expressive, les lèvres vermeilles, le regard à la fois tendre et passionné, le menton à fossette où siégeait l'énergie, tout cela était d'elle et d'elle seule.

Au moral, les deux natures opposées de M. et de Mme de Sergy s'étaient aussi comme fondues et en même temps améliorées dans Lucie. L'entêtement et l'égoisme paternels étaient, chez elle, de la volonté et une personnalité indépendante et fière. La faiblesse de sa mère était devenue douceur, et son exaltation énergie.

Cependant, comme pour marquer l'empreinte indélébile de la race, Lucie, sous l'empire d'une émotion profonde, surtout inattendue, pouvait tout à coup se révéler sous un jour nouveau, où apparaîtraient alors la violence paternelle et l'exaltation maternelle. Mais c'était là, pour ainsi dire, le sous-sol de sa nature; il ne devait manifester sa présence que dans les grandes convulsions et les moments suprêmes.

Ce qui dominait en elle, dans les circonstances ordinaires de la vie, c'était une extrême dignité, et une sorte de mépris du mal et des méchants, où elle puisait parfois l'apparence de la froideur et de l'indifférence, bien que froideur et indifférence fussent absolument l'opposé de sa nature.

La vie qu'elle menait dans cet intérieur divisé, — près d'une mère triste et malade, d'un père égoïste et impitoyable, et d'une femme fausse et profondément calculée, qui gouvernait sans régner, — avait contribué à la mûrir de telle sorte que, dans cette enfant de seize ans, frêle et gracieuse comme une fleur, qui ne montrait à la surface que douceur et tendresse, se formait déjà une femme froissée et passionnée, ayant une originalité étrange, et une volonté dont elle ignorait elle-même la puissance.

On ne se doute pas assez combien les luttes et les déchirements de la famille influent sur la nature et le caractère des enfants, alors même que cela se passe sans cris et sans violences, chez des gens bien élevés, habitués à surveiller toutes leurs manifestations extérieures. De cette lutte, de cet antagonisme, il se dégage une sorte d'électricité invisible, qui, pénétrant l'atmosphère ambiante, imprègne en quelque sorte ces réceptacles de sensations qu'on appelle les enfants. Ils respirent les passions, les absorbent, les assimilent avec une merveilleuse facilité, et se développent hâtifs, avant maturité, comme des fruits en serre chaude. Ajoutons que ce phénomène se produit, alors même que les enfants ignorent ce qui se passe autour d'eux, ou ne le comprennent pas.

Mme de Sergy avait pourtant, ainsi qu'elle l'avait dit à son mari, dépensé tous les efforts de sa prévoyance et de sa volonté à cacher la triste vérité à Lucie, et un de ses rares bonheurs était la conviction intime qu'elle y avait réussi.

—Comme tu es belle!.. répéta-t-elle en embrassant sa fille avec une sorte de frénésie heureuse... Tu vas chez Mme de Solanges?

— Hélas! oui, répondit Lucie soupirant et souriant à la fois.

— Pourquoi hélas?

— Si tu avais voulu, je serais restée ce soir auprès de toi.

— Non, non! Tu ne restes que trop auprès de moi; tu n'es que trop garde-malade. Je veux que tu prennes un peu de distraction et de plaisir. A ton âge, c'est un besoin. Miss Mac-Trevor, qui t'accompagne, n'est pas une gouvernante ordinaire; elle est, par sa mère, apparentée à Mme de Solanges elle-même, et tu es avec elle comme tu serais avec moi. Est-ce qu'elle n'est pas prête, que je ne la vois pas?

— J'ai pris un peu d'avance, pour pouvoir au moins rester quelques instants près de toi. Ah! tu as beau dire, si j'avais pu rester tout à fait, quelle bonne soirée nous aurions passée ensemble à parler de Lucien!

— Eh! mon ange, puisque je suis heureuse, c'est le cas de m'abandonner. Je ne serai pas seule: le bonheur tient compagnie.

— C'est égal! reprit Lucie, j'ai fait, depuis ce matin, tant de projets, tant de rêves!... J'aurais voulu t'en parler... J'aurais voulu, par exemple, te demander...

— Quoi donc?

Lucie parut hésiter une seconde. Elle baissa tout à coup les yeux et, faisant tourner autour du doigt qu'il avait serré jadis, l'unique anneau que portât sa mère, elle ajouta d'une voix plus basse, en coupant ses phrases, comme si elle cherchait ses expressions:

— Pourquoi, quand mon frère sera de retour...au lieu de rester ici, dans ces chambres si tristes... n'irions-nous pas... à la campagne?... tiens, dans le château que nous avons en Normandie. Tu irais t'installer là, avec Lucien... et mon père ne refuserait pas que j'aille vous y rejoindre... Vois-tu comme nous serions heureux... tous les trois!

En entendant cette proposition, en voyant l'hésitation et l'embarras de Lucie, Mme de Sergy éprouva un commencement d'inquiétude. Pour la première fois, Lucie semblait établir une séparation dans la famille, mettant d'un côté sa mère et son frère avec elle-même, laissant de l'autre son père. Ce fut donc en essayant de lire, sur le visage de sa fille, jusqu'où allait sa pensée, que Mme de Sergy répéta d'une voix interrogative:

— Tous les trois?

— Oh! mon père viendrait nous voir autant qu'il voudrait! Tu aurais autour de toi de l'espace, du calme, un bon air, et tes deux enfants! Et tu ne pleurerais plus!

— La singulière idée! murmura Mme de Sergy, en observant Lucie.

— Est-ce qu'elle n'est pas bonne?

— Mais si, excellente...

Et prenant, elle aussi, sa résolution, pour sortir du doute qui l'obsédait, Mme de Sergy plongea son regard dans celui de l'enfant, et lui dit:

— Pourquoi cette idée t'est-elle venue?

— Pourquoi?... Mais... c'est le retour de Lucien qui m'a fait penser... que cela vaudrait mieux ainsi.

— Tu n'as pas d'autre raison?

Lucie rougit.

— Voyons, ma chérie, sois sincère, ne me cache rien. — Quelle est ta vraie pensée?

— Mais, maman, tu n'ignores pas que cela serait meilleur pour toi... pour Lucien... pour mon père... pour tout le monde enfin!

Mme de Sergy saisit la tête de Lucie dans ses deux mains, et la forçant de la regarder:

— Que veux-tu dire? Est-ce que?...

Lucie baissa les yeux et garda le silence.

— Enfin, reprit la mère d'une voix palpitante, depuis quand as-tu ces idées?

— Oh! depuis assez longtemps déjà, murmura Lucie; —depuis que je ne te demande plus pourquoi Lucien est parti.

Une sorte d'effluve de douleur monta au front de Mme de Sergy, et elle fondit en larmes.

— Ah! s'écria Lucie désolée, je t'ai fait de la peine!.. Tu m'en veux?

Et elle se jeta au cou de sa mère.

—Non, chère fille, non!..—Mais écoute-moi, reprit-elle vivement; il faut aimer ton père, ma fille! le respecter, lui obéir!.. Et que jamais il ne se doute... J'ai eu des torts... J'étais trop exigeante peut-être... altière parfois... triste souvent....

Lucie lui mit doucement la main sur la bouche.

— Tais-toi! dit-elle. Ne t'accuse pas, je ne te croirais pas!

Mme de Sergy serra convulsivement sa fille sur son cœur, et imprima sur ce front blanc un baiser fiévreux, plein d'orgueil, d'angoisse et de joie.

En ce moment, Julie entra pour annoncer que la voiture attendait Mlle Lucie et sa gouvernante.

Ce fut presque un soulagement pour Mme de Sergy.

— Va, va, ma chérie! dit-elle vivement.

— Décidément, tu me renvoies?

— Oui, ma bien-aimée; va! Plus que jamais j'ai besoin d'être seule.

— Et tu ne m'en veux pas? murmura Lucie.

— Ah! je te bénis, mon doux ange! répondit la mère, en la couvrant de baisers et de larmes.

VI

Le dernier coup

Julie, dès qu'elle vit sortir Lucie, entra dans le salon.

— Madame a-t-elle besoin de moi? demanda-t-elle.

La femme de chambre se rappela et témoigna depuis qu'elle avait trouvé sa maîtresse étendue dans son grand fauteuil, et cachant ses yeux de ses deux mains.

— Non, laissez-moi, je vous sonnerai, lui répondit la comtesse d'une voix faible.

Julie se retira.

Mme de Sergy, quand elle fut seule, découvrit ses yeux et laissa lentement et silencieusement sortir ses larmes. Elle pensait:

— Ma pauvre enfant! elle sait tout! quelle initiation à la vie! Ah! décidément, est-ce que je n'ai pas été coupable en acceptant une semblable existence? Là où je croyais faire acte d'abnégation, n'ai-je pas été simplement faible et imprudente? N'aurait-il pas mieux valu tout briser, emmener mes enfants, seuls avec moi, loin de cette maison où régnait une autre que leur mère?

Une voix sourde au fond du cœur de la pauvre femme répondait: — Il est trop tard!

Et ses larmes redoublèrent.

Puis, une pensée plus affreuse encore la torturait.

— Et si je mourais? Lucie serait donc à la discrétion de cette femme qui domine son père? — Oh! non, non! je veux vivre! répétait-elle, comme elle avait déjà fait en apprenant le retour de Lucien. Je veux vivre assez, du moins, pour que Lucie puisse me remplacer dans la protection de sa sœur.

Et la malade, la croyante, joignant les mains, supplia Dieu de la laisser vivre un peu de temps encore. Elle priait ardemment, car elle priait non pour elle, mais pour ses enfants.

Prière vaine et qui ne devait pas être entendue.

La comtesse resta quelques instants dans une sorte de recueillement religieux, puis ses traits se détendirent, ses yeux se fermèrent, et, absolument à bout de forces, elle tomba de nouveau dans cette espèce d'anéantissement où la nature semble suspendre la vie afin de pouvoir la réparer.

Un silence profond régnait dans la pièce, où le feu se mourait, et dans la maison tout entière.

M. de Sergy était au cercle; Lucie et sa gouvernante étaient au bal. Au rez-de-chaussée, les domestiques, réunis à l'office, achevaient de souper ensemble.

Balda était seule au second, dans sa chambre. On était accoutumé à ne jamais l'entendre, et on ne l'entendait pas plus que de coutume.

Ce silence absolu, solennel, interrompu seulement par la respiration saccadée de Mme de Sergy, dura environ un quart d'heure.

Il était en ce moment dix heures moins cinq minutes.

Tout à coup, la porte du salon s'ouvrit, et tourna, sans bruit, d'un mouvement lent et continu.

Dans la pénombre apparut une figure pâle, éclairée de deux yeux brillants et dilatés, dont l'expression eût donné le frisson à l'homme le plus brave.

Une personne entra avec précaution, et s'arrêta sur le seuil.

C'était Balda.

Elle fit deux pas en avant, s'arrêta encore, regarda.

Ses lèvres murmurèrent :

— Elle dort!

Balda alors retourna en arrière, regagna la porte, interrogea le corridor d'un long regard scrutateur, écouta, en retenant sa respiration.

Rien. Le corridor était désert. Personne ne l'avait vue, personne ne l'entendrait.

Un murmure confus et lointain, venant du rez-de-chaussée, indiquait que les domestiques étaient tout occupés d'une conversation animée.

Balda revint sur ses pas, rentra rapidement dans le salon, et, bruyamment, en referma la porte.

Elle tenait à la main un numéro du *Times* du matin, qui arrive à Paris le soir.

Elle s'élança vers Mme de Sergy, et d'une voix aiguë et vibrante, cria :

— Ah! pauvre mère! pauvre amie! Quel malheur!... c'est épouvantable!

Mme de Sergy, réveillée en sursaut, le visage bouleversé, se leva droite comme mue par un ressort, et, portant la main à son cœur :

— Hein?... quoi?... Un malheur?... balbutia-t-elle avec égarement.

Balda agita devant elle le journal anglais.

Les yeux de la malade s'élançaient hors de leur orbite, sa bouche était démesurément ouverte.

— Lucien est mort! lui cria Balda.

— Mort!... mort!... répéta deux fois,

d'une voix étranglée et rauque, la mère foudroyée.

Elle étendit les bras, battit l'air de ses mains et retomba, raide et droite, le long de son fauteuil.

Un flot de sang monta à sa gorge, et vint mourir sur ses lèvres en écume rougeâtre.

Balda, blême, les cheveux hérissés, la sueur au visage, recula jusqu'à la muraille. Là, elle s'arrêta, regardant fixement ce grand corps noir étendu.

Puis, lentement, elle se rapprocha, s'agenouilla, étendit sa main crispée sur le cœur, et, d'une voix basse et sourde, dit :

— Madame la comtesse de Sergy est morte.

Elle se releva, ploya le journal, le mit dans sa poche, sortit sans se presser, et regagna sa chambre.

En montant l'escalier, elle entendait le bruit de la conversation des domestiques, qui continuait dans l'office, au rez-de-chaussée.

FIN DU PROLOGUE.

I

Angelina

Dix-huit mois se sont écoulés. En dix-huit mois, bien des choses se passent, et bien des choses changent.

Ce n'est plus le mois d'octobre, c'est le mois de mai. Les fenêtres de l'hôtel de Sergy ne sont plus closes sous la pluie, elles sont toutes grandes ouvertes à l'air frais et doux du matin, à la bonne odeur des fleurs et des feuilles, et au chant des oiseaux gazouillant dans les vieux arbres du jardin.

« Madame la comtesse de Sergy est morte » : la lugubre parole disait vrai. Cependant, il y a toujours une comtesse de Sergy; seulement, elle ne s'appelle plus Jeanne, elle s'appelle Balda.

M. le comte de Sergy a bien fait les choses, il a gardé quinze mois le deuil de sa première femme; mais, depuis trois mois déjà, Balda, revenue à Paris après une convenable absence de plus d'une année, porte officiellement et légitimement le titre de comtesse.

Un mois avant le retour de Balda, Lucie a quitté le petit appartement de jeune fille qu'elle occupait au premier étage, près de sa mère; elle a fait transporter ses meubles au second, dans l'ancien appartement de Balda, pensant que, quand Lucien reviendrait, elle se trouverait au moins près de son frère.

Et Lucien est revenu. Il est revenu seulement de la veille. Il y a dix-huit mois, en débarquant à Liverpool, il a trouvé une lettre de sa sœur lui annonçant la terrible nouvelle : sa mère était depuis huit jours dans la tombe. Il n'a pas eu le courage de

revoir dans ce moment-là son père; il est reparti sur-le-champ pour l'Amérique, et il n'a pas voulu la quitter tant que son père n'a pas été remarié. Mais aujourd'hui, sa sœur avait besoin de lui, le voilà de retour.

Les dispositions de l'appartement de la nouvelle comtesse sont restées forcément les mêmes; mais l'ameublement en a été renouvelé jusqu'au dernier clou.

Les meubles du logement de Balda, au second, ont été descendus au premier, et garnissent les pièces qu'habitait autrefois Lucie, et qu'habite à présent une autre jeune fille — ou plutôt une enfant, car elle a quatorze ans à peine — que Balda a ramenée avec elle, et présentée comme sa nièce, et qui s'appelle Angelina.

Il est dix heures du matin. Balda est dans le salon où nous avons vu mourir la comtesse; elle vient d'achever sa toilette, et se met à un petit bureau d'ébène pour écrire un billet.

— Jacinthe, dit-elle à sa femme de chambre qui sort, entrez, en passant, chez Mlle Angelina, et dites-lui que j'irai l'embrasser avant de descendre, mais que surtout elle ne se lève pas.

— Oui, mais je me suis levée! dit en entrant Angelina.

— Ah! petite imprudente! s'écria Balda, en courant à elle et en la saisissant dans ses bras.

— Oh! je vais bien mieux!

— Il n'y paraît guère! tu es encore bien pâle!

Angelina était bien pâle, en effet. C'était une frêle, délicate et svelte créature. Par sa petite taille et ses formes grêles, elle semblait un enfant, mais par l'expression de ses traits et de son regard elle avait l'air d'une jeune fille. Elle paraissait en somme avoir plus que son âge. On eût encore donné à Balda dix-sept ou dix-huit ans; à Angelina, on en eût bien donné quinze.

Son type annonçait une créole. Elle en avait la fragilité et la souplesse indolente; semblable à ces fleurs éblouissantes et éphémères qu'on n'ose toucher, ni respirer, de peur de voir disparaître, au moindre souffle, la poudre d'or et le léger carmin qui font tout leur éclat.

De son visage ovale, couleur d'orange pâle, on ne distinguait d'abord que les lèvres rouges, et deux yeux immenses de velours noir, fendus en amande, ombragés de longs cils obscurs, entourés d'un large cercle brun, qui en augmentait encore la profondeur.

Sur son front un peu bas, se mêlaient, en boucles rebelles, une forêt de cheveux d'ébène à reflets bleuâtres, abondants, relevés vers ses tempes, de façon à dégager deux oreilles toutes petites.

Était-elle jolie? Cela dépend. Était-elle belle? Peut-être. Un artiste en eût raffolé. Seulement, un je ne sais quoi de fatigué, de souffrant et de triste, jetait un voile sur l'ensemble, et serrait le cœur quand on la regardait.

Elle avait assurément avec Balda un air

de famille; mais ce qui était troublant et inquiétant chez Balda était intéressant et captivant chez elle. Du premier coup d'œil, on était pris de sympathie et presque de tendresse pour cette douce et charmante figure.

Elle était, en entrant chez Balda, vêtue d'un simple peignoir blanc, qui faisait ressortir l'éclat sombre de ses yeux et de ses cheveux et la pâleur dorée de son teint.

Balda l'avait prise dans ses bras, d'un mouvement rapide et fébrile, et l'avait emportée, comme on fait d'un petit enfant, sur une chaise de repos.

Elle l'y étendit, s'assit sur un tabouret près d'elle, lui prit la main dans les siennes.

— Oui, oui, tu es bien pâle encore, répéta-t-elle, en la regardant avec amour.

— Bah ! ce ne sera rien. Je ne vais pas m'aliter pour un petit malaise, tu penses.

— Cependant, je ne veux pas que tu descendes au déjeuner.

— Oh ! non, il y a un étranger, je crois; ce monsieur que M. Lucien doit présenter ce matin à M. de Sergy.

— Oui, et hier tu t'es forcée déjà pour assister au dîner.

— Dam ! le premier dîner, pour le retour du frère de Lucie !

— Ainsi, c'est bien vrai, tu ne souffres pas, en ce moment ?

— Non.

— C'est ce vilain climat humide et froid de Paris, qui te fatigue, toi, habituée à la fournaise des tropiques. Mais, je ne peux pas changer le climat, moi ! ajouta Balda, avec une sorte de colère.

— Encore une fois, rassure-toi. Je me sens si bien, que j'ai promis à Lucie tout à l'heure d'aller faire un tour avec elle en voiture, cette après-midi.

— Ah ! tu sors avec Lucie? Je monterai pour t'habiller. Seulement, tu ne mettras pas la robe que tu avais hier, entends-tu !

— Pourquoi? demanda Angélina en riant. Que lui reproches-tu à cette robe ?

— Sa simplicité ! Tu es par trop peu coquette. Tu n'as pas même de boucles d'oreille. Qu'as-tu fait de celles que je t'ai données ? Est-ce qu'elles ne te plaisent pas?

— Oh! si ; mais, ces grosses perles !... elles sont trop belles, trop riches.

Un nuage passa sur le front de Balda, qui répondit presque avec violence:

— Sache bien ceci, Angelina, rien n'est trop beau, rien n'est trop riche pour toi !

— Mais je suis pauvre, répliqua doucement la jeune fille; je ne suis pas même chez moi, ici.

— Si ! puisque tu es chez moi. Et tout ce que j'ai est à toi; comprends bien cela. Que sais-tu si tu es pauvre? si tu le seras toujours? Habitue-toi au luxe, au contraire. Je ne puis te donner le soleil du Brésil, mais tout le reste, tu l'auras! tu l'auras, je t'en réponds! Et je souffre, quand je te vois, toi ! écrasée, éteinte par les toilettes de Lucie!

— Lucie est belle ! Elle est faite pour la toilette, et la toilette est faite pour elle, Puis n'est-elle pas Mlle de Sergy? Elle a un nom, un rang...

— Et toi, n'es-tu pas jolie, aussi? Plus jolie qu'elle, qui a la beauté banale et connue de la Parisienne. Tandis que toi... non-seulement tu es belle, mais tu as une beauté différente, exceptionnelle, inconnue ici... inconnue partout!

— Je suis jolie... puisque tu le veux. D'ailleurs, cela doit être, car je te ressemble un peu. Mais excepté toi, ajouta-t-elle avec un mélancolique sourire, je ne crois pas que personne s'en aperçoive.

— On ne s'en aperçoit pas... parce que tu es trop jeune, parce que tu cherches l'ombre et l'effacement. Quant à un nom, une femme a le nom que lui donne son mari, et un jour, va, mon Angelina, je te le jure, tu n'auras rien à envier à personne.

Ces paroles furent prononcées avec un accent profond et résolu, presque menaçant.

Angelina, étonnée de l'accent amer de Balda, leva sur elle ses doux yeux de gazelle.

— Je n'envie personne, dit-elle; non! oh! non!... surtout Lucie.

— Cependant, reprit Balda, tu la trouves plus heureuse que toi?

— J'ai dit plus belle, plus riche ; je n'ai pas dit plus heureuse.

— Ne l'est-elle pas?

— Oh! non, la pauvre chérie! Elle n'a plus de mère.

Balda, sur ce mot, repoussa Angelina d'un mouvement brusque et violent.

— Pourquoi dis-tu cela? fit-elle avec colère.

Angelina, sous son regard, recula épouvantée. Mais ce ne fut qu'un éclair; Balda prit la main de la jeune fille, l'attira sur son cœur, l'embrassa éperdument.

— Pardonne-moi! lui dit-elle, je ne sais ce que j'ai, je suis folle. J'ai les nerfs agités ce matin; le temps est à l'orage, sans doute. Mais je t'aime, tu le sais, je t'aime! Et toi aussi, tu m'aimes, n'est-ce pas?

— Oh! oui ! répondit dans un baiser Angelina rassurée.

— Mais comme tu aimes aussi Lucie ! Sais-tu que j'en suis jalouse...

— Je l'aime, certes, mais ce n'est pas la même chose. Et ne m'as-tu pas recommandé, quand tu m'as amenée ici, de l'aimer et de me faire aimer d'elle ?

— C'est vrai.

— Moi, j'y étais toute disposée. Mais Lucie pas beaucoup, je crois. C'est égal ! j'y ai tant mis du mien que j'ai bien fini par venir à bout de ses préventions. Et maintenant, je suis sûre qu'elle m'aime — autant que je l'aime.

— Je crois bien! fit Balda, en l'embrassant avec passion, qui est-ce qui ne t'adorerait pas ?

En ce moment Jacinthe rentra.

— M. le comte, dit-elle, fait demander à madame si elle est bientôt prête et la prévient qu'il va descendre.

— L'ami de M. Lucien est arrivé ?

— Oui, madame, il est au salon avec M. Lucien et Mlle Lucie.

— C'est bien; dites à monsieur que je le rejoins au salon dans cinq minutes.

II

Effets divers de diverses présentations

La veille au soir, Lucien, après le dîner, au moment où son père allait se retirer, lui avait dit, en présence de Balda et de Lucie :

— Voudrez-vous me permettre, mon père, de vous présenter, demain, un de mes meilleurs amis, je peux même dire mon meilleur ami; un médecin de grand talent, de grand dévouement surtout, qui en Amérique m'a sauvé la vie ?

Lucie échangea un coup d'œil avec son frère et rougit légèrement; Balda ne prêta que peu d'attention à la demande de Lucien.

M. de Sergy était content de son fils, qui avait été respectueux et affectueux vis-à-vis de lui, et correct vis-à-vis de sa belle-mère. Il lui répondit avec empressement :

— Ton ami est d'avance le mien, Lucien, et je serai heureux de le recevoir et de le connaître. Seulement, demain, il y a séance à la Chambre, et je dois dîner dehors. Si ton ami pouvait venir dans la matinée?...

— Je pense qu'il le pourra.

— Eh bien, pour qu'il entre dans l'intimité tout de suite, prie-le de nous faire la grâce de venir déjeuner avec nous; nous aurons plus de temps pour causer.

— Je comptais aller ce soir chez lui l'avertir de mon arrivée, je lui transmettrai votre invitation, mon père. Quand vous saurez qui il est...

— Je sais qu'il est l'ami de mon fils, interrompit le comte, qui paraissait un peu pressé. A demain.

A onze heures, le lendemain, Lucien était auprès de sa sœur, — avec laquelle il ne se lassait pas, depuis la veille, d'échanger des pensées, des confidences et des souvenirs, — quand un domestique vint l'avertir que le « docteur Robert » le demandait au salon.

— Descendons vite, dit bas Lucien à sa sœur, avant que mon père ne soit là. Et s'adressant au domestique : — Prévenez M. le comte de l'arrivée du docteur Robert.

Lucien entra le premier dans le salon, courut au docteur Robert, et tous deux se serrèrent la main avec effusion.

C'étaient deux beaux et fiers jeunes

gens ; car, bien que Robert fût de plusieurs années l'aîné de Lucien et approchât de la trentaine, il avait gardé l'air jeune sous l'air viril : rien ne conserve comme le travail de la pensée, la pureté de la conscience et la dignité de la vie. Robert et Lucien paraissaient avoir presque le même âge : Lucien seulement plus vif, plus expansif, plus ardent ; Robert plus sérieux, et à la fois plus mâle et plus doux.

Lucie suivait de très près son frère, et, quand elle entra, Lucien prit Robert par la main et le conduisit à sa sœur ; puis, en souriant :

— Ma sœur, dit-il, je te présente mon frère ; celui qui, pendant les deux premières années de mon exil, a été, non pas seulement mon sauveur dans ma grande maladie, mais mon confident et mon consolateur dans mon désespoir mon conseiller et un peu mon mentor toujours ; oui, mon mentor, ne t'en défends pas, ajouta-t-il gaiement ; je te le pardonne, car j'en avais grand besoin !

Lucie tendit la main à Robert.

— Je vous ai déjà remerciée de tout cela, dit-elle ; mais je suis bien heureuse de vous en remercier encore en présence de Lucien ; je suis bien heureuse de vous voir ici.

— Et moi donc d'y être ! dit Robert.

— Et moi de t'y avoir introduit ! dit Lucien.

— Ah ! cher Lucien, c'est là un service qui efface tous mes services. Toi aussi, tu es un sauveur !

— Ma foi ! c'est pour cela que je suis revenu, dit Lucien. Ah ! quelle joie ç'a été pour moi quand j'ai appris que l'homme que j'estime et que j'aime le plus au monde avait connu ma sœur chez mon brave oncle d'Arnaud, et qu'il l'aimait, et qu'il était aimé d'elle ! Maintenant, organisons, à nous trois, la conspiration de votre bonheur. Te voilà dans la place, Robert. Il s'agit de prendre l'ennemi par surprise. L'ennemi, ce n'est pas précisément mon père, voyons les choses comme elles sont ; c'est Mme de Sergy. Il faut donc, Robert... Mais, chut ! fit-il en s'interrompant, voici mon père.

M. de Sergy entrait en effet. Lucien lui présenta le docteur Robert. Le comte qui, la veille, n'avait pas laissé à son fils le temps de lui nommer son ami, eut un léger mouvement de surprise, aussitôt réprimé. Avec sa grande habitude du monde, il reprit du ton le plus aisé :

— Je suis charmé, monsieur le docteur Robert, d'avoir l'honneur de faire votre connaissance personnelle ; il y a longtemps que je vous connais de réputation : vous avez, chose rare et peut-être unique, le double renom de grand médecin et de grand chirurgien. Aussi, à première vue, ai-je été surpris, je l'avoue, de trouver en vous un jeune homme ; je croyais que vous aviez au moins quarante ans.

— Je dois les avoir, dit en riant Robert, car depuis dix ans j'ai vécu, ou plutôt j'ai travaillé double.

Il fut interrompu par l'arrivée de Balda, qui entrait par une porte de côté.

M. de Sergy fit deux ou trois pas au devant d'elle, et, lui présentant Robert :

— Madame, lui dit-il, M. le docteur Robert...

A ce nom, Balda s'arrêta brusquement ; elle pâlit, ses lèvres s'entr'ouvrirent, retenant à peine un cri, et elle se rejeta en arrière, comme si elle eût mis le pied sur un serpent.

III

Après la vue, l'ouïe

Balda était tellement maîtresse d'elle-même qu'en une seconde elle eût dominé et dompté ce tressaillement involontaire. Robert, qui la regardait fixement dans le moment, fut le seul auquel son mouvement n'échappa pas ; mais il se dit qu'elle avait éprouvé sans doute en le voyant quelque surprise du genre de celle dont avait parlé M. de Sergy ; et d'ailleurs il ne connaissait point Balda et ne se rappelait l'avoir rencontrée nulle part. En même temps Balda se mit à sourire comme d'elle-même, de sa distraction ou de son étourderie.

Robert la salua, et elle s'inclina avec grâce, sans prononcer une parole.

Quand elle releva la tête, il eût été impossible de découvrir sur son visage la moindre trace d'une émotion quelconque, sauf un reste de pâleur à peine perceptible, et d'autant moins remarquable qu'elle avait le teint mat et peu coloré.

On s'assit, et la conversation fut d'abord générale et banale sur les quelques événements à l'ordre du jour. Puis, M. de Sergy témoigna au docteur Robert la reconnaissance qu'il lui devait pour les bons soins donnés à son fils.

Lucien raconta alors avec chaleur et cordialité tout ce que Robert avait fait pour lui.

Robert se défendait avec enjouement des éloges de Lucien. Balda, silencieuse, sans se tourner vers lui, sans lever presque les yeux sur lui, l'observait, l'étudiait avec une attention profonde, et ne perdait pas un seul de ses mouvements.

— Vous avez donc résidé longtemps en Amérique ? demanda le comte à Robert.

— Tout près de deux ans, monsieur. Les médecins français, même jeunes, sont fort recherchés là-bas, et c'est en Amérique que j'ai commencé à pratiquer sérieusement la médecine. J'ai été ensuite rappelé en France par l'illustre chirurgien qui avait été mon maître, et dont la santé commençait dès lors à décliner. Je l'ai aidé d'abord, puis suppléé quand son mal a fait des progrès ; et c'est ce qui explique qu'à sa mort j'aie hérité, non de son savoir, hélas, et de son

habileté, mais d'une grande partie de sa clientèle...

En ce moment, un domestique ouvrit la porte de la salle à manger et annonça :

— Madame est servie.

Balda se leva.

— Monsieur ?... dit-elle à Robert, en lui demandant son bras ; mais elle eut soin de ne prononcer que ce seul mot : « monsieur », et encore à demi-voix.

On passa dans la salle à manger, et Lucien, qui voulait faire valoir son ami, reprit, à table, la conversation commencée.

Balda, sans dire un mot, passionnément attentive, écoutait tout, suivait tout de son regard vague de chatte endormie.

— D'après Lucien, reprit M. de Sergy, vous auriez, docteur, une clientèle double, les riches et les pauvres ?

— Quand je vous disais, monsieur, reprit Robert en riant, que ma vie est double partout ! Aussi, ai-je deux logements ; l'un dans le quartier aristocratique, place Vendôme ; et l'autre dans le quartier ouvrier, pour mes consultations du matin.

— En effet, dit M. de Sergy d'un ton quelque peu dédaigneux, je crois que vous êtes républicain.

— Je ne suis, en politique, ni dans la polémique ni dans l'action, répondit modestement Robert, mais on n'est pas citoyen, selon moi, sans avoir une opinion, et je suis, c'est vrai, de ceux qui croient à la souveraineté du peuple.

— Moi aussi ! dit vivement M. de Sergy.

— Oui, repartit Robert, seulement je suis, moi, non pas pour la souveraineté du peuple qui abdique et qui s'annihile, mais pour la souveraineté du peuple qui s'affirme et qui s'exerce ; je suis, comme vous disiez, pour la République.

— Pour laquelle ? demanda le comte avec un sourire supérieur ; car elle a bien des épithètes, votre République ! Ah ! en votre qualité de médecin, vous êtes sans doute pour la République humanitaire ?

— Je n'ai pas besoin de ce barbarisme, dit Robert ; je suis tout bonnement,— dans la langue de Voltaire, qui me suffit,— pour l'humanité. J'ai commencé par la lutte et par la gêne, c'est peut-être pour cela que je m'efforce de secourir ceux qui souffrent et d'élever ceux qui sont en bas.

Il parlait avec simplicité et fermeté, sans jactance et sans forfanterie, en homme qui, de ses opinions, ne veut rien surfaire ni rien rabattre. Il se fit cependant, sur ses dernières paroles, un silence assez froid, que Lucien n'osait rompre.

Ce fut M. de Sergy qui reprit, un peu sèchement :

— Toutes les opinions sont respectables quand elles sont sincères.

— Et surtout quand elles sont désintéressées ! repartit vivement Lucien ; Robert, en disant ce qu'il pense et en faisant ce qu'il dit, non-seulement ne suit pas son intérêt, mais plutôt va contre son intérêt.

— En cela tu te trompes, mon cher Lucien, dit gaiement Robert. La grande égalité, vois-tu, c'est la souffrance. Il arrive toujours un moment où le riche n'est plus, lui aussi, qu'un homme qui souffre, et alors ce qu'il cherche et ce qu'il veut, quelle que soit son opinion politique, c'est l'homme qui le soulage. Or, c'est ici que je substitue au système égalitaire le système des compensations ; et je fais toujours payer double ou triple les riches, pour pouvoir me dispenser de faire payer les pauvres.

— J'avais bien raison de dire que vous êtes resté jeune ! dit en riant M. de Sergy.

— Et vous ne me blâmerez pas, monsieur, reprit Robert sur le même ton, de rester jeune... pour les pauvres.

Lucie se taisait, mais elle écoutait Robert avec admiration ; Balda se taisait, mais elle observait maintenant Lucie en même temps que Robert.

— Pour parler sérieusement, reprit le comte, je crois, docteur, que vos clients riches, tout les premiers, au lieu de vous blâmer de vos façons d'agir, vous en estiment davantage. J'ai entendu parler de vous en ce sens par quelques-uns d'entr'eux, qui sont de mes amis. Et même, — je me le rappelle à présent — n'êtes-vous pas le médecin de la tante maternelle de mes enfants, Mme la comtesse d'Arnaud ?

— J'ai cet honneur, dit Robert.

— Et, comme la comtesse d'Arnaud, — qui est plus délicate encore qu'elle l'était ma pauvre femme, — est presque toujours malade et alitée, l'hôtel d'Arnaud, à Saint-Germain, doit avoir souvent votre visite.

— Assez souvent, en effet, répondit Robert, car M. d'Arnaud a aussi de fréquentes attaques de gouttes.

Balda, pour la première fois, éleva la voix.

— Eh ! mais alors, dit-elle vivement, M. le docteur Robert doit avoir eu déjà l'occasion de voir à Saint-Germain notre chère Lucie, qui fait très souvent visite à sa tante ?

Ce fut le tour de Robert, en entendant la voix de Balda, d'être frappé de stupeur et presque d'effroi. Il était assis à la droite de la comtesse, il eut, lui aussi, un tressaillement, et se retourna brusquement vers elle, comme s'il se demandait qui avait parlé.

L'étonnement que lui avait causé le son de voix de Balda empêcha Robert de répondre tout de suite à la question indirecte, et d'ailleurs prévue, qu'elle lui avait adressée.

— J'ai eu, en effet, l'honneur, dit-il enfin, de rencontrer à l'hôtel d'Arnaud Mlle de Sergy.

En prononçant lentement ces mots, Robert attachait ses yeux sur Balda, se demandant :

— C'est inouï, je connais cette voix, mais où donc l'ai-je entendue ?

Balda, troublée elle-même, ne l'était pas assez pour ne pas remarquer le trouble de Robert ; mais une idée nouvelle dominait son inquiétude :

— Ah ! ils se connaissent !

Et elle reporta vivement ses regards sur Lucie, à qui dans le moment son père adressait la parole.

— Tu ne nous avais jamais dit, Lucie, que tu avais rencontré chez ton oncle d'Arnaud l'intime ami de ton frère ?

— Je ne sais... dit Lucie, j'ai pourtant vu plusieurs fois M. le docteur Robert.

La rougeur qui nuança légèrement le visage de Lucie était bien imperceptible, et sa réponse fut faite d'un ton de simplicité où M. de Sergy ne trouva absolument rien à remarquer. Mais la femme n'échappe pas aussi aisément à la femme, et surtout à une femme aussi fine et aussi pénétrante que Balda. Elle saisit plutôt qu'elle ne vit cette imperceptible rougeur de Lucie ; dans on sait quelle trépidation profonde et lointaine de cette voix si calme, elle sentit l'émotion secrète ; et elle se dit :

— Allons ! ils font mieux que se connaître !.. Il faut voir...

Elle ne cessa plus, pendant le reste du déjeuner, d'observer Lucie encore plus que Robert. Lucie, de son côté, se sentit épiée et eut soin d'éviter de regarder le jeune médecin ; mais Balda, dans cette indifférence même, sut voir un indice.

Après le déjeuner, et quand Robert prit congé.

— Monsieur le docteur, lui dit le comte, d'aujourd'hui en huit, c'est-à-dire jeudi prochain, Mme de Sergy, pour la dernière fois de la saison, reçoit dans la soirée nos amis ; j'espère que vous voudrez bien vous compter désormais dans le nombre, et que vous nous ferez ce jour-là l'honneur d'être des nôtres.

Robert, avant de répondre, se tourna vers Balda, qui était debout près de son mari, et qui ne put faire autrement que de dire à son tour :

— Je serai charmée, monsieur le docteur, de pouvoir compter sur votre présence.

Robert attendait, pour ainsi parler, le son de sa voix, et il n'eut point cette fois de mouvement de surprise ; mais de nouveau cette voix retentit dans son souvenir avec une netteté surprenante ; et, tout en saluant la comtesse et en lui disant : — Je vous remercie, madame, et j'aurai l'honneur de me rendre à votre gracieuse invitation — il regardait la comtesse avec une attention profonde, et il pensait :

— C'est étrange, je ne connais pas la femme, et je suis pourtant sûr de reconnaître la voix.

Quant à Balda, elle demeura songeuse après le départ du docteur.

— Si je pouvais tenir cet homme ! se disait-elle. Il y a certainement quelque chose entre lui et Lucie ! Comment le savoir ?

Tout à coup son visage s'éclaircit.

— Angelina ! pensa-t-elle , Angelina peut me renseigner. Elle a souvent accompagné Lucie à Saint-Germain chez M. d'Arnaud !

IV

Le diamant n'entame pas le diamant

Angelina seule pouvait effectivement donner à Balda quelque lumière sur ce qui se passait dans les visites de Lucie à ses parents. M. de Sergy qui, même avant la mort de sa première femme, était en froid avec sa belle-sœur, ne l'avait pas revue depuis. Seulement, comme M. et Mme d'Arnaud n'avaient point d'enfants, et que la fortune personnelle de Mme d'Arnaud devait un jour revenir à Lucien et à Lucie, le comte, loin d'empêcher sa fille de voir sa tante, l'y avait toujours plutôt encouragée. Lucie, depuis un an surtout, ne laissait guère passer de semaine sans aller à Saint-Germain.

Si Mme d'Arnaud ne recevait pas M. de Sergy, ce n'était pas pour recevoir Balda, bien que Balda fût sa parente. Mais Mme d'Arnaud était une femme d'un esprit élevé, incapable de faire payer les innocents pour les coupables ; elle fut d'ailleurs touchée de la douceur et de la grâce d'Angelina quand Lucie la lui amena ; et enfin Angelina n'était pour elle que la nièce de Balda, la fille d'une sœur aînée qu'elle savait-être morte réellement au Brésil depuis une dizaine d'années. Elle accueillit donc Angelina avec bonté, et la traita à peu près sur le même pied que Lucie.

Balda se rappelait tout cela en montant chez sa fille.

— Je saurai tout par Angelina, pensait-elle ; si Lucie m'a déjà laissé entrevoir son secret, je lirai à livre ouvert dans le cœur d'Angelina.

La Brésilienne se trompait ; elle allait trouver l'enfant bien autrement impénétrable que la jeune fille.

Angelina, tout à fait remise de son indisposition, devait sortir en voiture avec Lucie ; Balda venait l'aider à faire sa toilette.

— Je tolère aujourd'hui cette robe par trop simple, lui dit-elle, mais, tu sais, jeudi prochain, le jour de la soirée, j'entends que tu te laisses faire très, très jolie.

— Je me laisserai faire ravissante... pour toi, dit Angelina en riant.

— Oh ! pour moi et pour tout le monde, — pour tous nos amis, — anciens et nouveaux...

Et alors commença ce dialogue, en phrases brèves, mêlées aux menus détails de la toilette, mais où toujours la voix, l'accent, l'expression gardèrent imperturbablement la même froideur banale et indifférente chez l'enfant que chez la femme.

— A propos, Angelina, tu verras à la soirée quelqu'un — que tu dois connaître.

— Qui donc ?

— Le docteur Robert.

— Ah !

— Tu as dû le voir déjà, le docteur Robert, — chez M. d'Arnaud?

— Oui, oui ; je l'ai vu.

— C'était lui cet ami de Lucien qui a déjeuné ce matin ici.

— Ah ! c'est lui !

— ... Il y allait souvent, je pense, chez M. d'Arnaud?

— Assez souvent.

— Quel homme est-ce ? Il paraît avoir beaucoup d'esprit. As-tu causé avec lui quelquefois ?

— Mais non ; en France, moi, je ne suis qu'une petite fille.

— Oui ; il causait, naturellement, beaucoup plus avec Lucie.

— Naturellement.

— Mais enfin tu l'as entendu causer ; tu devais être presque toujours avec Lucie ?

— Oh ! j'étais aussi quelquefois avec Mme d'Arnaud.

— D'ailleurs, tu ne vas guère à l'hôtel d'Arnaud que depuis trois mois ; et il est présumable que le docteur Robert y allait depuis longtemps déjà, et que Lucie le connaissait avant toi.

— Dame ! il est le médecin, et aussi l'ami, de la maison.

Balda n'osa pas pousser plus loin l'interrogatoire.

— Angelina est une enfant, se dit-elle ; elle n'a pas fait attention à ce qu'il me serait si intéressant de savoir.

Chose étrange, Angelina avait vu plus clair dans les questions de Balda.

— Pourquoi m'interroge-t-elle ainsi? se demandait-elle.

Balda se disait qu'après tout elle en savait assez. Il était évident que Lucie connaissait le docteur Robert depuis plus d'une année ; et, jusqu'au retour de son frère, elle n'avait jamais parlé de lui à personne !

Et Balda se répétait avec conviction :

— Ils doivent s'aimer ! ils s'aiment !

V

La petite confidente

Ce même jour, vers quatre heures, Lucie et Angelina étaient en voiture, et allaient faire un tour au Bois ; Dominique, un vieux domestique sûr et dévoué, qui avait vu la mère de Lucie jeune fille, était sur le siège à côté du cocher.

Lucie était joyeuse et gaie ; Angelina pensive et même un peu triste.

— Qu'as-tu? lui dit Lucie, est-ce que tu souffres encore?

— Non, pas du tout ; j'aurais même pu fort bien, ce matin, descendre au déjeuner.

Elle reprit, après un silence :

— Il paraît que le docteur Robert y était, au déjeuner?

—Oui, c'est un ami de Lucien, et Lucien l'avait invité.

— Tu ne me l'a pas dit ce matin quand tu es venue dans ma chambre.

— C'est vrai, je n'y ai pas pensé... — Le beau temps ! ajouta aussitôt Lucie ; le beau soleil !

— Le soleil est aussi dans toi, reprit Angelina avec une expression d'amertume ; tu es toute gaie, aujourd'hui !

— Et toi toute triste, il me semble. Pourquoi es-tu triste?

— Parce que tu n'as pas confiance en moi, Lucie.

— Oh ! petite ingrate !..

— Alors, — dis-moi, — pourquoi, toi, es-tu gaie?

— Pourquoi? Mais parce que je pense que mon bien-aimé frère Lucien est revenu ; parce qu'il fait beau ; parce que c'est le printemps ; parce que je suis avec toi que j'aime et qui m'aimes.

— Oh ! oui, va, je t'aime! fit avec un accent passionné Angelina en embrassant Lucie.—Mais toi, dis-moi, Lucie, en dehors de ton frère et de moi, n'aimes-tu personne autre?

— Qui donc veux-tu que j'aime?

— Eh ! mais... le docteur Robert, par exemple.

— Es-tu folle? Pourquoi l'aimerais-je?

— Tu le voyais chez ta tante ; tu causais avec lui ; quand tu y allais, il était toujours là... — Et il t'aime, lui.

Lucie ne parut pas entendre la dernière phrase.

— Mais toi aussi, dit-elle en riant, tu le voyais, tu étais là quand il venait. Est-ce que tu l'aimes?

— Oh ! je ne compte pas, moi, petite fille. — Alors tu ne l'aimes pas?

— Je te dis que tu es folle.

Angelina se tut brusquement, s'écarta de Lucie, puis, portant ses mains à son front, elle éclata en sanglots qui soulevaient et tordaient son pauvre corps frêle.

Lucie resta un moment immobile de surprise devant cette explosion de douleur qu'elle ne pouvait comprendre.

— Angelina ! chère mignonne ! qu'as-tu? lui dit-elle.

— Laisse-moi ! murmurait Angelina, c'est mal ! c'est bien mal !

— Qu'est-ce qui est mal? repartit Lucie, prête à pleurer aussi.

— Ah ! Lucie, toi, en qui je croyais, toi pour qui je donnerais ma vie avec joie, tu te défies de moi ! Oh ! mon Dieu ! mon Dieu ! je le sens pourtant, je suis capable d'aimer, d'aimer avec dévouement, jusqu'à en mourir ; et on peut me confier un secret !

— Voyons, Angelina, ma chérie, calme-toi.

Angelina se redressa, saisit les deux mains de Lucie, et lui dit :

— Regarde-moi ! est-ce que tu ne vois pas que je suis capable de comprendre, capable de me taire?

Lucie était profondément émue de ce désespoir, si étrange chez cette enfant de quatorze ans, révélant tout à coup une violence de passion bien au-dessus de son âge.

— J'ai eu tort, se disait-elle, je l'ai méconnue. En la traitant en petite fille, j'ai froissé sa sensibilité maladive. Et elle a tout deviné.

Elle reprit tout haut :

— Pardonne-moi, Angelina ; ce n'est point défiance... mais il y a des choses qu'on ne dit aisément à personne, pas même à son frère ; des choses qu'on ne se dit pas tout de suite à soi-même.

— Tant mieux ! s'écria Angelina, les yeux brillants de fièvre, tant mieux si je suis la première dans ta confiance, dans ton cœur ! Et tu n'auras pas à le regretter, sois tranquille ! Tu ne sais pas ce que c'est que de se sentir l'âme pleine d'une tendresse et d'un dévouement sans bornes, et de voir que l'être qu'on aime, se défie de vous, et ne vous accorde de son affection que le côté banal et superficiel !

— Il n'en sera plus ainsi entre nous, Angelina, je te le jure.

— Ah ! merci !

Et Angelina la couvrit de baisers et de caresses. Puis, avec une sorte d'exaltation fébrile :

— Ainsi, dit-elle, tu l'aimes !... Tu l'aimes et il t'aime ! Oh ! va, je le savais. Je le savais depuis le premier jour où je vous ai vus l'un près de l'autre.

— Vraiment! Et tu n'en as rien montré?

— Tu vois donc que je puis me taire et garder un secret. Oui, je savais que vous vous aimiez. C'est pour cela que souvent je vous laissais seuls, que j'allais au jardin, quand vous étiez au salon. Tu croyais que c'était pour les fleurs. Et toi, tu ne t'apercevais guère de mon absence, et, quand je m'en allais, tu ne pensais pas à moi, à moi qui ne pensais qu'à toi !

— Ma chère petite Angelina !... Il y a un quart d'heure, j'aurais juré ne pouvoir t'aimer davantage ; et à présent...

— Oui, conviens-en, tu m'aimais un peu comme une grande poupée ; et, à présent, tu vois que je suis une petite femme, moi aussi, et qu'on peut m'aimer comme une égale, comme une sœur.

— Oui, comme une sœur.

— Et tu me diras tout, désormais?

— Tout.

— Tu comprends ; maintenant qu'il va venir ici souvent, ce double mystère, ce double mensonge me pesait trop. Tu penseras tout haut devant moi, et nous parlerons ensemble de lui. Tu verras quel bien cela fait. Tiens, regarde, me voilà heureuse, aussi heureuse que toi !

Et Angelina, souriante, les yeux dans les yeux de Lucie, lui serrait les mains dans ses mains brûlantes, le visage illuminé d'une joie singulière.

VI

Les secrets

La joie et l'animation d'Angelina devinrent bientôt inquiétantes, et Lucie, abrégeant la promenade, donna ordre au cocher de revenir à l'hôtel. Angelina avait la fièvre, et elle parlait, comme dans un rêve, avec volubilité et inconscience.

— Si elle allait, sans le savoir, trahir mon secret? se disait Lucie.

Quand elle la ramena dans sa chambre, Balda, avertie, accourut aussitôt, et, jetant à Lucie un regard irrité :

— Elle était tout à fait bien en partant, lui dit-elle, et vous me la ramenez toute fiévreuse et tout agitée. Que s'est-il donc passé? Que lui avez-vous dit?

Angelina l'interrompit vivement :

— Tu te trompes; j'avais déjà la fièvre quand je suis sortie. Je n'en ai rien dit, parce que je tenais à faire cette promenade avec Lucie, et que le grand air pouvait me faire du bien. Ce ne sera rien, d'ailleurs, et un peu de repos va me remettre.

— Je vous en prie, madame, dit Lucie, permettez-moi de rester près d'elle jusqu'à ce qu'elle s'endorme.

— Je vous remercie, reprit Balda assez sèchement, je suffirai pour la soigner.

Elle laissa pourtant Lucie l'aider à mettre Angelina dans son lit, et Lucie, sous prétexte d'arranger l'oreiller d'Angelina, se pencha sur elle, et lui dit tout bas :

— Demande que je reste... Si tu allais parler?

— Laisse Lucie près de moi, dit Angelina à Balda, je n'ai pas trop de mes deux garde-malade pour me gâter.

— Non! non! cela te fatiguerait, lui répondit Balda.

Et à son tour, elle lui dit à l'oreille :

— Prends garde! si tu avais le délire, et si tu parlais devant elle?

Une étrange anxiété se peignit sur le visage de la pauvre enfant.

— Si j'avais le délire ?... répéta-t-elle, tout haut sans s'en rendre compte, avec une véritable épouvante.

Avait-elle aussi son secret à elle, à garder?

Balda persista dans son refus, et Lucie fut bien obligée de se retirer. Mais, quand elle embrassa Angelina en s'en allant, l'enfant, lui serrant la main, lui dit tout bas, d'une voix profonde :

— Sois sans crainte! je me tairai!

En effet, la fièvre, avec ses visions et ses transports, eut beau mettre en feu son cerveau, sa volonté veillait; et, avec la puissance que donne l'idée fixe, même pour répondre aux questions les plus simples de Balda elle ne desserra pas les lèvres.

Ce silence obstiné devint même effrayant. Balda la suppliait de répondre, de lui dire au moins si elle l'entendait. Elle lui répondait oui d'un signe de tête, mais ne parlait toujours pas.

Elle essayait de dormir, mais elle ne pouvait pas. Le médecin vint et ordonna une potion calmante. Ce ne fut que vers dix heures du soir qu'elle sentit le sommeil la gagner.

— Te trouves-tu mieux? lui demanda Balda, es-tu plus calme? dis-moi une parole qui me rassure.

— C'est bien toi qui me parles, n'est-ce pas? lui dit Angelina, c'est bien toi?

— Sans doute, ne me reconnais-tu pas?

— Oui, mais dis, voir si c'est toi.

Alors Balda s'approcha tout près d'elle, et, tout bas, bien qu'elles fussent seules, lui dit avec une expression d'ineffable amour :

— Ma fille!

Un sourire effleura les lèvres d'Angelina, et avec le même accent de tendresse :

— Maman !... dit-elle.

Et elle s'endormit.

VII

Le secret de Balda

Balda était née au Brésil, d'une mère créole et d'un père français, parent éloigné de Mme de Sergy.

A treize ans, elle resta orpheline, la fièvre jaune ayant enlevé presque en même temps son père, sa mère, sa sœur aînée et le mari de cette dernière.

Le père de Balda avait émigré au Brésil pour refaire sa fortune détruite; mais ses affaires n'avaient point prospéré, et, à sa mort, quand les créanciers eurent été à peu près payés, il ne resta rien à Balda, la seule qui eût échappé à l'épidémie.

Pauvre, sans ressources, sans abri même, elle fut recueillie par une tante de sa mère, vieille créole égoïste et frivole, mais dépensière, farcie de préjugés coloniaux et autres, qui mangeait son fonds, aussi bien que son revenu, avec une insouciance parfaite du lendemain.

Elle n'avait point d'enfants, ne s'étant pas mariée, — telle était son excuse. Mais quand Balda tomba à sa charge, cette responsabilité nouvelle ne changea rien à sa façon de vivre; et elle continua de ne penser qu'à elle-même.

Balda poussa donc au hasard, sans conseil, sans appui, faisant sa société de qui elle voulait, et surtout des gens de couleur, esclaves ou libres, dont était encombrée la maison de sa tante, — comme le sont, du reste, toutes les maisons de la bourgeoisie et de l'aristocratie brésiliennes.

Le travail esclave, en effet, produisant dix fois moins que le travail libre, là où il suffirait d'un ou deux domestiques, on compte dix nègres.

Parmi ces gens de couleur, se trouvait un jeune quarteron, âgé de vingt ans environ, et admirablement beau, de cette beauté sculpturale et en même temps passionnée, que produit parfois le croisement de la race Africaine, qui apporte la sève, la vigueur et la jeunesse, avec la race blanche, qui apporte la grâce et l'intelligence.

Il y a de ces sang-mêlés qui tiennent de l'Antinoüs et de l'Apollon; le teint légèrement bistré, et comme bronzé, ne contribue pas peu à l'éclat prodigieux de ces beautés splendides, où, comme dans un tableau de maître, la « couleur » et le « dessin » s'unissent pour produire un chef-d'œuvre.

Ce jeune homme s'appelait Moralès.

Il était esclave.

Fils de son premier maître et d'une mulâtresse favorite, il avait été avec un certain soin, en dehors des travaux serviles, et avait reçu un commencement d'éducation. Son père et maître avait sans doute l'intention de l'affranchir un jour. Une mort brusque l'en empêcha.

Les héritiers, — il était veuf et sans enfants légitimes, — se partagèrent ses biens et ses esclaves; et le beau Moralès fit partie du lot qui échut à la tante de Rose.

Elle avait mangé l'argent et brocanté les esclaves; sauf celui-là, dont la beauté et l'éducation flattaient son amour-propre, autant que la possession d'un cheval de race. Elle lui confia les fonctions d'intendant de ses biens, et le chargea de tenir ses comptes; véritable sinécure dans une maison où le désordre et le gaspillage avaient été élevés à la hauteur d'un principe et presque d'une religion.

Balda venait d'avoir quatorze ans. Elle avait le tempérament et les passions précoces des femmes de ces pays, où le soleil des tropiques mûrit vite les fruits et les cœurs. Elle était seule, abandonnée, et, dans la tristesse et l'ennui de son isolement, elle aima Moralès.

Les amours de Balda et de Moralès furent sincères et naïfs, sinon purs. Le sens moral manquait à Balda; qui le lui aurait donné? mais en même temps sa jeunesse et son inexpérience la mettaient au-dessus des préjugés, des considérations mondaines et du respect humain.

C'était, en effet, quelque chose d'assez inouï que cet amour d'une *blanche* pour un homme de couleur, pour un esclave, dans ce pays où la moindre goutte de sang noir dans les veines est une marque d'avilissement et d'infamie que rien ne saurait effacer.

Il ne pouvait être question ici de mariage. Moralès était esclave, et, eût-il été libre, aux colonies cela ne changeait rien à l'insurmontable obstacle. Moralès devint donc l'amant de Balda.

Elle l'aimait avec passion, avec d'autant plus de passion peut-être, que cet amour était du fruit défendu à la quatrième puissance. Puis, c'était son premier amour, et ce devait être son dernier. Tout ce qu'il y avait de printemps, c'est-à-dire d'abandon et d'abnégation, dans ce cœur qui devait se refroidir si vite, se mit à fleurir d'un seul coup; éclosion passagère, mais éblouissante et formidable.

Le commencement fut un rêve, une ivresse, l'oubli et le dédain de tout. Puis Balda devint enceinte, et, malgré toutes les précautions qu'elle put prendre, sa tante ne tarda pas à s'en apercevoir.

La vieille créole garda d'abord le silence sur sa découverte ; elle ne dit pas un mot à Balda. Une faute n'est pas chose rare, en ce pays où l'esclavage a tout dégradé. Mais quel était le père ? On guetta Balda, on l'épia avec astuce et persévérance. Balda ne se savait même pas soupçonnée.

Une nuit, la tante, accompagnée de quatre nègres vigoureux, entra dans la chambre de la jeune fille. Moralès, pendant son sommeil, fut saisi et garrotté. Du reste, il n'essaya pas même de résister. A quoi bon ? il était perdu !

Il n'eut que le temps de crier à Balda :

— Sauve notre enfant !

Balda se jeta aux pieds de sa tante, lui demanda grâce, non pour elle, mais pour lui.

Tout à coup, un bruit étrange, effrayant, horrible, la fit se retourner.

C'était le bruit des dernières convulsions de Moralès, se débattant un lacet autour du cou.

Il était étranglé.

Balda se précipita sur son corps en poussant un cri sauvage, et s'évanouit.

Tout cela s'était passé avec la rapidité de l'éclair, et sans que la vieille tante eût prononcé une seule parole, même pour répondre aux supplications de sa nièce, qui se tordait à ses genoux.

Quand Balda revint à elle, elle était seule dans sa chambre, dans cette chambre maudite, où il lui semblait encore entendre le râle sourd et voir les dernières convulsions de son amant.

Elle voulut fuir cette horrible chambre. Elle s'élança vers la porte; elle était fermée en dehors. Elle courut à la fenêtre qui donnait sur le jardin; mais, en penchant la tête pour mesurer la distance du sol, elle aperçut, à la branche d'un arbre, en face d'elle, le corps de Moralès suspendu.

Elle se rejeta en arrière, et s'évanouit pour la seconde fois.

Afin d'éviter un scandale, la protectrice de Balda avait jugé à propos de simuler un suicide de Moralès. On raconta que l'esclave s'était pendu, et tout fut dit.

Il ne faudrait pas croire pourtant que la vieille créole fût un monstre, ni même une femme méchante. Mais un esclave ne compte pas. Cela se tue avec aussi peu de scrupule qu'un chien, et le plus abominable des crimes aux yeux d'une Américaine est une mésalliance qui semble élever l'homme de couleur au rang d'homme.

Le crime de Balda n'était pas d'avoir eu un amant, — la vieille fille le lui eût pardonné, — mais d'avoir aimé un quarteron

et un esclave. Il y avait là une tache qu'il fallait effacer à tout prix.

Au bout de huit jours, elle vint voir Balda, toujours prisonnière dans sa chambre, pour lui annoncer qu'elle ne recouvrerait la liberté qu'après ses couches.

Balda comprit qu'on destinait à son enfant, le même sort qu'au père ; qu'on le tuerait probablement; à moins, ce qui était pire, qu'on ne le fît élever au loin, comme fils d'esclave, et esclave lui-même.

Elle ne dit rien. Protester, prier, était inutile; elle le savait. Cette secousse épouvantable l'avait mûrie. Elle était entrée en pleine possession de sa nature. Se taire, mentir, sourire et agir, fut désormais sa loi.

Ajoutons qu'on avait été sans pitié envers elle, et qu'elle y trouva le prétexte voulu pour être sans pitié envers les autres. De ce jour, il y eut un masque sur son visage et du venin dans son cœur.

Elle ne pleura plus, elle ne se plaignit plus. Seulement, deux semaines environ avant son accouchement, elle disparut, sans qu'il fût possible de savoir par où ni comment, et de retrouver sa trace.

Tous les esclaves de la maison furent fouettés et mis à la torture, sans qu'on pût obtenir d'eux aucun renseignement.

Un mois après, Balda reparut chez sa tante, pâle, amaigrie, comme quelqu'un qui relève d'une longue et cruelle maladie.

— Votre enfant, où est-il? demanda la tante avec fureur.

— Il est en sûreté ! répondit Balda avec un regard de bravade.

Cet enfant, c'était Angelina.

Ce premier amour de Balda, brusquement arrêté dans sa floraison, n'eut point le temps de se faner. La sève alors se détourna, et tout ce qui restait de passion dans ce cœur de granit, un moment traversé d'une flamme ardente, se concentra dans l'amour de la mère pour sa fille, de la tigresse pour son petit.

Elle aima son enfant avec une sorte de rage, trouvant déjà une saveur de défi et de vengeance à cet amour pour une petite créature triplement illégitime, dans les veines de laquelle coulait du sang noir et du sang esclave, et qu'elle avait, un héroïsme patient, sauvé de l'esclavage ou de la mort.

Angelina était bien à elle, à elle seule ! Quelle joie, quel triomphe, le jour où, brisant les obstacles, en dépit des lois et des préjugés, à la face de la société trompée et domptée par son habileté, elle produirait dans le monde la fille du noir, la fille de l'esclave, après lui avoir taillé, à force d'audace et de volonté, une fortune éclatante, après avoir vaincu l'interdiction qui semblait lui défendre à jamais la richesse et le bonheur !

VIII

Balda en guerre

Quelques années après ces événements, la vieille créole mourut. Elle avait fait sa nièce son unique héritière; seulement elle était absolument ruinée, ses dettes ne furent pas même payées, et il ne resta à Balda que quelques bijoux de valeur, dont la vieille coquette n'avait jamais voulu se séparer, et qu'elle lui avait remis, peu d'heures avant sa mort, de la main à la main.

Pour la seconde fois, Balda se trouvait seule au monde, sans ressource et sans asile.

Elle n'eut d'abord qu'une pensée : revoir son enfant. Angelina avait été élevée par une négresse dévouée. Pendant dix ans, Balda avait eu le courage, non-seulement de rester loin de sa fille, mais de ne pas même recevoir de ses nouvelles, afin de ne pas exposer sa liberté ou sa vie. Dès que sa tante fut morte, elle vendit ses bijoux et accourut près d'Angelina.

Elle ne lui cacha rien; elle lui dit sa naissance, la mort de son père, les tortures de sa mère. Que voulait-elle? pourquoi versait-elle dans cette jeune âme ces secrets terribles ? Etait-ce pour que sa fille, en sachant qu'elle n'avait au monde que l'amour de sa mère, en sachant ce que cette mère avait souffert pour elle, l'aimât plus éperduement, l'aimât uniquement ? Songeait-elle à infiltrer dans ce cœur d'enfant les sentiments de haine et l'ardeur de représailles dont elle était dévorée? Elle ne se rendait peut-être pas compte elle-même de son intention et de sa pensée. Elle s'était tue si longtemps, elle avait soif de parler, voilà ce qu'il y avait de plus clair pour elle. Maintenant que dirait, que ferait Angelina? Elle allait voir.

Mais Angelina était justement le contraire de Balda. De son père et de sa mère, du ciel sous lequel elle était née, du sang brûlant qui coulait dans ses veines, des émotions effroyables qui avaient précédé sa naissance, Angelina, — être frêle, délicat et frémissant, — n'avait hérité qu'une précocité étrange de passion, une sensibilité exaltée jusqu'à la maladie, un besoin ardent d'aimer et d'être aimée. L'énergie invincible de sa mère, elle ne l'appliquait qu'aux choses du cœur. Ce qu'elle conclut du récit de Balda, c'est, d'une part, qu'elle avait à adorer cette mère si vaillante et si dévouée, et que c'était là un grand bonheur; mais, d'autre part, c'est qu'elle était née d'un sang méprisé et proscrit, qu'on allait donc la fuir et la honnir peut-être, et que c'était là une grande tristesse.

— Non ! lui dit Balda, non ! tu ne seras pas de celles qu'on dédaigne et qu'on repousse; tu dois être et tu seras de celles qu'on admire et qu'on adore ! Ta naissance,

^dont ce monde imbécile et décrépit fait une honte, il faut que personne n'en sache le secret, et personne ne le saura.

Mais là encore Balda trouvait en sa fille une nature absolument opposée à la sienne. Angelina était la sincérité et la droiture mêmes. La dissimulation lui faisait horreur.

— Il faudra donc mentir? dit-elle à sa mère; il faudra donc tromper? je ne pourrai jamais!

— Tu oublies qu'en te déshonorant, tu me déshonorerais, lui dit Balda ; ce serait une façon singulière de me témoigner ta reconnaissance et ton amour.

— Ah! pardon, ma bien aimée! s'écria l'enfant en se jetant dans ses bras et en fondant en larmes.

Alors Balda lui fit prêter, sous les formes les plus solennelles et les plus propres à frapper son imagination, le serment de ne révéler jamais à âme qui vive, et quoi qu'il arrivât, le nom de son père et de sa mère.

Et quand l'enfant, en tremblant, se fut ainsi engagée :

— C'est bien, lui dit Balda, je ne te demande pas autre chose, ma pauvrette; moi, je ferai le reste.

Le reste, c'était, dans sa pensée, de conquérir à Angelina la richesse et le rang. Contente, après tout, de trouver Angelina ainsi bonne et candide, Balda se disait : — Elle les mérite!

Et, chose étrange, elle se confirmait par là dans ses idées perverses et dans ses projets de vengeance. Ce serait au profit de sa fille innocente qu'elle commettrait ses crimes; et la douceur d'Angelina lui semblait par avance la justification et la rançon de sa cruauté. Cette âme enfiellée tournait au mal jusqu'au dévouement maternel, comme ces récipients acétiques qui aigrissent les vins les plus généreux.

Au moment de la mort de sa tante, Balda s'était adressée dans sa détresse à Mme de Sergy, qu'elle connaissait de nom et qu'elle savait sa parente, pour lui dépeindre, non sans éloquence, son affreuse position. Mme de Sergy, touchée de compassion, pensa à donner cette compagne à sa fille qui grandissait, et tout de suite lui écrivit de venir en France, lui envoyant la somme nécessaire pour son passage.

Balda mit en pension à Rio-Janeiro sa fille, — que dès lors elle déclara être sa nièce, — et partit aussitôt pour la France.

Il ne faut pas croire qu'elle fut un seul instant touchée de la générosité de Mme de Sergy; le souvenir de sa tante lui gâtait par anticipation tout le bien qu'on pourrait jamais lui faire.

— Qu'est-ce qu'elle va être encore, cette protectrice-là? se dit-elle. Ah! qu'elle soit ce qu'elle voudra, je ne perdrai plus mon temps à être dupe des bienfaits!

Balda arriva à Paris, armée de cette animosité préméditée et implacable, en même temps que de sa beauté étrange; beauté d'autant plus dangereuse, nous l'avons dit, qu'on ne s'en méfiait pas, et qu'elle était

en quelque sorte dissimulée et sournoise comme Balda elle-même.

Elle n'était pas installée depuis quinze jours à l'hôtel de Sergy, que son plan était fait et qu'elle entrait en campagne.

Avec les manœuvres les plus habiles et les plus savantes, elle feignit une passion profonde pour M. de Sergy; passion cachée, passion combattue, mais qui ne pouvait manquer de se trahir aux yeux expérimentés d'un homme assez beau encore, sinon assez jeune, pour n'être pas trop fat en s'en apercevant.

Balda se montra une comédienne consommée. Elle ne séduisit pas le comte, ce fut elle qui fut séduite. Il ne douta pas un instant de sa pureté, de sa sincérité, de sa vertu. Il y eut une longue et admirable lutte entre la passion et le devoir, et Balda fit une résistance véritablement héroïque. Mais pouvait-elle ne pas finir par céder à un amour plus fort qu'elle? Elle céda donc, non pas certes sans remords et sans larmes !

A l'âge qu'avait M. de Sergy, cette victoire, si longtemps attendue et si chèrement achetée, flatta et enivra le vieux beau plus que n'avaient fait tous ses succès passés. Balda avait eu soin d'ailleurs de ne la lui laisser remporter que quand elle avait été bien sûre de posséder et de tenir son vainqueur.

Dès lors, en effet, nous l'avons vu, elle fut, à l'hôtel de Sergy, dans toute l'acception du mot, « la maîtresse ».

Toujours humble et doucereuse pourtant vis-à-vis de sa bienfaitrice, ce fut lentement, tortueusement, à petits coups d'épingle, que, jour à jour, elle blessa, elle tortura, elle assassina la noble femme, épiant l'occasion, attendant l'heure, jusqu'à ce qu'enfin, — d'un bond et d'un coup terribles, — elle l'acheva.

Puis elle fit venir Angelina.

Puis elle se fit épouser par le comte.

Maintenant, entre elle et son but, il n'y avait plus que Lucien et Lucie.

IX

Le secret de Lucie

Balda ne quitta pas Angelina même quand elle fut endormie. Elle s'étendit sur un canapé et dormit à côté d'elle. Avec ses nerfs d'acier, elle n'avait besoin que de fort peu de sommeil; et lorsqu'Angelina se réveilla, elle vit à son chevet sa mère calme et reposée, comme si elle avait passé la nuit dans son lit.

Angelina, elle aussi, se trouva ranimée par ce bon sommeil réparateur; sa fièvre était tombée, et elle se sentait plus forte et surtout plus gaie. La première idée de la pauvre enfant avait été de se demander avec anxiété, si aucun des secrets dont

elle portait le lourd fardeau ne lui était échappé ; mais elle avait conscience que non, et, rassurée sur ce point, elle était toute joyeuse et tout épanouie.

Elle voulut se lever, et sa mère ne s'y opposa pas. Lucie avait envoyé, à la première heure, savoir de ses nouvelles.

— Désires-tu lui faire demander si elle veut bien descendre auprès de toi? dit Balda.

— Tu y consens?

— C'est moi qui t'en donne l'idée.

Balda, en effet, se reprochait d'avoir manqué, la veille, au rôle d'affection déférente, discrète et dévouée qu'elle avait pris vis-à-vis de Lucie; dans son inquiétude pour sa fille et pour son secret, elle avait parlé avec une certaine aigreur à la « fille de la maison », et elle voulait réparer cette faute.

Lucie, à l'appel d'Angelina, se hâta d'arriver. Angelina lui dit tout bas en l'embrassant :

— Je n'ai pas dit un mot, sois tranquille!

La causerie fut donc toute d'enjouement affectueux ; la matinée cependant ne se passa pas tout à fait sans émotion et sans nuage.

Vers dix heures, la femme de chambre de Lucie vint dire à sa maîtresse que le bijoutier venait d'apporter un écrin pour elle, de la part de M. Lucien.

— Le bijoutier! un écrin!.. Oh! qu'est-ce que c'est? demanda curieusement Angelina à Lucie.

— En vérité, je n'en sais rien, dit Lucie.

— Eh bien ! alors, dis qu'on le monte ici, cet écrin; veux-tu?

La femme de chambre, sur l'ordre de Lucie, apporta l'écrin.

C'était une magnifique parure de perles que Lucien envoyait à sa sœur.

Angelina jeta des cris d'admiration et de joie.

— Ah! que c'est beau et que c'est joli! Et M. Lucien ne t'avait pas prévenue? c'est vraiment une surprise?

— Sans doute, reprit Lucie; il m'avait dit seulement qu'il compléterait ma toilette pour la soirée de jeudi. Je n'avais pas bien compris.

— Ah! quel bonheur! s'écria Angelina, qui était véritablement heureuse pour son amie. Ah! ma Lucie, comme tu seras belle!...

Elle ajouta tout bas avec un accent singulier : — ... Belle pour lui !

Et dans cet accent, il y avait un peu de la fièvre de la veille; mais Angelina reprit aussitôt avec la gaieté et la câlinerie d'un enfant :

— Oh ! si tu étais gentille, — tu es en blanc, et ta robe de matin est d'étoffe légère, — tu me laisserais t'essayer ta parure.

— Es-tu enfant ! dit Lucie en riant.

Mais déjà Angelina lui dégageait le cou, lui relevait les manches, attachait le collier, les bracelets, les pendants d'oreilles.

3

Lucie, moitié consentant, moitié résistant, était ravissante ainsi.

Balda regardait faire. Angelina, le sourire aux lèvres ; mais tous les serpents qui n'étaient jamais qu'assoupis dans ce cœur s'étaient réveillés. Elle n'avait pu, elle, offrir à sa fille que de pauvres boucles d'oreilles ! et Angelina les trouvait encore trop riches pour elle !

Balda n'en dit pas moins tout haut :

— Que vous voilà charmante ! chère Lucie ! Votre frère vous fait là un cadeau digne de lui, et de vous.

Dans l'écrin, Angelina découvrit un billet plié de Lucien, qu'elle remit à Lucie.

— Lis tout haut, dit Lucie à Angelina, après y avoir jeté les yeux.

Lucien disait à sa sœur qu'il avait fait forcément en Amérique des économies sur la première année de son revenu, et qu'il priait sa chère Lucie de le laisser lui en offrir une partie, sous forme de parure, et de penser que c'était aussi leur mère qui la lui offrait avec lui.

Balda souriait toujours, et était même obligée, à présent, de mettre un peu d'attendrissement dans son sourire. Mais au fond de son cœur quelles tortures, mêlées à quelles convoitises !

— Oh ! oui, dit-elle, c'est un cadeau de millionnaire ! un cadeau de prince !

Et elle pensait en elle-même qu'en effet Mme de Sergy étant beaucoup plus riche que son mari, c'étaient Lucien et Lucie qui avaient maintenant, dans la fortune, la part la plus forte et la plus solide. Elle récapitulait le bilan de cette maison, qu'elle connaissait mieux que l'avoué et que le notaire. Mme de Sergy avait laissé trois millions en terres, dont Lucien avait déjà le fond et le revenu, M. de Sergy n'avait plus que pour peu d'années la jouissance du revenu de Lucie, et ne possédait, de son chef, que l'hôtel du faubourg Saint-Honoré et cinq cent mille francs, sur lesquels il n'avait pu reconnaître que cent mille francs à Balda. Il est vrai qu'il espérait être bientôt nommé sénateur, et qu'il faisait partie de plusieurs des « combinaisons » financières qui eurent sous l'empire une si désastreuse floraison ; mais combien tout cela était aléatoire et précaire auprès des biens-fonds du frère et de la sœur !

Là-dessus, — comme Angelina, douce enfant sans fiel et sans envie, battait des mains et, toute ravie et fière pour son amie, embrassait Lucie éperdument, — Balda l'embrassa avec effusion à son tour, en lui disant :

— Moi aussi, chère enfant, permettez-moi de me dire bien heureuse de votre joie !

Cette amertume et cette contrariété ne fut pas la seule qu'apporta à Balda cette malencontreuse matinée. Après le déjeuner, — auquel Angelina cette fois avait pu assister, — Balda remit à M. de Sergy la liste des invitations au bal, qu'il lui avait demandée pour les faire écrire par son secrétaire.

— Je n'ai pas su mettre l'adresse de M. le docteur Robert, dit Balda à Lucien ; où faut-il envoyer sa lettre d'invitation ? est-ce à son appartement de la place Vendôme, ou à son domicile de Montmartre ?

Lucie eut un vif mouvement de surprise.

Lucien dit tout haut ce qu'elle pensait tout bas :

— Je ne sache pas, madame, que Robert ait jamais habité Montmartre.

Malgré la puissance qu'elle avait sur elle-même, Balda pâlit et se mordit la lèvre.

— C'est lui-même qui nous l'a dit hier, fit-elle.

— Non pas, reprit Lucien, il a dit seulement qu'il avait un appartement pour ses consultations dans un quartier ouvrier ; mais ce n'est pas à Montmartre, c'est rue Saint-Maur.

— Je me serai trompée, dit Balda avec indifférence. Mais en elle-même, avec colère : — Ah ! leur donnerai-je donc toujours prise sur moi ! il faut que j'aie aussi enfin prise sur eux, et que je me dépêche, encore !

Comme la veille, le temps était magnifique, et Lucien offrit à sa sœur de l'accompagner au Bois.

Lucie regarda Angelina ; Angelina regarda sa mère.

— Voilà ce que c'est, mademoiselle, dit Lucie à Angelina, vous avez été malade hier après la promenade ; on ne vous confiera plus à moi.

— Oh ! elle est la seule coupable, s'empressa de dire Balda en riant, et si vous plaît de lui faire grâce et de l'emmener encore aujourd'hui, ce n'est pas moi qui mettrai obstacle à votre clémence.

— Alors, fit Angelina joyeuse, tu me permets de sortir avec Lucie ?

— Oui ; tu es si heureuse d'être avec elle, et je suis si contente qu'elle soit avec toi !

— Mais, toi ? je te laisserai donc seule deux jours de suite !

— Oh ! moi, j'ai beaucoup à faire !

A quatre heures, Balda vit partir Lucien, Lucie et Angelina. En rentrant dans son appartement, elle rencontra sur l'escalier la femme de chambre de Lucie, et elle lui donna une commission, pour sa maîtresse, dans un quartier assez éloigné. Puis, quand elle se fut assurée que la femme de chambre était sortie, elle monta à la lingerie.

La lingerie était au second étage, séparée par un corridor de l'appartement occupé autrefois par Balda et qu'occupait maintenant Lucie.

Balda, lorsqu'elle était arrivée à Paris, avait été chargée par Mme de Sergy, déjà souffrante, de la direction générale des soins de la maison, et, comme elle était femme d'ordre, elle n'avait pas voulu, devenue Mme de Sergy elle-même, se reposer de ces soins sur personne autre.

Seulement, elle ne s'attarda pas longtemps, ce jour-là, à visiter les armoires et à vérifier le compte du linge. Presque aus-

sitôt, elle sortit et se glissa dans la chambre de Lucie.

Elle savait tous les domestiques occupés. Mais elle n'avait pas à elle plus d'une heure, une heure et demie. N'importe ! elle espérait bien que cela lui suffirait pour trouver, sinon la preuve, au moins la trace, l'indice dont elle avait besoin.

Arrivée dans la chambre de Lucie, elle s'arrêta et promena autour d'elle un regard scrutateur, digne du plus fin limier de police, un regard qui eût fait envie à un Indien s'avançant sur le territoire de chasse d'une tribu ennemie.

Rien de plus simple que cette chambre de jeune fille, avec son petit lit blanc, sa chaise basse en tapisserie près de la cheminée, et son ameublement en bois de rose : armoire à glace, bureau pour écrire, chiffonnier, table à ouvrage, mignonne toilette-psyché entre les deux fenêtres.

Balda, après un moment d'examen, alla d'abord à la cheminée, surmontée d'une glace, et s'assura si cette glace joignait bien hermétiquement au mur.

L'inspection ne fut pas longue. Rien ne pouvait être caché derrière la glace.

Elle regarda le lit, puis secoua la tête, et se dirigea vers le petit bureau.

Toutes les clefs étaient à leur place. Elle ouvrit les tiroirs, mais rapidement, et n'y jeta qu'un coup d'œil.

— Ce ne peut être là, se dit-elle.

Elle inventoria plus soigneusement l'armoire à glace, ouvrant, vérifiant chaque objet de toilette, et le remettant exactement où elle l'avait pris, avec une promptitude et une dextérité merveilleuses.

Ses yeux s'arrêtèrent sur le parquet, recouvert d'un tapis ; il était cloué. Elle se mit à genoux, et parcourut ainsi toute la chambre, tâtant avec ses doigts, pour sentir la moindre aspérité, le moindre craquement d'un papier quelconque, ou d'une planchette soulevée.

Au bout d'un quart d'heure, elle se releva, confuse et dépitée. Le tapis était parfaitement uni, et ne révélait la présence d'aucun corps étranger.

Restaient la toilette, le chiffonnier et la table à ouvrage.

La toilette fut inspectée. En se dirigeant vers la table à ouvrage, Balda s'arrêta près de la chaise basse en tapisserie, qu'elle interrogea fiévreusement et sonda dans tous les sens, à l'aide d'une longue aiguille.

Enfin, elle s'approcha de la table à ouvrage, toute gonflée d'un fouillis indescriptible de laines et de soies en peloton et en écheveaux.

Ce fouillis la fit hésiter. On peut remettre en ordre ce qui est en ordre, mais reconstituer le désordre !

Cependant, elle tenta l'aventure, vidant chaque compartiment, dont elle faisait un tas méthodique, pour le réintégrer ensuite à sa place le plus exactement possible.

Rien ! toujours rien ! Balda commençait à désespérer.

Tout à coup, son œil devint fixe. Il lui sembla que la tablette du fond n'était pas absolument droite. Elle la tâta d'une main fébrile, en appuyant fortement. La tablette fléchit en faisant un imperceptible mouvement de bascule, et se redressa.

Un peu de sang monta aux pommettes de Balda, et un demi sourire de triomphe desserra ses lèvres.

Est-ce qu'elle aurait trouvé ?

Elle s'arrêta, alla jusqu'à la porte sur la pointe des pieds, l'entr'ouvrit, écouta.

Silence partout.

Elle revint à la table à ouvrage, et essaya de soulever la tablette avec ses doigts. La tablette résista, et elle se cassa un ongle. Pourtant, elle avait vacillé un peu. Il était évident qu'elle céderait tout à fait.

En regardant plus attentivement, Balda aperçut une légère fissure, presque imperceptible, à l'un des angles, sur le vernis.

Elle prit un de ces petits outils minces en acier qui servent à faire du crochet, l'introduisit dans l'angle, fit une pesée...

La planche se souleva à l'autre extrémité.

Balda aperçut dans l'ouverture un petit paquet de lettres, pliées en quatre et fortement liées par un cordonnet de soie bleue.

Elle ne put retenir un cri de joie étouffé.

Elle saisit le paquet de lettres, le glissa dans sa poche, remit à peu près en place la table à ouvrage, et redescendit vivement chez elle. Personne ne se rencontra sur son passage.

Elle regarda à sa montre, elle n'avait dépensé qu'une heure ; elle avait le temps.

Quand elle fut dans sa chambre, après avoir poussé le verrou, elle tira le paquet de lettres, composa avec des papiers, de dimension et de couleur à peu près semblables, un paquet de même volume, le lia du cordonnet de soie bleue, mit les vraies lettres sous clef, puis remonta à la lingerie, d'où elle revint dans la chambre de Lucie.

Alors, sans perdre un mouvement et sans perdre une seconde, elle replaça le faux paquet de lettres, et rétablit, avec une mémoire d'équivalence surprenante, le fouillis de pelotons, de rubans, d'écheveaux, de tapisseries commencées, de broderies inachevées, qui remplissait le petit meuble.

Elle jeta un regard autour d'elle, pour s'assurer que rien ne révélait sa venue et sa perquisition, rentra dans la lingerie, et sonna la femme de charge, à qui elle fit rectifier une erreur dans le rangement des services damassés.

Quelles armes Balda allait-elle trouver dans les lettres prises chez Lucie ?

Elle n'avait pas eu la force d'attendre pour au moins s'assurer de qui étaient ces lettres si soigneusement cachées. Après avoir donné, avec un calme parfait, divers soins et divers ordres pour le service de la maison, elle s'était de nouveau enfermée dans sa chambre et avait ouvert une des lettres, la dernière.

Elle courut à la signature ; il n'y en avait qu'une : « Je vous aime. »

Les lettres étaient évidemment du docteur Robert !

Au même instant, Balda entendit dans la cour le bruit de la voiture qui rentrait. Elle rejeta les lettres dans son secrétaire, le ferma à clef, et fut à temps sur le perron pour recevoir et pour embrasser Angelina, à qui cette fois le grand air et la promenade avaient fait grand bien.

Après le dîner, Lucien sortit, et M. de Sergy s'habilla pour aller à une grande soirée au ministère des affaires étrangères ; il ne rentrerait pas avant trois ou quatre heures du matin.

Balda, Lucie et Angelina restèrent à causer et à travailler à des ouvrages de femme ; et Balda, intéressée sans doute par la conversation, ne pressa point Angelina d'aller se mettre au lit. On s'aperçut tout à coup avec surprise qu'il était minuit, et on se hâta de monter chacun dans son appartement.

Balda se laissa déshabiller par sa femme de chambre, passa un peignoir de nuit, et la renvoya.

Elle était seule enfin, et, de toute la nuit, elle n'avait plus à craindre d'être vue ou dérangée.

Elle alla néanmoins fermer sa porte à double tour ; puis elle fit retomber, l'un après l'autre, les rideaux et les portières, de façon à ce qu'aucune lumière ne filtrât au dehors.

Alors seulement, elle s'assit devant son secrétaire, et ouvrit le paquet des lettres précieuses. Il y en avait dix-neuf.

Elle ne s'était pas trompée ; ces lettres étaient de Robert.

Elles étaient toutes datées : détail important.

La première remontait à une année. Il en ressortait que Lucie avait rencontré Robert chez Mme d'Arnaud peu de semaines après la mort de sa mère.

Balda lut successivement toutes ces lettres, avec une attention profonde. Elle pesait toutes les expressions, notait toutes les nuances, s'arrêtait aux faits les plus minutieux dont on pouvait tirer parti.

Il n'y avait pas là toutes les lettres écrites par Robert. Lucie avait dû en brûler une certaine quantité, pour en sauver quelques-unes. Elle avait gardé des plus expressives, les plus tendres, celles où s'exprimait le mieux cette grande passion, qu'elle inspirait et qu'elle partageait.

Ce fut là d'abord ce qui frappa Balda ; elle ne se trouvait pas en face d'une amourette de jeune homme et de petite pensionnaire. Il s'agissait d'une passion vraie, despotique, d'un de ces sentiments profonds, qui, une fois entrés en nous, n'en sortent plus qu'avec la vie.

— Bien ! bien ! dit-elle.

En outre, dans ces lettres, il était plus d'une fois question de Balda elle-même ; et elles prouvaient de façon palpable que Lucie, dans les premiers moments de son jeune amour et de la douleur que lui causait la mort de sa mère, avait parlé à Robert de ce qui se passait dans l'intérieur

de la famille, et lui avait fait partager ses appréhensions et, il faut ajouter, ses répulsions contre sa future belle-mère.

— Très bien ! se dit encore Balda.

Alors, prenant sa tête dans ses mains, appuyant ses coudes sur la tablette du secrétaire, près de la lampe qui versait sa lumière douce et voilée sur les cheveux châtains de la jeune femme, sur ses épaules admirables et sur ses bras ronds et blancs, car Balda était en déshabillé de nuit, elle resta pendant une heure, plus immobile qu'une statue de marbre.

A la voir ainsi, dans le silence, sous cette lumière discrète, nul ne se serait douté des idées sinistres qui s'agitaient dans son cerveau et du travail redoutable auquel se livrait son esprit.

On eût rêvé d'amour en regardant cette femme jeune et gracieuse, à la pose abandonnée, qui n'évoquait que des spectres de mort.

Au bout d'une heure, elle releva le front. Elle reprit les lettres, les parcourut de nouveau, mais rapidement cette fois, en mit de côté quatre ou cinq, qu'elle relut encore, et finit par en choisir une qui lui parut la plus significative et la plus importante.

Ensuite, prenant une plume et du papier, elle commença à copier les autres lettres.

Ce fut un long travail qui remplit toute la nuit. Le jour, qui arrive de bonne heure en mai, la trouva à sa table, copiant toujours d'une main vive et sûre. Elle éteignit sa lampe et continua, jusqu'à ce qu'elle eût écrit la dernière ligne.

Elle rassembla les lettres, à l'exception de celle qu'elle avait mise de côté, les replaça dans leur ordre avec grand soin, et refit le paquet et le nœud tel qu'elle l'avait trouvé.

La principale difficulté était vaincue ; il ne s'agissait plus, chose aisée, que de trouver — dès le lendemain, si c'était possible — deux ou trois minutes pour remettre les lettres sous la tablette où elle les avait prises.

Elle alla ensuite à un petit meuble à secret dont elle seule possédait la clef, et l'ouvrit.

Avant d'y serrer la lettre originale et la copie des autres, elle y jeta un dernier coup d'œil en secouant la tête d'un mouvement joyeux.

Celui qui l'eût vue, en ce moment, eût senti se dresser ses cheveux sur sa tête, tant l'expression de triomphe qui éclairait ses traits habituellement si calmes, était terrible.

— Je les tiens ! murmura-t-elle, je les tiens tous trois !

Elle posa sa main crispée sur les lettres, et un sourire desserra ses lèvres, et découvrit ses dents brillantes, petites et aiguës.

X

Trait de lumière

Dans la lutte que Balda prévoyait, et qu'elle était décidée à engager la première, il était temps qu'elle prît ses avantages; car la parole imprudente qu'elle avait laissé échapper à propos de l'adresse de Robert, devait la mettre, et la mit bientôt « à découvert ». Elle avait maintenant des armes dans la main; mais Robert, l'ennemi, allait en avoir de non moins redoutables.

Le lendemain même du jour où Balda avait dérobé dans le tiroir de Lucie les lettres de Robert, Lucien alla dans l'après-midi chez son ami.

Après en avoir causé avec sa sœur, il voulait se concerter avec Robert, sinon pour arrêter, au moins pour préparer leur plan de conduite vis-à-vis de M. de Sergy, en vue de ce qu'il avait appelé « la conspiration du bonheur de Robert et de Lucie ».

— Lucie, malheureusement, est très riche, lui dit Robert.

— Mais, heureusement, dit Lucien, ton habileté et ta réputation sont un capital qui représente un revenu encore supérieur au sien. Sur ce point-là, je ne prévois pas que mon père puisse faire d'objection.

— Ce serait moi plutôt qui aurais à en faire, peut-être.

— Non, mon cher Robert; tes opinions et tes idées mêmes ne te permettent pas d'incliner le talent devant la richesse et d'attribuer cette supériorité et, pour ainsi dire, cette plus-value, à l'argent transmis par l'héritage, sur l'argent gagné par le travail. Tu ne dois pas avoir là-dessus plus de scrupules que mon père ne peut avoir d'objections. Mon père est de son temps, en somme, trop de son temps peut-être; il honore la source de ta fortune.

— Oui, mais je ne suis pas noble, moi, dit Robert; je suis le fils d'un petit employé de province.

— Tu n'as pas le nom, mais tu as le renom.

— Crois-tu, Lucien, que M. de Sergy admette cette compensation?

— J'en suis moins sûr que pour la fortune, dit Lucien; j'espère pourtant qu'il entendrait raison même sur ce chapitre. Le grand obstacle n'est pas là...

— Je sais, interrompit Robert, il est dans ces idées auxquelles tu faisais allusion tout à l'heure. M. de Sergy, député gouvernemental, sénateur probable, acceptera-t-il jamais un gendre sincèrement et ouvertement républicain?

— Il ne faut pas se faire illusion, reprit Lucien, c'est là, en effet, qu'est la grosse difficulté; cependant, je ne la crois pas insurmontable,—si tu n'es pas desservi auprès de mon père par quelque influence

ntiime... As-tu des amis dans le monde officiel?

— Des amis? non pas, dit Robert en riant; mais j'y ai des clients, par exemple, et des plus haut placés.

— C'est déjà quelque chose. Tu vas aux réceptions de ce monde?

— Je t'avoue que je n'y ai jamais mis le pied, si ce n'est sur les terrains neutres, à la présidence du Corps législatif, aux ambassades...

— Il va sans dire, cependant, que tu viendras à la soirée de jeudi?

— Je n'aurais garde d'y manquer: d'abord j'ai été présenté par toi; puis ce n'est pas une soirée politique. Je sais que j'y verrai force gens qui ne me plaisent guère, des Cénac, des Pardailly, des Maugiron...

— Prends garde! ce Maugiron, que tu nommes, me paraît être un des grands amis de la comtesse. Je ne le connais pas, moi qui arrive. Qu'est-ce donc qu'on lui reproche?

— D'être un peu trop heureux au jeu et un peu trop heureux en duel: il gagne et il tue à coup sûr.

— C'est grave, en effet; mais tu n'as pas de raison de l'attaquer en face?

— Ni de l'attaquer, ni de le craindre.

— Tu ne le crains pas, certes; ce qu'il faut craindre, c'est ma belle-mère. Le jour où son hostilité cessera d'être latente...

— Avant de rien savoir de nos projets, s'est-elle donc déjà déclarée?

— Non; au contraire; elle a de sa main écrit ton nom sur la liste des invitations... A propos, elle croyait que tu habitais Montmartre.

Robert eut un soubresaut subit.

— Hein?.. fit-il, je n'ai pas entendu, répète.

— Je te répète que Mme de Sergy croyait que tu habitais Montmartre, ou du moins croyait te l'avoir entendu dire. — Mais qu'as-tu donc? tu parais tout ému?

Robert, qui était assis, s'était levé et marchait dans la chambre avec agitation.

— Je n'ai rien, reprit-il; seulement...j'ai eu dans le temps, c'est vrai, une salle de consultation à Montmartre.

— Ah! Mme de Sergy t'aurait-elle connu-là? Est-ce que tu te la rappelles?

— En aucune façon. Je ne l'ai jamais vue. J'en suis sûr. Mais, elle...?

Il s'arrêta, l'œil fixe, le sourcil contracté, fouillant sa mémoire. Quand il avait été présenté à la comtesse, elle avait eu un tressaillement, cela lui revenait à présent. Puis, sa voix, cette voix qui l'avait frappé, cette voix grave et un peu gutturale de ceux qui ont longtemps parlé l'espagnol, cette voix qu'il avait reconnue, où donc l'avait-il entendue? où donc? Il se demandait de nouveau, pressant son front dans ses mains, comme pour en faire jaillir les souvenirs.

Tout à coup il jeta une exclamation presque épouvantée.

— Lucien! s'écria-t-il sans réfléchir, ta mère, dis-moi, quand est-elle morte?

— En 1863, dit Lucien étonné; il y a maintenant dix-huit mois.

— En octobre?

— Oui, en octobre.

— Et quel jour d'octobre?

— Le 13.

— Le 13! répéta Robert; tu es bien sûr que c'était le 13?

— Certainement. Mais quelles questions étranges!

— Et ta mère est morte subitement, n'est-ce pas? — de la rupture d'un anévrisme?

— Oui; tu as dû savoir déjà tout cela par Lucie.

— Elle m'a dit tout cela, en effet; mais, aujourd'hui, j'ai besoin qu'elle me le redise, qu'elle me le redise en détail. Où pourrais-je la voir, seule, en ta présence? M. et Mme de Sergy doivent sortir quelquefois ensemble?

— Oui, mais comment le savoir d'avance? Ah!... ils vont chaque dimanche à la Madeleine, avec Lucie et Angelina.

— Eh bien, demain dimanche, prie Lucie de prétexter une migraine et de rester à la maison. J'irai chez toi, et elle passera dans ton appartement sans être aperçue.

— C'est entendu; seulement tu vas me dire à ton tour...

— Rien, ne me demande rien en ce moment, je t'en supplie! reprit Robert; laisse-moi seul, au contraire; laisse-moi réfléchir. Et, demain, je questionnerai Lucie, — et je parlerai peut-être.

———

XI

L'Enquête

Le frère et la sœur étaient fort inquiets, le lendemain, en attendant la venue de Robert. Il voulait interroger de nouveau Lucie sur les circonstances de la mort de sa mère! dans quel but? et qu'est-ce qui pouvait motiver, dix-huit mois après l'événement, cette sorte d'enquête?

M. de Sergy, qui croyait devoir à son nom légitimiste d'être religieux, et à ses opinions conservatrices de donner au peuple l'exemple du respect des « choses sacrées », était à la messe avec Balda et Angelina. Robert arriva, demanda Lucien, et fut introduit auprès de son ami. Puis, les domestiques écartés, Lucien alla chercher sa sœur, qui occupait au second étage, on se le rappelle, l'appartement contigu au sien.

— Nous n'avons pas de temps à perdre, dit tout aussitôt Robert; veuillez donc, mes amis, ne pas me questionner d'abord, et bornez-vous, ma chère Lucie, à me répondre. Vous m'avez dit déjà, et plus d'une fois, de quelle façon imprévue et douloureuse vous aviez perdu votre mère; mais j'ai besoin aujourd'hui de rassembler et de coordonner dans mon esprit les détails de cette mort subite; ayez donc la bonté de me les rappeler encore. C'est dans la soirée, n'est-ce pas, que Mme de Sergy est morte? Quelle heure était-il?

— On ne l'a pas su au juste, dit Lucie; ce devait être de dix heures à dix heures trois quarts.

— Elle était seule?

— Oui, depuis dix heures, heure à laquelle je l'avais quittée.

— Reprenons les choses dès le matin, dit Robert. Si j'ai bonne mémoire, c'est ce même jour — 13 octobre — que Mme de Sergy avait reçu, par le courrier du matin, la lettre dans laquelle Lucien lui annonçait son retour?

— C'est ce jour-là même, répondit Lucie. Je me rappelle, comme si c'était hier, que ma pauvre mère me fit appeler vers huit heures et demie, pour me dire la bonne nouvelle et me faire lire la lettre. Elle était toute rayonnante de bonheur. Je lui dis de prendre garde et de se calmer, car elle était bien souffrante. Elle me répliqua que la joie ne pouvait faire mal.

— Ta lettre, Lucien, annonçait-elle ton retour pour une date fixe?

— Ma lettre, dit Lucien, était partie par le packet qui avait précédé celui qui m'amenait moi-même; et elle disait qu'au moment où elle parviendrait à son adresse, je serais depuis trois jours en route, et que j'arriverais à Paris huit ou neuf jours après.

— Bien! dit Robert, qui pesait toutes ces réponses avec une attention et une réflexion profondes. La journée s'est passée sans incident notable, je crois? Mme de Sergy se sentait-elle plus mal?

— Elle était très émue, dit Lucie, et elle parlait avec plus d'animation que d'habitude, mais elle n'était pas plus mal. Cependant elle avait essayé de dormir, mais le sommeil n'était pas venu.

— Venons maintenant à la soirée, reprit Robert. Qui a-t-elle vu ce soir-là?

— D'abord Balda... je l'appelais de ce nom dans ce temps-là.

— Mlle Balda venait-elle donc habituellement dans l'appartement de votre mère?

— Non, c'était très rare, au contraire; je puis même dire qu'elle n'y entrait presque jamais. Elle a insisté pour attendre dans le salon maman, qui était encore dans sa chambre. Elle a dit, le lendemain, qu'elle avait tenu à la féliciter du retour de Lucien.

— Personne n'a assisté à la conversation entre Mme de Sergy et Mlle Balda?

— Personne; mais maman a dû s'irriter, s'emporter même; car Balda en sortant, est allée prier mon père d'entrer chez elle avant d'aller au cercle, pour la calmer.

Robert demeura une ou deux minutes pensif, avant de reprendre :

— Et M. de Sergy est resté, en effet, et vous-même, Lucie, vous êtes entrée après lui chez votre mère?

— Oui, mon père est sorti près d'une demi-heure avec maman; il a dit qu'il

l'avait trouvée très nerveuse et très agitée, qu'il n'y avait pourtant pas eu entre eux de querelle, mais seulement une discussion assez vive, après laquelle il l'avait laissée apaisée, et même attendrie. Quand, à mon tour, avant de partir pour la soirée de Mme de Solanges, je suis entrée près de maman... — Balda m'avait recommandé de n'y pas manquer, mais sa recommandation était bien superflue...

— Ah! Mlle Balda vous avait fait cette recommandation? interrompit Robert.

— Et ce n'était pas beaucoup la peine, comme vous pensez... Quand je suis donc entrée, j'ai trouvé maman absorbée et comme anéantie ; mais elle s'est animée ensuite, et j'ai eu, depuis, le regret, et presque le remords, de penser que je lui avais dit, au sujet de Lucien, des choses qui avaient dû l'émouvoir plus que sans doute il n'eût fallu.

— C'étaient là, de fait, bien des émotions coup sur coup!.. — Et, dites-moi, Mlle Balda savait-elle, le matin, que vous deviez sortir ce soir-là?

— Naturellement. L'invitation de Mme de Solanges remontait à une semaine, et il avait été décidé, la veille, que j'irais à cette soirée.

Robert, de nouveau, garda un instant le silence, puis demanda :

— Après vous, personne n'a vu votre mère?

— Seulement la femme de chambre, à qui elle a recommandé de la laisser se reposer. Julie est descendue à l'office, où elle est restée à souper et à causer avec les autres domestiques. Elle est remontée à dix heures trois quarts, elle est entrée dans le salon tout doucement, et elle a cru d'abord que maman était endormie. Elle s'est approchée sur la pointe du pied; elle l'a vue blanche, droite, immobile, du sang aux lèvres. Elle a couru; elle a appelé au secours; on est venu. Maman était morte.

— M. de Sergy étant au cercle, vous à votre soirée, il n'y avait alors à l'hôtel, avec les domestiques, que Mlle Balda, qui, probablement, s'était retirée dans sa chambre?

— Oui; on est allé l'appeler; elle était en train de lire. Quand nous sommes arrivés, mon père et moi, nous l'avons trouvée bien désolée et bien pâle.

Après une nouvelle pause, Robert reprit:

— On a fait l'autopsie, n'est-ce pas?

— Oui, le surlendemain.

— Et on a constaté?...

— Que la mort avait été causée par la rupture d'un anévrisme.

Robert se tut, cette fois, assez longtemps. Lucien et Lucie le regardaient avec anxiété. Il paraissait hésiter à poser une dernière question.

— Avez-vous remarqué, Lucie, dit-il enfin, si Mlle Balda était sortie ce jour-là?

— Je ne sais trop... répondit Lucie. Attendez, que je me rappelle... Oui, je crois bien qu'elle est sortie... le matin... avant le déjeuner.

— Et vous ne vous rappelez pas, par hasard, quelle toilette elle avait?

— Exactement, non; — mais ce devait être une toilette sombre.

Robert eut un tressaillement. Lucien lui saisit le bras avec une violence inouïe, les lèvres serrées, les yeux pleins de flamme.

— Que crois-tu? s'écria-t-il.

Puis il s'arrêta, et reprit d'une voix sourde, avec un accent de menace si effrayant, que Robert lui-même se sentit frissonner.

— Ma mère a été empoisonnée!

Il y eut un moment de silence solennel. Lucie, plus immobile qu'une statue, ne quittait pas des yeux le visage de Robert.

Robert, qui avait tenu la tête baissée pendant la demande de Lucien, se redressa, regarda Lucie d'abord, Lucien ensuite, avec une expression étrange ; puis, faisant le geste d'un homme qui prend une résolution, il répondit d'une voix grave et ferme :

— Tu te trompes. Je t'affirme que l'autopsie n'a fait erreur, et que Mme de Sergy est morte de la rupture d'un anévrisme!

———

XII

Les angoisses de Robert

Sur l'affirmation si nette de Robert, Lucien poussa un soupir de soulagement.

— Ah! fit-il, tu m'ôtes un poids terrible, mon cher Robert! L'idée qui a passé à travers mon esprit me donnait le vertige; il m'a semblé une minute que je devenais fou.

— Oui, j'ai senti ce que tu éprouvais, dit Robert, d'une voix grave.

— Mais alors? dis-moi, pourquoi toutes ces questions, pourquoi cette espèce d'enquête? Tu avais donc des soupçons?

— J'en avais.

— Et ils sont dissipés?

— Ils ont réussi. Je te répète, Lucien, que la mort subite de ta mère a eu une cause naturelle. Cela doit te suffire. Je savais que Mme de Sergy avait eu à se plaindre de celle qui est aujourd'hui votre belle-mère; vous m'aviez dit tous deux que, pour nos projets de bonheur, il fallait la considérer comme l'ennemie. J'avais besoin d'être exactement renseigné sur certains points en ce qui la touche. Voilà pourquoi je tenais à faire la lumière sur les doutes que j'avais dans l'esprit.

— Et maintenant?... demanda Lucie, qui fixait sur Robert ses yeux pénétrants.

Robert s'approcha du frère et de la sœur et prit leurs mains dans les siennes.

— Maintenant, mes amis, leur dit-il, je n'ai plus à ajouter que ceci: vous me connaissez tous deux, vous savez quels sont pour vous mes sentiments et à quel point je suis à vous ; je vous demande de vous reposer sur moi, je vous demande de croire en moi…

— J'y crois ! dit simplement Lucie.

— J'y crois donc comme ma sœur, dit Lucien en souriant.

— Merci ! reprit Robert. A présent, il importe que je sois parti avant le retour de M. et de Mme de Sergy, qui peut-être même ignoreront que je suis venu. Rentrez vite chez vous, ma chère Lucie ; toi, Lucien, pour retirer toute importance à ma visite, ne me reconduis même pas.

Robert laissait Lucien et Lucie à peu près rassurés, mais il emportait en lui le trouble et l'angoisse. Il avait à résoudre le problème le plus terrible et le plus compliqué.

Mis en éveil par la voix de la comtesse, puis par sa méprise sur l'adresse de Montmartre, se rappelant en outre le mouvement d'effroi qui lui était échappé lorsqu'il l'avait vue pour la première fois, il avait creusé dans sa mémoire, et, guidé par ce qui l'avait égaré d'abord, — cette voix connue, ces traits inconnus, — il avait été conduit à se rappeler un fait arrivé dix-huit mois auparavant.

Il avait comparé les dates. Il avait précisément quitté son domicile de Montmartre le 15 octobre, et Mme de Sergy était morte le 13.

Il avait retrouvé alors, à n'en pas douter, la circonstance unique, étrange, où il avait pu entendre Balda sans la voir ; et, cette circonstance retrouvée, les faits qui s'y rattachaient lui avaient montré, dans une clarté livide, cette chose effrayante : l'assassinat probable de Mme de Sergy par Balda.

Après l'enquête qu'il venait de faire, Robert n'avait plus de doute ; la vérité lui apparaissait, évidente et frappante, dans toute son horreur. Les réponses de Lucie concordaient avec les faits que Robert connaissait par lui-même, et si elles n'expliquaient pas tout dans les sinistres moyens employés par Balda, les conséquences presque forcées qui en ressortaient fournissaient des hypothèses aussi logiques et aussi palpables que des certitudes.

Balda avait tué Mme de Sergy ; comment ? Par un coup de douleur à l'âme, plus féroce, plus sûr et plus mortel qu'un coup de couteau au cœur.

Devant cette évidence, le bouleversement de Robert ne saurait s'exprimer.

Que faire ?

Après avoir, dans un premier mouvement, demandé des lumières à Lucien et à Lucie, il avait réfléchi, il s'était arrêté. Loin d'admettre les enfants de la morte à la participation du terrible secret et de la terrible tâche, son devoir était avant tout de leur cacher la vérité.

Devant la colère presque délirante de Lucien, alors qu'un simple soupçon avait traversé sa pensée, Robert comprit que la révélation complète du crime pourrait produire d'incalculables malheurs : Lucien voudrait venger sa mère ; il serait capable d'un meurtre !…

Tout dire à M. de Sergy ? Il aimait, il adorait Balda ; il avait en elle une confiance aveugle ; et son amour-propre s'ajouterait à son amour pour repousser avec indignation une accusation qui ferait de lui une dupe, sinon un complice. Il chasserait, au premier mot, le dénonciateur, le calomniateur.

Et quand même il consentirait à écouter Robert jusqu'au bout, quand même il le confronterait avec Balda, Balda nierait tout ; et qu'est-ce que Robert pourrait prouver contre elle ? qui l'avait vue ? qui l'avait entendue ? Où étaient les témoins, les preuves ? Il n'y en avait pas, il ne pouvait pas y en avoir.

Robert se trouvait en face de l'assassinat moral, absolument impossible à démontrer, et qui, même démontré, échapperait encore aux coups de la loi.

C'est là le côté terrifiant de ces crimes, plus fréquents peut-être qu'on ne l'imagine : ils sont, devant la justice ordinaire, forcément inconnus, forcément impunis.

Robert se voyait donc désarmé, en présence d'une certitude affreuse, qui lui apprenait que Balda l'avait assurément reconnu, et qu'elle devait le haïr, comme on hait un remords vivant, une menace éternelle.

Ce n'est pas tout. Cette infâme qui n'avait pas craint de tuer sa parente et sa bienfaitrice, en la poignardant avec son amour maternel, pour prendre sa place et son titre, hésiterait-elle à s'attaquer aux enfants qu'elle détestait, pour s'emparer de leur fortune ? Ne tendrait-elle pas quelque autre abominable piège, où pourraient tomber, sans le voir ni le prévoir, le frère et la sœur ?

Et Robert, réduit à lui-même, sans appui dans la famille, sans recours à la loi, était le seul gardien possible pour Lucien et Lucie ; le seul justicier possible pour Balda !

XIII

Un lutteur

Dans le combat qui allait s'engager, combat étrange, où les adversaires seraient à visage découvert, mais où le combat même serait secret et, si l'on peut le dire, masqué, Balda allait trouver en Robert un antagoniste digne d'elle. Elle aurait pour elle l'astuce, l'hypocrisie, la patience lente et froide, l'absence de tout scrupule et de tout sens moral, l'égoïsme ardent et féroce, toutes les armes perfides ; il aurait pour lui, la fermeté, l'intrépidité, le dévouement, la passion de la justice, la prudence et le calme dans l'audace, des meilleures enfin des armes loyales.

Robert était d'ailleurs de longue main préparé et habitué à la lutte ; c'est de lui qu'on pouvait dire que sa vie avait été un combat, et ce combat avait commencé dès son enfance, et avant sa naissance presque.

Son père, petit employé de mairie, dans une ville de second ordre, avait, tant qu'il avait vécu, courbé l'échine sous le fouet de la nécessité ; plein de protestations et de révoltes intérieures, que la pauvreté, la prudence, le besoin de nourrir sa famille, contenaient et arrêtaient toujours avant l'explosion.

Intelligent, enthousiaste, rêvant le beau et le bien, le caractère lui avait manqué pour réaliser ses rêves. C'était un révolutionnaire en chambre, qui se vengeait de la soumission de sa vie extérieure par l'indépendance de sa vie interne.

La révolution de 1848 avait été pour lui une révélation et comme un éblouissement. Il se crut libre…

On sait combien cela dura peu. Les murs de la prison se relevèrent plus épais ; on mit de nouvelles ferrures aux portes, des barreaux plus serrés aux fenêtres, des geôliers plus nombreux dans le préau. C'était l'empire.

Au coup d'État, il versa des larmes de sang ; mais quatre jours après, comme des milliers d'autres, sur le registre présenté par son chef de bureau, il signa, pâle, la sueur au front, le serment de fidélité au crime victorieux.

Dans les profondeurs de sa conscience timorée, il avait cependant trouvé moyen de se venger à sa façon ; cette vengeance fut son fils unique, Robert.

Avant même qu'il fût né, il l'avait voué à la liberté.

— Moi, avait-il dit, je suis pris dans l'engrenage ; ma vie est faite. Je suis né pour subir, je subirai. Mais, esclave, j'ai un fils, ce fils sera libre !

L'éducation de Robert devint son unique joie et son unique passion. De lui-même, il ne lui donna que le bon côté, la pensée. Il affranchit ce jeune cerveau ; et il n'eut qu'une idée : tremper pour la lutte ce jeune caractère.

Robert, précoce, ardent au travail, avide de savoir, accomplit, dépassa toutes les espérances de son père.

Ce fut pour cet homme un jour de bonheur sans mélange, celui où, à dix-sept ans, Robert, ses études terminées, lui dit :

« — Pour un jeune homme pauvre et instruit, il n'y a qu'un petit nombre de carrières possibles : la carrière administrative, l'enseignement, le barreau et la médecine.

» L'administration, inutile d'en parler, n'est-ce pas ? c'est l'immense toile d'araignée qui enveloppe, enserre, étouffe la France. Fondée par le premier empire, elle est restée un merveilleux instrument de despotisme, rien d'autre.

» Le barreau semble plus indépendant, au premier abord ; mais le terrain d'action de l'avocat, c'est la légalité, la loi écrite, le Code. Il y a des légalités que je n'accepte pas, des lois que je réprouve, et, si je parlais du Code, ce serait pour en demander la réforme, non l'application.

» L'enseignement est la fonction la plus sublime de l'homme : tu l'as prouvé, cher père, en me donnant les idées et les sentiments qui composent mon âme. Mais l'enseignement, aujourd'hui, c'est celui du passé, non celui de l'avenir. Les grands instituteurs ne sont pas dans les chaires, ils ne relèvent que de leur conscience et de leur génie; et moi, simple étudiant, j'ai déjà, sur l'histoire, la morale et la philosophie, des idées qui ne sont point admises par les programmes.

» Reste donc la médecine. Là, on ne dépend absolument que de soi-même, de son travail et de son talent. Là, nulle obligation jamais de mentir, de plier sa pensée sous les fourches caudines de la hiérarchie, d'affecter le faux respect des choses qu'on méprise. C'est la seule carrière — en dehors des grandes luttes de la vie politique, aujourd'hui impossibles, et du rayonnement du livre, — qui demande un génie spécial, où l'homme fier et convaincu puisse encore faire quelque chose d'utile, de grand et de bon. Là on peut agir, aimer, se dévouer ; car les laideurs de l'humanité disparaissent derrière ses souffrances.

» Je serai donc médecin. »

Le père serra son fils dans ses bras, avec une joie et un orgueil immenses. Il se sentit relevé à ses propres yeux, lavé de ses faiblesses, des asservissements de sa triste et pâle existence, et comme purifié.

— Moi aussi, s'écria-t-il, j'aurai donc apporté ma pierre à l'édifice, rempli mon devoir, accompli un acte, je n'aurai pas été inutile : j'ai fait un homme !

Robert, en effet, même à l'âge où on a le droit d'être encore un enfant, était déjà un homme. Il le prouva bien.

Il vint à Paris, étudiant en médecine, avec cinq cents francs, prélevés, par un miracle d'économie, sur les privations de plusieurs années du pauvre ménage. Or, Robert, pendant ses quatre années d'études, pour payer son entretien, ses inscriptions, ses frais d'examen, ne demanda plus jamais d'argent à son père. Il donnait des leçons ; il écrivait des articles dans des recueils spéciaux. Il travaillait quinze heures par jour; il travaillait avec emportement, avec passion, appliquant sur lui-même sa théorie : — que le travail varié ne fatigue pas, et qu'on se repose d'un travail dans un autre.

Il avait vingt ans quand il perdit sa mère. Son père mourut l'année suivante, et ce coup lui fut profondément cruel. Il était, en ce moment, interne à la Charité, déjà connu et apprécié, au moins de ses maîtres, — et il espérait pouvoir bientôt aider son père à son tour.

La vente du mobilier du pauvre employé ne produisit pas mille francs; mais Robert allait accepter une plus lourde charge dans son héritage.

A l'hôpital de la Charité, un jour, à la visite matinale que le médecin de service fait dans les salles dont il a la direction, Robert, qui, comme premier interne, assistait le médecin, aperçut un malheureux dont la figure ne lui était pas nouvelle.

C'était un homme d'environ soixante ans, pâle, décharné, plus malade de misère et de désespoir que de toute autre maladie bien caractérisée.

Dans ce débris, Robert, après quelque hésitation, reconnut enfin un ancien ami de son père, le vieil instituteur primaire qui lui avait donné, à lui enfant, ses premières notions de lecture, de langue et d'histoire.

Le coup d'Etat n'avait pas dédaigné de frapper ce pauvre homme. Sur la dénonciation du maire de sa petite ville, riche propriétaire et clérical forcené, Caussin avait été condamné à la déportation en Afrique, par une commission mixte. Qu'avait-il fait ? Rien ; mais on le savait républicain ; cela suffit.

A son école laïque on substitua une école congréganiste, et tout fut pour le mieux dans le meilleur des empires.

A l'amnistie, Caussin quitta Lambessa et revint en France. Il essaya d'abord de retourner au pays, pour y gagner sa vie; mais là, il retrouva le maire, plus riche et plus puissant que jamais, qui se coalisa avec le sous-préfet, le curé, le commissaire de police et le garde champêtre pour tourmenter, poursuivre et traquer le bonhomme comme une bête fauve.

Caussin dut quitter la place, et venir à Paris. Découragé, hébété par la persécution, usé, vieilli, il essaya de tout pour vivre, et n'arriva qu'à ne pas mourir.

Un beau jour, le pauvre diable tomba dans la rue et fut transporté à l'hôpital, dans le service de Robert.

Après la visite, la reconnaissance fut bientôt faite entre le jeune homme et le vieillard. Ce fut des deux parts une vive joie et un attendrissement profond.

Caussin raconta sa lamentable histoire.

— Et maintenant, lui demanda Robert, que comptez-vous faire, quand vous serez guéri?

— Mourir des deux maladies incurables qui me resteront : la misère et le découragement !

— Vous vous trompez, répondit Robert, on en guérit.

— Je ne connais pas le médecin qui fait ces cures merveilleuses.

— Je le connais, moi.

— Et comment s'appelle-t-il?

— Un ami! dit Robert, en serrant la main décharnée du martyr.

A partir de ce jour, Robert adopta le vieux Caussin et ne l'abandonna plus. Il fallait sauver la dignité de l'obligé; Robert manœuvra si bien que le pauvre instituteur, réconforté, relevé, consolé, s'imagina bientôt qu'il rendait à son bienfaiteur les services les plus signalés, et qu'il lui était indispensable.

Ils étaient deux désormais pour une assez maigre pitance; mais Robert considéra qu'il devait faire pour l'ami de son père ce qu'il eût fait pour son père lui-même.

Il commençait d'ailleurs à gagner de l'argent. Il se trouva qu'il avait une main de praticien admirable, une main à la fois fine et ferme, délicate et vigoureuse, instrument merveilleux pour les opérations les plus difficiles de la chirurgie. Pendant toute une année, il fut l'aide, et parfois le coopérateur, du chirurgien qui passait alors pour le premier de Paris.

C'est à ce moment-là qu'il se détermina à partir pour l'Amérique du Sud, emmenant son vieux compagnon, qui se croyait de plus en plus nécessaire.

En apprenant son départ, les camarades de Robert ne s'en étonnèrent point. Ils crurent que le « puritain », comme on l'appelait à l'Ecole, en avait assez du spectacle écœurant du despotisme impérial, et allait chercher un air plus libre sous le ciel des anciennes colonies espagnoles. On se trompait. Robert était de ceux qui pensent qu'on se doit d'autant plus à son pays, qu'il semble plus malheureux ou plus coupable. Ce qu'il allait chercher en Amérique, ce n'était pas la liberté pour lui, c'était la science pour tous.

Il y resta deux ans, parcourant le Brésil, la Plata, le Chili, les Républiques de l'Equateur, vivant avec les nègres esclaves pour surprendre leurs recettes et leurs secrets, allant jusque dans le désert se mettre en rapport avec les Indiens, étudiant la faune, manipulant les plantes, les soumettant aux investigations les plus minutieuses.

Pour ces excursions, il laissait le vieux Caussin dans la ville la plus proche, lui confiant le classement de ses herbiers. Ses consultations pendant son séjour dans les villes payaient ses frais de voyage, qui étaient considérables.

Nous savons comment, au bout de deux ans, il fut rappelé par le chirurgien, son maître, qui, souffrant déjà du mal dont il mourut, avait besoin de ses services. Robert était maintenant en possession d'un certain nombre de découvertes précieuses, principalement sur les poisons, objet spécial de ses travaux. Il revint donc volontiers en France.

Le bonhomme Caussin avait d'ailleurs la nostalgie, non-seulement de la France, mais du pays natal; il voulait mourir là où il avait été jeune, là où il avait laissé ses meilleurs souvenirs. Seulement, Robert n'avait pas assez d'argent pour installer son vieux maître aussi bien qu'il l'eût voulu. Il le conduisit cependant, à son arrivée, dans la petite ville où ils étaient nés tous deux, et y resta avec lui quelques jours, lui cherchant un gîte.

Le matin même du jour où il allait repartir pour Paris, on vint en toute hâte le chercher pour un accident. M. de Versoix, le riche et pieux propriétaire dont la dénonciation avait jadis envoyé l'instituteur à Lambessa, s'était, la veille, cassé une jambe à la chasse. Tous les médecins de l'endroit jugeaient l'amputation impossible, et le cas était désespéré.

Un des médecins était informé de la présence dans le pays d'un élève de l'illustre chirurgien de Paris; et M. de Versoix, qui tenait à toucher sa part de paradis le plus tard possible, sans doute par modestie, fit aussitôt appeler Robert.

En examinant la fracture, Robert hocha la tête. Le fémur avait été brisé, et il s'agissait d'une désarticulation de la cuisse, presque inévitablement mortelle.

— Vous aussi, vous me condamnez! s'écria M. de Versoix avec désespoir.

— Non, répondit Robert, mais l'opération est terriblement difficile et dangereuse.

— Monsieur, reprit le malade d'une voix étouffée, ce que vous demanderez, vous l'aurez! Je suis riche, je suis immensément riche!.. Mais vous sauvez-moi!

Robert garda un instant le silence, puis lui dit :

— Ce sera cinquante mille francs, si je réussis.

— Cent mille, si vous voulez! soupira le patient! Mais vous me sauverez!

— Je l'espère.

L'opération réussit. Le jour où l'appareil fut levé, M. de Versoix tendit à Robert cinquante billets de mille francs, avec un sourire qui ressemblait un peu à une grimace.

— Monsieur, lui dit gravement Robert, ce n'est pas pour moi que je vous ai demandé cette somme. Mon opération valait cinq cents francs. Mais, sur votre dénonciation, un malheureux instituteur, Pierre Caussin, a été ruiné et déporté. Je l'ai ramassé mourant de faim. Vous serez sans doute heureux d'apprendre que vous sauvez aujourd'hui celui que vous avez perdu. Je vais remettre quarante-neuf mille cinq cents francs à votre victime, dont les derniers jours se passeront dans l'aisance.

Il salua et sortit.

On voit que Robert avait été déjà dans sa vie — et il ne cessa de l'être depuis — le justicier, cordial aux souffrants, sévère aux puissants, qui répare le mal et impose le bien.

Robert, dans ce labeur acharné, n'avait guère eu le temps d'user de sa jeunesse ; ce qui fait qu'il l'avait gardée tout entière. Son cœur n'était pas moins riche parce que ses richesses s'étaient accumulées. Il y avait en lui, égale à la puissance de penser et d'agir, la puissance d'aimer; seulement cette âme virile n'avait eu jusque-là que des amitiés, et point d'amour.

Il avait aimé son père avec toute la passion de la reconnaissance ; il avait aimé le brave Caussin avec tout le zèle du dévouement ; il avait enfin aimé, et il aimait Lucien comme un frère aîné aime son jeune frère.

Lucien tenait de sa mère ; c'était une nature généreuse toujours, faible parfois. Il était dominé et comme dompté par le despotisme paternel ; jusque dans ses plus justes révoltes, il y avait de la crainte; et

il avait fui devant son père plutôt qu'il n'avait été exilé par lui. Robert n'avait pas seulement sauvé la vie du jeune homme; il l'avait consolé, conseillé, raffermi, et il s'était attaché à lui, en sentant justement le besoin qu'il avait d'un tuteur et d'un guide.

Lucien lui avait bien des fois parlé de sa sœur, qu'il aimait et qu'il admirait, et qui, plus jeune que lui, serait pourtant, disait-il, plus forte que lui.

Robert, de retour en France, n'eut occasion de connaître Lucie qu'après la mort de Mme de Sergy.

Quand Lucie avait perdu sa mère, son désespoir avait été d'abord si violent qu'on craignit pour sa santé. M. de Sergy se décida alors à l'envoyer pour quelques semaines chez Mme d'Arnaud, dans l'espoir que le déplacement lui serait une diversion salutaire. Il n'était pas fâché non plus d'éloigner sa fille, dont le chagrin persistant contrastait trop avec la façon rapide dont il s'était, lui, consolé.

Lucie resta donc, cette première fois, près de six semaines à Saint-Germain. Robert était le médecin et était devenu l'ami de la maison d'Arnaud. M. d'Arnaud était un grand et mélancolique vieillard, le dernier de sa race et de son nom, qui, depuis plus de trente ans, vivait dans la solitude, avec sa femme qu'il adorait. Il était resté, lui, le légitimiste entier et pur, et il avait repoussé avec indignation toutes les avances et toutes les offres, et de la branche cadette, et à plus forte raison de l'empire. Il avait horreur des compromis, des moyens termes et des capitulations de conscience. Son intelligence droite et ferme ne pouvait concevoir que le droit divin et le droit populaire ; il croyait à l'un, mais il comprenait l'autre. C'est sur ce terrain-là que Robert et lui avaient pu s'entendre, et le vieux royaliste fidèle avait en grande estime le jeune républicain convaincu.

Lorsque Robert vit pour la première fois la sœur de son ami Lucien, belle, pâle et en grand deuil, — elle avait alors seize ans, — il fut touché avant d'être ébloui. Sur un mot dit par sa tante, et qui lui rappela sa mère, des larmes silencieuses coulèrent sur ses joues; et Robert vit ses larmes avant de voir sa beauté. Il la plaignit avant de l'aimer.

Lucie, de son côté, fut reconnaissante de cette sympathie respectueuse, et son cœur déchiré accueillit sans défiance et sans hésitation ce cœur qui se mettait de moitié dans sa peine.

Puis, Robert lui parla de son frère; et Lucien, dans ses lettres, avait parlé à sa sœur de Robert. Ils ne s'étaient jamais vus, et ils se connaissaient déjà.

L'amour, né ainsi de la douleur, est peut-être le plus puissant de tous, et celui qui jette les plus profondes racines. D'ailleurs, Robert et Lucie se rencontraient l'un et l'autre à une heure favorable, et, pour ainsi dire, décisive de leur vie.

Robert commençait à être las d'être seul. Dans la science, dans la réputation, dans

la fortune, il avait sans doute à progresser encore, mais enfin il était arrivé. S'il eût « trouvé » plus tôt Lucie, riche et noble héritière, il eût certainement, dans sa fierté, résisté à son amour; mais la situation qu'il avait déjà conquise, et qui devait grandir encore, le mettait désormais au-dessus de tout soupçon d'ambition et de calcul.

Lucie, frappée d'une immense douleur, se sentant indifférente à son père et comme deux fois orpheline, loin de son frère qu'elle aimait, près de Balda qu'elle haïssait, avait, par instants, le vertige du vide.

Robert lui apportait ce qu'elle demandait, et Lucie lui donnait ce qu'il cherchait.

Dans ces deux natures simples, loyales et sincères, l'amour aussi devait être sincère, simple et loyal. Lucie et Robert s'étaient donné la main comme deux amis. Le jour où ils s'aperçurent que leurs cœurs battaient à l'unisson, ils se le dirent.

Ce jour-là, Mme d'Arnaud, souffrante, avait fait appeler le docteur. La consultation donnée, l'ordonnance écrite, on causa. On était au coin du feu, car c'était l'hiver; M. d'Arnaud était à Paris, mais Lucie était présente.

Mme d'Arnaud parla d'une jeune fille de son monde du faubourg Saint-Germain, que le docteur Robert avait soignée l'année précédente, et qui allait se marier le surlendemain.

— Elle est charmante, n'est-ce pas? dit à Robert Mme d'Arnaud, qui était l'indulgence même; un peu mièvre et minaudière, mais charmante... C'est votre avis, je suppose, homme silencieux?

— Puisque vous insistez, chère madame, ce n'est pas tout à fait mon avis, dit Robert. Nous ne parlons pas, n'est-il pas vrai, de la figure, qui peut être charmante en effet, mais de la personne morale. Or, peut-on être charmante, quand on n'est pas? Je vous avoue qu'à mon sens la faiblesse morale n'est jamais ni une vertu, car sa vertu se compose de négations, ni un charme, car elle échappe et s'évanouit à l'épreuve, et, comme un vase fêlé, laisse écouler ce qu'on lui confie.

— Oh! oh! fit Mme d'Amand en riant, je vois, docteur, qu'il vous faudra une héroïne.

— Non pas, reprit Robert vivement, il me faudra une femme. « Une femme », ce mot-là dit tout, comme le mot « un homme ». Ce qui fait la grande beauté morale de la femme, c'est d'être vaillante dans la grâce, et forte en souriant. La femme que j'aimerai sera ma compagne et mon égale. Elle s'appuiera sur mon bras, et je m'appuierai sur son cœur. Je ne veux point de ces petites filles, êtres factices et fragiles, qui ne sauraient être ni épouses, car un homme n'a rien à leur dire ; ni mères, car elles n'ont rien à dire à leurs enfants. Pour moi, il n'y a de femme que la femme complète, qui pense et qui sent, qui veut et qui aime. C'est seulement dans la main d'une femme comme celle-là que je voudrais mettre un jour la mienne.

Lucie écoutait en silence, immobile, les yeux fixés sur la flamme du foyer.

Quand Robert se retira, Mme d'Arnaud ne pouvant quitter son fauteuil, Lucie se leva pour le reconduire. Les deux jeunes gens se trouvèrent un moment seuls.

Robert lui dit adieu. Lucie gardait son immobilité.

— A quoi pensez-vous donc? lui demanda-t-il doucement.

— Je ne pensais pas, répondit Lucie, sans lever les yeux, je m'interrogeais.

— Et que vous demandiez-vous?

— Je me demandais si je ressemblais à la femme que vous venez de décrire.

— Et pourquoi vous demandiez-vous cela? reprit Robert d'une voix émue.

— Parce que si j'avais été cette femme, continua la jeune fille, qui leva tout à coup les yeux, j'aurais osé vous tendre la main, en vous disant : Vous pouvez y mettre la vôtre, Robert !

— Et moi, Lucie, dit Robert, je vous ai donné mon cœur, et je vous donne ma vie; car c'était votre portrait que je traçais !

Ils se serrèrent la main, et tout fut dit. Ils s'aimaient.

On sait maintenant de quelle force, de quelle volonté, de quelle passion allait être armé Robert dans la lutte latente, et d'autant plus redoutable, qui venait de s'engager entre lui et Balda. Si son intérêt et sa vie eussent été seuls en jeu, il eût été plus indifférent à la partie qu'il jouait, il ne l'eût pas commencé peut-être. Mais il combattait pour trois, il avait à garder et à défendre deux êtres qui lui étaient plus chers que lui-même; et il se disait qu'il n'aurait pas trop de toute son intelligence, de toute sa pénétration, de toute son énergie pour tenir tête à une telle ennemie.

Il connaissait Balda, et il savait de quoi elle était capable. Avec elle, il ne suffisait pas de combattre; il fallait deviner, et ses embûches étaient plus à craindre que ses coups. Elle n'était pas capable d'une attaque violente et d'une guerre à front découvert; elle avait la haine sournoise, elle avait le crime lâche.

C'était là ce qui répugnait le plus à la nature droite et loyale de Robert; il aurait surtout à guetter.

Il lui était interdit de démasquer Balda; il devait attendre.

Mis au courant par Lucien de la situation financière de M. de Sergy, il pensait avec raison que c'était la fortune de Lucie et de Lucien que visait Balda.

Il croyait par là avoir barre sur elle. Il espérait que ses convoitises se trahiraient d'une façon quelconque. Il était sûr d'avoir de son côté le désintéressement, et n'imaginait pas que la cupidité de Balda pût avoir le dessus, et que l'égoïsme eût la chance de vaincre le dévouement.

Robert était persuadé que Balda ne travaillait que pour elle-même. En cela, il se

trompait; elle pensait surtout, elle pensait toujours à Angelina; et la passion maternelle lui prêtait une force dont ne se doutait pas Robert.

———

XIV

Au bal

Ce fut dans la soirée à laquelle M. de Sergy avait invité le docteur, que Balda, sans rien engager, sans « donner » elle-même, put laisser pressentir à un observateur aussi éveillé et aussi attentif que Robert quelque chose qui pouvait ressembler à un commencement d'action.

Il ne s'y passa rien pourtant que de simple et de régulier; mais il y sentit vaguement un premier mouvement de l'ennemi dans l'ombre.

Lucie, parée des perles que lui avait données son frère, était ravissante de grâce et de beauté.

Robert, comme ébloui, ne vit qu'elle d'abord; mais divers petits incidents, bien insignifiants en apparence, l'obligèrent à regarder autre chose qu'elle.

— Je ne suis pas un bien fort danseur, avait-il dit en riant à Lucie au commencement du bal; j'espère cependant que vous voudrez bien me donner une valse.

— Je crois bien ! dit Lucie; la première, n'est-ce pas?

Ils valsèrent. Robert, pour la première fois, sentit sur son cœur celle qu'il aimait; il était dans une sorte d'ivresse.

— Gardez-moi une autre valse, je vous prie, pour le moment que vous voudrez, dit-il à Lucie en la reconduisant à sa place.

— N'inviterez-vous personne autre?

— Qui voulez-vous que j'invite?

— Mais... Mme de Sergy.

— Oh ! non, pas elle !

— Vous inviterez bien au moins ma petite Angelina. Voyez donc comme elle est charmante !

Angelina, même à côté de Lucie, était charmante, en effet; Robert l'invita. Elle eut un léger tressaillement, et s'inclina pour accepter, en levant sur lui ses grands yeux profonds et doux. Seulement, elle avait déjà bien des invitations, et ne put l'inscrire sur son carnet que pour une danse assez éloignée.

Robert, malgré sa grande aisance d'homme du monde, se sentait dépaysé et en quelque sorte étranger dans cette brillante cohue des notabilités de la cour impériale. Il était auprès de Lucien, quand M. de Sergy amena à son fils un homme entre deux âges, grand, sec, raide, un sourire nerveux figé sur les lèvres.

— Mon fils, dit M. de Sergy, je tiens à te présenter moi-même à un des meilleurs

amis de la maison, qui deviendra le tien j'espère, — M. le marquis de Maugiron.

Lucien salua assez froidement. M. de Sergy entama et soutint la conversation avec beaucoup d'affabilité, M. de Maugiron fit des frais de son côté, mais la glace ne fut pas rompue.

— Il me déplaît prodigieusement, ce M. de Maugiron! dit Lucien à Robert, quand le marquis se fut éloigné avec M. de Sergy.

Robert, qui suivait Maugiron des yeux, le vit aller à Lucie.

Maugiron invita Lucie.

— Veuillez m'excuser, monsieur, lui dit-elle, je suis fatiguée.

— Ne danserez-vous plus de la soirée, mademoiselle? demanda Maugiron avec son éternel sourire.

— Je ne sais, je ne crois pas.

— Observez, mademoiselle, reprit vivement Maugiron, que vous êtes parfaitement libre de choisir votre danseur, que je serai vivement peiné d'être exclu par vous, mais que je serais bien plus désolé, je ne dis pas seulement de vous priver de danser avec un autre, mais de retarder le tour d'un autre.

Il salua profondément et se retira.

Il est certain que le refus d'une danse n'a rien d'offensant, et que, dans le monde dont étaient Lucie et Maugiron, il eût été exorbitant que Maugiron trouvât mauvais qu'un autre que lui dansât avec Lucie. Cependant, quand Robert s'avança et réclama la valse que Lucie lui avait promise, elle lui répondit, à lui aussi, qu'elle ne danserait plus.

— Est-ce que tout à l'heure M. de Maugiron ne vous invitait pas? lui demanda Robert.

— Non, répondit Lucie, il me disait quelque chose de la part de Mme de Sergy.

Robert valsa avec Angelina. Il lui parla affectueusement, car il l'aimait d'être aimée de Lucie. Elle ne lui répondit pas une parole. Seulement, quand il la quitta :

— Je crois que vous ferez bien de vous défier de M. de Maugiron, lui dit-elle.

———

XV

Vie et aventures de M. le marquis de Maugiron

Balda, qui avait été si longtemps séparée de sa fille, avait tenu à l'avoir tout près d'elle, dans son appartement, sous sa main, sous sa clef ; c'est pourquoi elle lui avait donné l'ancienne chambre de Lucie, tout à côté de l'ancienne chambre de Mme de Sergy. Cette avidité de l'amour maternel avait son côté d'imprudence: Angelina était là sans cesse; c'était doux pour la mère qui adorait son enfant et as-

4

pirait à la voir heureuse, mais c'était dangereux pour la femme qui haïssait le fils et la fille de la maison, et conspirait leur perte et leur ruine.

Angelina, témoin de toutes les heures, était un espion, innocent et involontaire, mais n'en était pas moins un espion.

Nous savons, au reste, qu'elle n'était pas sans avoir quelque chose de la nature féline et en dessous de sa mère ; elle voyait, elle entendait, elle observait sans en avoir l'air ; sous son apparence indolente et endormie, rien ne lui échappait ; et, de ce qu'elle avait surpris, elle ne laissait rien échapper.

Cette tendance était d'ailleurs corrigée chez elle par le fond de tendresse, de douceur et de bonté, qu'elle tenait sans doute de son père, et qui, dans la plupart des femmes de couleur, a un charme enfantin si touchant.

Balda, la veille de la soirée, avait eu avec le marquis de Maugiron une très longue conférence. Elle avait renvoyé Angelina dans sa chambre ; seulement, Angelina avait eu à venir chercher quelque étui dans la chambre de sa mère, contiguë au salon ; elle n'avait rien entendu que le nom de Lucie prononcé par Balda à demi-voix, mais prononcé avec un certain accent qui lui avait donné l'éveil.

Et puis, sans savoir pourquoi, elle n'aimait pas ce M. de Maugiron, si bien accueilli par sa mère. Ce n'était que de l'instinct chez elle,— et qu'est-ce qui chez elle n'était pas instinct ? — mais cet instinct ne la trompait pas.

M. de Maugiron était, à cette époque, un homme de quarante ans, qui s'en donnait trente-six, et qui en paraissait quarante-cinq. Sa vie avait été fort aventureuse, ou fort aventurière, comme on voudra.

Il était d'une famille ancienne — de la famille du Maugiron de Henri III, — ce qui faisait son titre, sinon plus honorable, au moins plus authentique. Il s'était trouvé, à vingt ans, maître de quelque quarante mille francs de revenu ; mais comme il en dépensait quelque cent cinquante mille, il se trouva sans le sou à vingt-cinq ans.

Heureusement pour lui, cette mésaventure coïncida avec le coup d'Etat de 1851.

Maugiron comprit tout de suite que le gouvernement de Décembre était ce que pouvait rêver de mieux un joueur décavé qui veut se refaire. Il avait un beau nom, des protections ; il avait étudié jadis pour entrer à l'Ecole polytechnique ; il fit l'honneur à l'armée de la prendre pour champ d'essai. Il était, après tout, brave de sa personne, ayant l'audace des gens qui n'ont rien à perdre. Il fit un chemin assez rapide et devint chef de bureau arabe.

Il semblait commencer à se remettre à flot, quand il fut inopinément obligé de donner sa démission. Ce point demeure assez obscur dans l'histoire de Maugiron ; on connut bien les faits, mais on ne connut pas les causes. Ce qui est certain, c'est que, de graves abus ayant été signalés, un

colonel en inspection eut avec Maugiron une explication orageuse, à la suite de laquelle il donna sa démission.

On prétendit même que le brave colonel lui avait conseillé de se brûler la cervelle ; mais ce fut au colonel que Maugirog la brûla.

A peu de temps de là, retrouvant à Alger le colonel dans un salon, il parla à mots couverts, devant lui, d'une femme honorable et honorée, à laquelle, disait-on, le colonel rendait des soins. Le colonel se fâcha, et prononça quelques paroles un peu vertes, relevées vivement par Maugiron. Le démissionnaire était l'offensé, il choisit le pistolet, et, le lendemain, logea une balle entre les deux sourcils du colonel. Ce fut le commencement de sa terrible réputation.

Revenu à Paris avec quelques « économies », Maugiron les fit valoir avec un certain bonheur dans les spéculations qui poussaient comme des champignons dans ce temps-là. Mais il ne savait pas se restreindre ; il rendait toujours et tout de suite au tambour ce qui lui venait de la flûte, et même quelque chose avec. Il avait donc des moments fort gênés.

Dans un de ces moments-là, il eut le bonheur, ou le malheur, dans une soirée chez un banquier archi-millionnaire, de gagner quatrevingt mille francs au maître de la maison. Le maître de la maison paya, bien entendu ; seulement, on remarqua qu'il n'invita plus Maugiron à ses soirées, et que, quand il le rencontrait ailleurs, à une table de jeu, jamais il ne jouait, ne pariait, ou ne gardait la main contre lui.

Il n'y avait pas moyen de se fâcher contre le prudent banquier ; mais Maugiron fut obligé de casser deux fois de suite le bras gauche à des imprudents qui avaient légèrement parlé de sa chance au jeu. Il se garda de les tuer, mais il maintint son renom de tireur infaillible en les faisant manchots.

Ces exploits jetèrent cependant du froid dans ses relations à la Bourse. Il quitta pour un temps la France ; il alla en Italie, et entra dans les zouaves pontificaux avec le grade de capitaine. Il prit querelle, à Milan, avec un lieutenant de bersaglieri, et, comme c'était un libéral et un ennemi, ma foi, il le tua d'une balle dans l'œil gauche. A l'étranger !…

Il crut pouvoir alors revenir à Paris, et en effet, il y fut cette fois très bien reçu, retour des croisades.

Le marquis de Maugiron n'était pas, pour le présent, dans une mauvaise situation.

On ne peut pas dire qu'il était « généralement estimé » ; mais il était généralement redouté, c'est quelque chose. Ses « exploits » n'étaient pas de ceux qui, dans le monde impérial, pouvaient lui faire beaucoup de tort ; et il n'était franchement méprisé, en somme, que par les gens de l'opposition, républicains, proscrits, et autres repris d'injustice.

Il continuait à vivre assez largement.

De quoi ? On ne le savait pas au juste.

On remarquait — tout bas — qu'il était assidu chez Mme Marousset, veuve, depuis deux ans, d'un conseiller d'Etat. Le défunt avait laissé une belle fortune ; seulement il avait laissé aussi un fils, âgé de dix ans. Si Mme Marousset se remariait, elle perdait l'usufruit des biens du mineur, et elle n'avait à elle qu'une dot de cent mille francs. Elle ne se remariait donc pas, et elle avait soixante mille francs de rente.

Mais qui donc se fût permis d'insinuer que Maugiron, de la main gauche, en touchait sa part ? Il eût fallu, pour avoir cette impertinence, ne tenir ni à son bras gauche, ni à son œil gauche. Maugiron était un des amis de la maison, voilà tout ; et il faisait habilement valoir les revenus de Mme Marousset, rien de plus ; ne pouvant, heureusement pour l'héritier, toucher au capital.

Mme Marousset était, d'ailleurs, une femme de trente-cinq ans, qui avait été fort belle, qui ne manquait pas de distinction et de dignité, et qui pouvait encore prétendre à être aimée pour elle-même.

Maugiron, lui, fatigué et usé avant l'âge, avait cependant toujours pour lui le prestige de ses anciens succès. Il avait, en outre, beaucoup d'esprit ; une assurance qui allait jusqu'à l'insolence, et ce qu'on appelle une grande expérience du monde, qui consistait surtout en un grand mépris de son monde ; force considérable. Il ne respectait rien, et il ne craignait rien.

Balda, par de savantes investigations, était fort au courant de tout le passé de Maugiron, et elle avait, depuis longtemps déjà, jeté son dévolu sur ce personnage qui, à un moment donné, pouvait lui être un si précieux auxiliaire.

Maugiron avait principalement pour elle cette grande qualité, devenue bien rare en nos temps affadis : il était l'homme qui tue.

Balda n'avait pas de plan précisément arrêté ; elle savait quelle large part il faut donner à l'imprévu dans les choses humaines. Elle n'avait pas la prétention de faire les événements, mais de les préparer. Elle créait des possibilités et des occasions, et elle se tenait prête à les saisir et à en user. Elle mettait en présence et en opposition des individualités et des caractères, puis elle laissait faire la destinée, quitte à lui donner au besoin un coup de main.

Or, il lui avait paru, surtout après avoir lu les lettres de Robert, que M. de Maugiron pouvait être un prétendant utile à la main de Lucie.

Cela mettait d'admirables atouts dans le jeu de Balda. Cela offrait ces probabilités à peu près certaines : — que Maugiron trouverait, lui barrant le chemin, le docteur Robert, amoureux et aimé de Lucie, et Lucien, dévoué à sa sœur et ami de Robert ; et que « l'homme qui tue » aurait ainsi de fortes chances de débarrasser Balda, soit de Robert, qui possédait une partie de son secret, soit de Lucien, qui détenait une partie de sa fortune ; car elle considérait d'avance la fortune de la maison comme lui appartenant, ou plutôt comme appartenant à Angelina.

Ce n'est pas tout : la mort de Robert, ou de Lucien, devait jeter nécessairement Lucie dans le désespoir; et on sait à quel point Balda avait le talent de pousser le désespoir à ses résultats les plus extrêmes.

Balda calcula longuement et froidement toutes les chances favorables de ce projet de mariage, et elle vit que cela était bon.

Il s'agissait, avant tout, de faire entrer dans ce projet Maugiron, ce qui n'était pas difficile, et d'y faire consentir M. de Sergy, ce qui n'était pas impossible.

Balda ne pouvait pas et ne voulait pas jeter Lucie à la tête de Maugiron. Il fallait que l'idée vînt de lui et qu'il fît la première demande. Elle employa à cette manœuvre sa plus fine stratégie. Mais elle avait affaire à un habile homme, qui comprenait à demi mot et qui faisait la moitié du chemin.

Dans la conférence incomplétement surprise par Angelina, Maugiron avait déjà osé — en tremblant — confier à Mme de Sergy ses espérances. — Il savait combien elles étaient téméraires. Il y avait longtemps déjà qu'en voyant Mlle de Sergy grandir en grâce et en beauté, il avait conçu ce rêve; il l'avait d'abord gardé secret, le jugeant lui-même irréalisable. Mais Mme de Sergy était si bonne pour lui, qu'il se permettait de la mettre dans la confidence et de lui demander, à elle d'abord, s'il fallait y renoncer et s'il y avait pour lui impossibilité préalable et absolue à essayer de présenter du moins sa requête.

Mme de Sergy fit toutes les objections que Maugiron prévoyait, et qu'il reconnut trop fondées; mais on chercha ensemble les moyens de les lever, et, avec une bonne volonté égale des deux parts, on finit par trouver ces moyens.

Balda promit à Maugiron que, dès le lendemain du bal, elle parlerait à M. de Sergy. Elle voyait les obstacles, mais elle ne désespérait pas de les vaincre.

Les deux complices se séparèrent enchantés l'un de l'autre.

On pense bien que la façon plus que froide dont, au bal, Maugiron fut accueilli par Lucie et par Lucien ne découragea nullement l'ex-zouave pontifical; il en avait vu bien d'autres !

En descendant les marches du perron, pour gagner sa voiture, il haussa les épaules, en grommelant sous sa moustache :
— Ces enfants !...

Robert, lui, éclairé par le mot d'Angelina, fut beaucoup plus inquiet, et ne dormit pas de la nuit.

Il connaissait de réputation Maugiron, et il connaissait Balda mieux que de réputation, hélas ! Il pressentait, il prévoyait ce que l'entente et l'association de deux êtres pareils pouvait produire. Sa découverte lui donnait du moins l'avantage de lire dans le jeu de la Brésilienne, et il frémissait en y lisant !

XVI

Qui donnera un échantillon du savoir-faire de Balda

Robert avait grandement raison d'être inquiet; comment, malgré les ressources de son intelligence et l'énergie de son dévouement, pouvait-il deviner, pouvait-il déjouer les desseins et les manœuvres de cet esprit souple et tortueux de Balda, s'avançant, lentement et patiemment, dans l'ombre, vers son but pour elle seule visible? Rien que la façon dont elle enlaça M. de Sergy, pour l'amener à ses vues sur Maugiron, eût fait trembler quiconque eût pu l'entendre, ayant l'arrière-pensée qu'il pourrait l'avoir un jour pour ennemie.

Elle avait dit à son mari, dans la journée, qu'elle aurait quelque chose d'important à lui communiquer au sujet de Lucie, et qu'elle le priait d'entrer chez elle en revenant du cercle. Ce seul mot, dit d'un air de mystère, avait éveillé la curiosité du comte, et il rentra de meilleure heure que de coutume.

Elle commença de cet air soumis et presque craintif qui flattait singulièrement le comte dans son goût d'autorité infaillible et dans ses prétentions d'homme supérieur.

— J'ai une confession à vous faire, dit-elle, et — j'en ai peur — une absolution à vous demander. On a fait auprès de moi une démarche, qui m'a prise un peu au dépourvu, et je crains bien d'avoir fait quelque sottise. Vous avez beau avoir la bonté de dire quelquefois que je ne manque pas de présence d'esprit...

— Je dis toujours, interrompit le comte, et je répète, ma chère Balda, que vous êtes une des femmes du jugement le plus sûr et le plus élevé que je connaisse; si je ne vais pas plus loin, c'est pour n'avoir pas l'air de vous faire un compliment.

—Oh! non! non! dit Balda en souriant et en secouant gracieusement la tête, j'ai l'honneur et le bonheur d'être la femme et l'amie d'un homme qui passe à bon droit pour une des hautes capacités de ce temps-ci, et j'ai le bon sens de m'inspirer des idées et des avis de cet esprit éminent; voilà mon seul mérite. Mais, tout en me conformant le plus scrupuleusement possible à ces avis et à ces idées, je ne suis pas certaine de les interpréter toujours comme il faut ; et c'est aujourd'hui mon cas.

— De quoi s'agit-il ? demanda M. de Sergy.

— Il s'agit encore d'une demande en mariage pour Lucie, au sujet de laquelle on m'a pressentie, et que, ma foi, j'ai tout net écartée.

— Vous avez bien fait, ma chère, dit M. de Sergy ; et les demandes qui nous sont déjà venues m'ont donné l'occasion de vous dire ma pensée à ce sujet. Ce n'est plus, comme autrefois, la mode de marier les filles toutes jeunes; on les marie quand elles ont de vingt à vingt-cinq ans, pas plus tôt ; et on a raison. Lucie est d'une santé trop délicate pour faire exception à l'usage. De plus, dans l'intérêt même de mes enfants, ne dois-je pas leur garder intact mon patrimoine personnel ? Or, la mort de leur mère m'ayant obligé de mettre Lucien en possession de la part qui lui revenait de ce côté, si le mariage de Lucie me prenait aussi l'usufruit de sa part à elle, je serais forcé, tant pour maintenir mon influence dans certaines affaires, que pour soutenir le train qui convient, d'entamer mon capital. Tandis que, dans trois ou quatre ans, — je serai d'abord, je pense, sénateur...

— Dans trois ou quatre ans ! se récria Balda ; dans un an vous serez sénateur, et dans trois ou quatre ans ministre !

— Je ne sais pas, mais ce n'est pas impossible, dit M. de Sergy, en se dandinant avec complaisance. En tout cas, je vous ai confié, ma chère Balda, que plusieurs de mes amis et moi nous avions en vue une affaire considérable, et pour laquelle je ne devais présentement rien distraire de mes moyens financiers.

— Oui, dit Balda, et c'est précisément à cause de cette affaire considérable que je me demande si je n'ai pas eu tort d'éconduire, sans vous avoir consulté, la personne qui aspirait à la main de Lucie.

— Pourquoi ? Quelle est donc cette personne?

— Je vous la nommerai tout à l'heure, dit Balda. Je vous ai souvent entendu, avec un vif intérêt, développer éloquemment vos vues profondes de législateur sur la loi égalitaire et révolutionnaire qui régit la société moderne ; je vous ai entendu regretter, dans l'intérêt même des enfants, que le père de famille n'ait plus la libre et entière disposition du bien des mineurs.

— Sans doute, dit M. de Sergy doctoralement; ainsi, les biens de Lucie sont en terres qu'il m'est absolument interdit d'aliéner, qui pourtant ne représentent, à trois pour cent, qu'un capital de quinze cent mille francs, et qui, transformés en valeurs mobilières, donneraient deux millions cinq cent mille francs. Si j'avais à ma disposition ces deux millions cinq cent mille francs, en deux ans, je doublerais, dans la grande affaire en question, la fortune de Lucie.

— Je ne suis pas bien experte en ces matières, dit Balda, mais est-ce que le mariage, en émancipant Lucie, ne rendrait pas ces fonds disponibles ?

— Oui, mais, reprit M. de Sergy avec quelque amertume, il les mettrait simplement à la disposition de son mari.

— Eh bien, dit Balda, si son mari les mettait à la vôtre?

— Comment cela ? fit M. de Sergy en se rapprochant avec intérêt.

— Je n'ai peut-être pas très bien compris tout ce que j'ai entendu; mais je vais le répéter de mon mieux. Le prétendant dont je vous parle est un de ces amis qui sont au courant de la grande affaire... — Je dois ajouter qu'il a pour vous — et c'est ce qui me plaît en lui — une admiration sans bornes. — Il me disait que si votre apport dans la société à fonder était plus important, vous aviez toutes les chances pour en être le président, qu'il y avait là une fortune; et que, s'il avait l'honneur d'être accepté par vous pour gendre, il croirait n'avoir qu'une chose à faire, ce serait de remettre entre vos mains la fortune et les intérêts de sa femme et les siens, heureux et fier, abrité derrière votre influence et votre autorité, de suivre votre direction et — c'est le mot dont il s'est servi — d'être sous vos ordres.

M. de Sergy garda un instant le silence, puis demanda :

— Quel est donc, Balda, le nom de la personne?...

Ce nom, Balda le fit attendre à son tour une seconde, mais elle crut qu'elle pouvait maintenant le prononcer.

— C'est M. le marquis de Maugiron, dit-elle.

Sur le nom de Maugiron, M. de Sergy eut un mouvement qui, sans la savante préparation de Balda, aurait été peut-être un haut-le-corps, mais qui, aussitôt réprimé, put passer pour un simple geste de surprise.

M. de Sergy hocha lentement la tête, et dit, après un temps :

— Maugiron est un homme de beaucoup d'esprit!...

— Incontestablement, dit Balda ; mais il a été fort accusé.

— Calomnié! reprit vivement le comte; on l'est toujours pour peu qu'on soit en vue.

— Allons! reprit Balda, je vois que, comme je le craignais, j'ai peut-être été un peu trop vite en décourageant le marquis.

— L'avez-vous donc découragé... complétement?

— Complétement, il n'y a pas à dire; je vous répète que je suis une sotte quand vous n'êtes pas là.

— J'ai peut-être été aussi, moi, trop absolu dans mes idées, dit le comte.

— Et puis, dit Balda, n'oubliez pas que ma situation est délicate, et que j'ai toujours à compter avec d'autres résistances que la vôtre.

— Quelles résistances donc? demanda M. de Sergy en fronçant le sourcil.

— Eh! mais celle de Lucie d'abord. Lucie n'est pas ma fille.

— Elle est ma fille, à moi; et la loi daigne, moralement au moins, reconnaître l'autorité paternelle.

— Il se peut que M. de Maugiron ne plaise pas à Lucie.

— Et pourquoi ne lui plairait-il pas?

— Lucie dira peut-être qu'elle est bien jeune pour lui.

— En vérité! s'écria M. de Sergy. Vous n'avez pas dit que vous étiez bien jeune pour son père, vous, Balda.

— Quant à cela, reprit Balda vivement, je suis obligée de reconnaître que ce n'est pas du tout la même chose.

— Parce que?... fit M. de Sergy avec un invitant sourire.

— Parce que vous êtes une exception, mon ami! et une exception qui me paraît unique! Je suis votre femme, et j'ai le droit, Dieu merci, d'exprimer tout haut et ouvertement ma pensée; vous avez conservé, vous, toute votre jeunesse, — oui, oui, malgré la coquetterie de vos cheveux blancs! — et j'ajoute toute l'élégance et tout l'éclat de la jeunesse. A côté de M. de Maugiron, vous êtes jeune; et vous le seriez encore à côté d'hommes plus jeunes que M. de Maugiron!

— Chère Balda!... dit M. de Sergy ravi, vous êtes une petite orgueilleuse! reprit-il en lui baisant la main.

— Orgueilleuse et fière de vous, certes!

— Oui, mais aussi vous n'êtes pas tout à fait impartiale ; je ne dirai pas que vous me flattez, — mais enfin... tu veux bien m'aimer!...

— Eh! je vous aime, parce que vous êtes ce que vous êtes! s'écria Balda, comme si cette parole lui échappait. Aussi se reprit-elle aussitôt: — Vraiment! avec votre modestie, vous me faites dire des choses!... Revenons à M. de Maugiron, et convenons qu'on ne saurait le comparer à vous. Seulement, il peut avoir sa valeur, sans avoir la vôtre.

— Certainement! Quel âge a-t-il? Trente-cinq ou trente-six ans?

— Je crois que oui. Mais il les paraît!

— Il est brave, continua M. de Sergy; il a fait ses preuves. — Il sort du service du Saint-Père. — Il a un vieux nom. — Quant à sa fortune, quelle qu'elle soit aujourd'hui, je réponds qu'elle serait bientôt des plus brillantes, s'il persiste dans son intention de l'associer à la mienne.

Le comte s'était levé, et marchait dans la chambre, en jetant, à chaque phrase, les yeux sur Balda qui gardait le silence.

— Vous vous taisez, ma chère Balda, reprit M. de Sergy; voyons, est-ce que Maugiron n'a pas tous les avantages que je dis?

— Sans doute; on ne peut pas les nier, dit froidement Balda.

— Maugiron, reprit le comte, a été, vous dites vrai, fort attaqué; qui ne l'est pas, quand, de près ou de loin, on touche à ceux qui ont le pouvoir? Mais, vous, Balda, avez-vous contre lui quelque chose? Vous avez écarté sa demande ; est-ce parce que vous lui êtes hostile?

— Je ne lui suis pas hostile, répondit Balda, mais sur cette question je vous demande la permission d'être neutre. Je vous rappelle combien ma situation m'impose de réserve. J'ai écarté la demande de M. de Maugiron, je vous l'ai dit, parce que je prévoyais votre résistance d'abord, et ensuite parce que je prévoyais celle de Lucie.

— Lucie est une enfant qui n'a pas l'expérience des choses de la vie. Ce que je résoudrai pour elle sera pour son bien, et elle fera ce que je résoudrai.

— Elle le ferait, si elle était seule, peut-être. Mais maintenant, elle a près d'elle son frère.

— Son frère! interrompit avec violence M. de Sergy; je n'admets pas que mon fils fasse une opposition quelconque à ma volonté; je n'admets pas que mes enfants se liguent pour méconnaître mon autorité; je ne l'admets pas!

— C'est votre droit, dit Balda; mais il vaut mieux, je vous assure, que je reste étrangère à toutes vos résolutions, en ce qui concerne Lucie; il vaut mieux qu'aux premières ouvertures de M. de Maugiron, croyant me conformer à vos intentions, j'aie tout d'abord répondu non.

— Mais si c'est moi qui reviens sur ce refus?

— Vous, encore une fois, vous êtes libre.

— Maugiron, après cela, se tiendra peut-être pour battu?

— Je ne le crois pas. Je vous avoue qu'il m'a demandé la permission de ne pas renoncer à ses espérances, même après mes décourageantes paroles. Il veut, m'a-t-il dit, en appeler à vous de ce premier arrêt; et il a exprimé la confiance que vous ne le ratifieriez pas. C'est même, à vrai dire, ce qui m'a inspiré des doutes sur le parti que j'avais cru devoir prendre. M. de Maugiron compte vous demander un entretien, et sollicitera directement de vous la main de votre fille.

— Bien! cela suffit, dit M. de Sergy satisfait.

— Mais quoi que vous décidiez, mon ami, dit Balda, il est bien entendu que je n'aurais été pour rien dans votre décision.

Balda connaissait merveilleusement bien M. de Sergy. Etre le maître, c'était là l'idée fixe et le principe immuable du futur sénateur. Pour qu'il fît ce qu'elle voulait, il fallait qu'elle commençât par une manœuvre préalable : le lui faire vouloir; alors la chose allait toute seule. Elle le savait, et elle s'arrangeait en conséquence.

Elle avait admirablement saisi « le joint », non-seulement pour lui faire accepter, mais pour lui faire désirer le mariage de Maugiron et de Lucie. Elle le savait gêné et dans la tenue de sa vie présente, et dans ses opérations financières pour l'avenir, par la grave diminution de son revenu. La perspective de trouver, dans ce qu'il appelait la mise en valeur de la dot de Lucie, l'enjeu nécessaire pour le grand tapis vert de la haute spéculation impériale, devait indubitablement sourire à ce joueur et à cet ambitieux. Maugiron était peut-être l'homme le mieux situé pour le seconder dans ses vastes desseins.

Il se donna la peine d'expliquer tout cela à Balda, qui avait calculé tout cela d'avance, mais qui n'en ouvrit pas moins de grands yeux, et qui exprima avec enh_ousiasme son admiration pour les étonnantes conceptions du puissant cerveau de M. de Sergy.

— Seulement, dit-elle, je vois maintenant de plus en plus à quel point j'ai été maladroite.

— Non pas, ma chère enfant! interrompit le comte avec bonté; vous n'avez rien compromis, au contraire. Les petites déviations que vous vous reprochez, je les réparerai, soyez tranquille! Il est préférable peut-être que vous ayez montré d'abord à Maugiron les obstacles. Je suis averti, je vais le voir venir. Reposez-vous sur moi du reste; j'en fais mon affaire.

— Du moment que vous avez en main le gouvernail, je sais que la barque ira bien, dit Balda. Voulez-vous seulement, mon ami, me permettre de vous demander une grâce ?

— Parlez, ma chère.

— M. de Maugiron, à ce que je vois, ne vous trouvera pas trop mal disposé pour lui ?

— Mais non, pas du tout.

— Eh bien, pour mon amour-propre, pour que le désaccord ne soit pas trop flagrant entre vos décisions suprêmes et mes premières paroles, si vous devez lui donner votre consentement, que ce ne soit pas tout de suite, je vous en prie.

— Ah! ah! voyez-vous la vaniteuse!..

— C'est, en tout cas, mon ami, la vanité du cœur. Ma supplique a encore une autre raison : je voudrais qu'il fût bien avéré, vis-à-vis de Lucie et de M. Lucien, que non-seulement je suis restée en dehors de la détermination que vous prendrez dans la plénitude de votre droit et de votre autorité, mais que si j'ai eu un petit rôle en tout ceci, ç'a été plutôt un rôle, je ne dirai pas d'opposition, certes, — je ne voudrais jamais avoir ne fût-ce que l'apparence d'une opposition quelconque à votre volonté, — mais un rôle de modération.

— Vous vous exagérez beaucoup, Balda, l'importance de ce que pensent ou ne pensent pas mes enfants; mais il sera fait selon votre désir. Je n'ai l'intention d'admettre Maugiron, si je l'admets, qu'en le faisant passer par le stage de rigueur. Ma décision, une fois prise, sera irrévocable, mais je ne la prendrai qu'avec le calme et la réflexion nécessaires.

— Je vous remercie, mon ami, dit humblement Balda, qui avait joué sa petite scène de comédie avec une telle perfection, qu'il n'avait pas manqué un seul des effets arrêtés et voulus par elle.

Il fallait se hâter de battre le fer chaud. Le lendemain matin, M. de Sergy recevait la lettre par laquelle M. de Maugiron sollicitait de lui l'honneur d'un entretien. M. de Sergy lui donna rendez-vous pour le jour suivant dans la soirée. Maugiron présenta dans les règles sa demande officielle de la main de Lucie, et il fut écouté avec bienveillance.

Mais la demande, il faut le dire, tourna assez vite à la conversation d'affaires.

On parla surtout de la grande combinai-son financière, et on convint tout d'abord qu'elle était admirable et que ce serait une mine d'or.

Pour dépouiller le dialogue qui s'engagea à ce sujet des artifices et des fleurs de la rhétorique spéciale, disons simplement que Maugiron fit à M. de Sergy la proposition que voici:

Les banquiers *amis*, pour ne pas perdre de temps, avanceraient, garantis par l'aliénation projetée des biens en terre de Lucie, deux millions cinq cent mille francs; sur lesquels le gendre *prêterait* un million à son beau-père. M. de Sergy y ajouterait sur ses propres fonds cinq cents mille francs; et les trois millions unis auraient dans « la grande affaire » une part, qui les doublerait immanquablement en deux ans et les décuplerait en dix.

Nous avons le regret d'ajouter que la question de ces chances magnifiques fut beaucoup plus agitée dans cette causerie intime que celle du bonheur de Lucie.

Maugiron, invité pour le lendemain à venir dîner en famille, fut, à table, à la droite de Balda, à la gauche de Lucie.

Il causa avec beaucoup d'esprit et d'entrain, et fut très attentif et très gracieux pour Balda.

Il se retira vers dix heures et demie. Balda était déjà, depuis quelques instants, rentrée chez elle.

M. de Sergy fit un pas vers la porte pour sortir. Lucien vint lui serrer la main, et Lucie lui présenta son front à baiser.

— Vous avez vu M. de Maugiron, ma chère Lucie, dit M. de Sergy à sa fille. Il m'a demandé hier votre main.

Lucie tressaillit, puis demeura immobile et comme foudroyée.

Lucien lui-même resta une minute avant de pouvoir dire :

— Vous avez répondu *non*, n'est-ce pas, mon père ?

— Je n'ai répondu ni non ni oui.

— Mais cette demande ne peut pas être sérieuse. Vous savez, mon père, tout ce qu'on dit de M. de Maugiron ?

— Oh! quant à cela, mon fils, on en dit tout autant de moi. Et je pense, Lucien, que vous n'en honorez pas moins votre père.

Là-dessus, M. de Sergy, qui était arrivé près de la porte, sortit.

———

<h3 style="text-align:center">XVII</h3>

<h4 style="text-align:center">Les auxiliaires</h4>

Quand M. de Sergy fut parti, Lucie tomba sur un fauteuil, comme anéantie.

Elle était d'une nature énergique et fière, et, quand elle se croyait dans le juste et dans le vrai, il y avait en elle un ressort que rien ne devait faire plier. Mais, justement peut-être, parce qu'elle sentait ins-tinctivement combien une lutte engagée entre elle et son père serait redoutable, elle était écrasée par le coup de la surprise qui venait de tomber sur elle.

Lucien, moins résistant et plus confiant, tâchait de la rassurer de son mieux.

— Remets-toi! calme-toi! lui disait-il. Tu vois bien que rien n'est définitif. Tout s'arrangera.

Mais elle secouait lugubrement la tête. La violente commotion qu'elle avait ressentie lui ôtait la parole et la pensée. Elle fut plus d'une heure écoutant son frère sans lui répondre et presque sans le comprendre.

Il était près de minuit quand il put la faire remonter chez elle; il la confia aux soins de sa femme de chambre, qui lui était très dévouée, et se retira plein d'inquiétude.

Il était trop tard, à ce moment, pour qu'il pût se rendre chez Robert.

Le lendemain, de bonne heure, il alla frapper à la porte de sa sœur. La femme de chambre vint lui ouvrir.

Lucie n'avait pas dormi de la nuit. Un monde de douleur avait pesé sur elle. Elle était brisée de fatigue, et n'avait pas eu la force de se lever. Lucien s'effraya de la voir si défaite et si pâle.

— Il faudrait faire venir le médecin, dit-il.

— A quoi bon? répondit Lucie; il m'ordonnera une potion calmante. Crois-tu que ce soit une potion qui puisse me calmer?

— Si je pouvais faire venir Robert?.. Mais je n'ose. Je vais toujours courir chez lui, avant qu'il sorte.

— Oui, c'est cela, va, va vite. Ma foi en lui est entière. Lui seul peut nous conseiller, nous aider, me sauver.

— Oui, oui, et tranquillise-toi! dit Lucien; ce sera peut-être moins difficile que tu ne crois.

— Ne dis pas cela, Lucien! je connais mon père, ce sera terrible!

En ce moment, Angelina entra. C'était son habitude de venir ainsi chaque matin embrasser son amie. Lucien la laissa avec sa sœur.

Lucie s'était demandé si elle dirait tout à Angelina, et elle s'était décidée pour la confiance. Angelina n'était-elle pas déjà dans le secret de son amour pour Robert?

Angelina fut moins surprise de cette nouvelle si imprévue que ne s'y attendait Lucie. Ce qui l'affecta surtout, ce fut la souffrance de son amie.

— Pauvre chère aimée, lui dit-elle, l'inattendu de ce coup t'a fait bien du mal, tu es toute changée et bouleversée. Et tu n'as pas de larmes!.. j'aimerais mieux te voir pleurer.

— Je ne peux point! dit Lucie.

Angelina n'essaya pas, comme Lucien, de donner des espérances, qu'elle n'avait pas évidemment elle-même.

— Enfin! dit-elle, je ne connais pas bien la loi de ces pays; mais je crois que ton père ne peut pas te forcer à épouser M. de Maugiron.

— Non, non! et certes je ne l'épouserai pas! s'écria Lucie. — Mais que de combats, et quels combats; il faut prévoir!

— Oui, mais si cependant tu veux et si tu peux résister jusqu'au bout?..

— Mon père, reprit Lucie, ne peut pas me contraindre à épouser M. de Maugiron; mais je ne peux pas non plus le contraindre à me laisser épouser Robert.

— Est-ce que tu ne le pourras jamais? demanda vivement Angelina.

— Je le pourrai dans sept ou huit ans, — au prix d'un scandale. Mais d'ici là...

— Eh bien, d'ici là?..

— Si mon père nous sépare? si je ne vois plus Robert?..

— Tu sais combien il t'aime. Est-ce que tu ne te fies pas à lui?

— Je me fie à lui en toute assurance. Mais, en sept ou huit années, il se passe tant d'événements!

— Tu crois? dit Angelina rêveuse.

— Vois-tu, s'il faut attendre sept ou huit ans, quelque chose me dit que je ne serai jamais sa femme.

Angelina, les yeux fixes, répéta, tout absorbée :

— Tu crois?

— Et d'abord, reprit Lucie avec désespoir, d'ici là j'aurai dix fois le temps de mourir de douleur!

Sur ce mot *mourir*, Angelina sortit de sa torpeur, et, s'élançant vers Lucie :

— Mourir! toi mourir! dit-elle avec épouvante en la serrant dans ses bras. Toi, ma Lucie, ma sœur! toi si bonne! toi qui m'aimes et que j'adore! toi mourir! Non! non! c'est impossible! cela ne sera pas! Je ne veux pas, je ne veux pas que tu meures!

Et Angelina, enfonçant sa tête dans l'oreiller, près de la tête de Lucie, éclata en sanglots.

Robert, que le mot d'Angelina avait mis en éveil, apprit, lui aussi, sans grand étonnement la demande de Maugiron. Seulement, il ne s'attendait pas à ce que l'entrée en campagne de Balda fût si rapide et si prompte.

Il se fit dire et redire par Lucien tous les détails de la scène de la veille, et les brèves paroles échangées entre lui et son père.

— Mme de Sergy n'était pas là? demanda-t-il?

— Non, elle s'était retirée avec Angelina depuis un quart d'heure.

— D'autant plus présente qu'elle était absente! dit Robert, réfléchissant par mégarde tout haut.

— Je crois, reprit Lucien, que tu mêles à tort Mme de Sergy à tout ceci. Je ne vois pas quel intérêt elle peut avoir à ce que Lucie se marie et épouse ce Maugiron. Elle a pu, sincère ou non dans son amour, faire beaucoup de mal à ma mère; mais elle n'a aucune raison d'antagonisme contre ma sœur.

— C'est possible, tu as peut-être raison, repartit Robert.

Il ne pouvait dire à Lucien ses craintes, sans lui en révéler la cause, et il songeait avec tristesse qu'il n'aurait, dans sa lutte, ni Lucien, ni même Lucie, pour auxiliaires.

— Ce que je regrette, reprit Lucien, c'est que nous nous soyons laissé devancer, et que tu n'aies pas, tout de suite et franchement, demandé, avant Maugiron, la main de Lucie.

— Ne regrette pas cela, dit Robert, j'aurais rencontré un refus, et maintenant la maison me serait fermée. Tandis que j'ai toujours accès libre sur le terrain ennemi. N'est-ce pas aujourd'hui que Mme de Sergy reçoit?

— Oui, c'est aujourd'hui.

— Eh bien, je lui dois une visite. Dis à Lucie qu'elle fasse tout son possible pour descendre au salon ce soir.

— Je le lui dirai. Pourtant Maugiron sera là sans doute, mais si je dis à Lucie que tu dois venir...

— Oui, j'irai.

Lucie comprit que Robert avait raison, qu'il ne fallait pas qu'elle parût abattue, et qu'elle devait faire tous ses efforts pour descendre, le soir, au salon. Elle se disait qu'elle y verrait Robert et qu'une parole de lui la réconforterait.

Mais sa faiblesse et sa fatigue étaient extrêmes; et elle ne pouvait dans l'excitation de ses nerfs, ni dormir ni manger.

Angelina ne la quitta pas une minute ; attentive, empressée, pleine de sollicitude et de tendresse.

Balda vint voir Lucie dans la journée, mais elle ne resta que peu d'instants. Dans les quelques paroles qu'elles échangèrent, il ne fut pas fait, bien entendu, la moindre allusion à l'avis signifié, la veille, par M. de Sergy. Balda était censée ignorer tout, et feignit de croire que Lucie souffrait simplement d'une forte migraine.

Quant à M. de Sergy, retranché dans sa dignité paternelle, il ne parut point chez Lucie.

Après le dîner, vers neuf heures, Angelina monta pour aider Lucie à s'habiller.

Lucie, pleine de courage, s'habilla en effet, respirant un flacon de sels, droite, ferme, volontaire. Mais, quand il fallut marcher pour sortir de sa chambre, elle pâlit, chancela et perdit connaissance.

— Je ne pourrai pas! dit-elle désolée, je ne pourrai pas!

Angelina voulait rester auprès d'elle, mais elle exigea qu'elle descendît.

— Tu verras M. Robert, lui dit-elle, tu lui diras que j'ai fait ce que j'ai pu, mais que vraiment la force m'a manqué.

Cette défaillance avait surtout cela de fâcheux, que son père en triompha presque. Il se dit qu'en somme il serait probablement quitte de la résistance de Lucie pour une indisposition passagère, et que sa protestation n'irait pas plus loin que cette migraine.

Comme M. de Maugiron s'informait,

avec l'intérêt qui convient, du malaise de Lucie :

— Aucune gravité! dit avec un sourire rassurant M. de Sergy. Ce ne sera rien!

Maugiron, plein d'aisance dans le salon de l'hôtel Sergy, avait déjà un peu l'air d'y être chez lui. Maugiron était ce qu'on appelle « un homme charmant ». Un peu trop sanglé et raide dans ses habits (les méchants disaient qu'il portait un corset), il avait pourtant assez grand air, et il réussissait par là dans le milieu factice de son monde. Mais, on trouvait, pour peu qu'on eût quelque simplicité dans le cœur et quelque observation dans l'esprit, plus d'impertinence que d'affabilité dans son perpétuel sourire.

Robert fut désolé d'apprendre de Lucien que Lucie était hors d'état de descendre, et qu'il ne pourrait pas même échanger avec elle un mot d'encouragement, un serrement de main. Quel supplice! sentir que celle qui avait sa vie était là, souffrante, tout près de lui, et qu'il n'avait pour la voir que quelques marches à gravir, mais que lui, étranger, il ne pouvait franchir cette petite distance, et qu'il était aussi loin d'elle que s'ils eussent été séparés par des centaines de lieues!

Il alla saluer Mme de Sergy, et causa quelques instants avec elle. Personne n'eût pu croire, à les voir ainsi parler de choses indifférentes, qu'elle avait le secret de son amour, et qu'il avait le secret de son crime.

Il y avait beaucoup de monde, ce soir-là, chez Mme de Sergy, ainsi qu'il arrive d'ordinaire dans une réception qui suit une grande soirée. Robert s'était réfugié dans le petit salon contigu au grand, et où ne se trouvaient qu'un petit nombre de personnes, parmi lesquelles Lucien, qui causait avec une ancienne amie de sa mère.

Angelina passait, donnant des ordres, et, voyant Robert seul, elle s'arrêta.

— J'ai à remplir une commission auprès de vous, monsieur, lui dit-elle.

Elle lui dit alors ce dont Lucie l'avait chargée. Elle lui parlait sans le regarder, les yeux baissés, et avec un certain embarras. Dès qu'elle eut fini, elle fit mine de se retirer.

— Vous me quittez, lui dit-il; voulez-vous me permettre de vous dire à mon tour quelques mots?

— A moi, monsieur? demanda-t-elle, surprise.

— Eh mais, oui, mademoiselle, à vous. Je ne vous retiendrai que peu d'instants.

Elle s'assit, timide, auprès de lui.

Il n'y a pas, Dieu merci, en ce monde que le mal qui ait des forces secrètes; le bien a aussi les siennes. Si Maugiron avait son prestige funeste et son attrait malsain, Robert avait, lui, cette sorte de charme magnétique qui émane d'une âme grande et bonne.

Sans qu'il y eût de sa part préméditation ou calcul, il sentait, il savait qu'en lui cette puissance de sympathie pouvait contrebalancer la puissance de haine de Balda, et il voulait essayer sur Angelina cette puissance.

Mais il ne se doutait pas jusqu'où allait son pouvoir sur elle.

Il se rappelait seulement l'avertissement qu'elle lui avait donné, le soir du bal. Il se rappelait aussi son silence étrange pendant la valse qu'ils avaient dansée ensemble. Il lui avait parlé amicalement et doucement; elle ne lui avait pas répondu un seul mot; elle n'avait desserré les lèvres que pour lui jeter, en le quittant, cette invitation mystérieuse d'avoir à se défier de Maugiron.

Que signifiait cette taciturnité? était-ce émotion? était-ce sauvagerie?

Robert, pour mettre Angelina à l'aise, commença par des questions sur Lucie : comment s'était passée cette journée? qu'avait-elle fait? qu'avait-elle dit? Puis il vint à parler à Angelina d'elle-même. Il savait par Lucie qu'elle était leur petite confidente, et il la remercia avec effusion.

— Oui, dit-il, je suis touché, plus que je ne peux l'exprimer, de vous voir ainsi vous dévouer à Lucie et ne penser qu'à elle, et ne voir que la valeur qui est en elle, vous qui avez aussi tant de valeur en vous!

— Oh! qu'est-ce que vous dites là? reprit-elle toute tremblante et toute ravie; moi, je ne suis qu'une enfant!

— Vous êtes une enfant par l'âge et par la grâce; mais est-ce que le cœur a besoin de vieillir pour être grand?

Angelina respirait à peine; une flamme ardente illuminait ses grands yeux bruns.

Robert, avec l'accent tendre et doux d'un grand frère qui parle à sa petite sœur, demanda alors à Angelina de lui faire aussi sa part dans l'amitié qu'elle avait pour Lucie.

— Et vous? dit-elle en lui prenant la main et en le regardant dans les yeux, est-ce que vous aussi vous voulez avoir un peu d'amitié pour moi?

— Beaucoup! dit gaiement Robert. Et ne parlons pas au futur, parlons au présent. Je vous aime de tout mon cœur.

Sur ce mot je vous aime, — qu'atténuait, il est vrai, le mot de tout mon cœur, — Angelina tressaillit tout entière.

— Ah! s'écria-t-elle, voilà ce dont j'ai besoin, moi, c'est qu'on m'aime! — Et vous aurez aussi confiance en moi?

— Une confiance absolue.

— Vous ferez bien! dit-elle avec un accent profond; vous aurez en moi une bonne petite alliée, vous verrez! je ne crois pas que vous puissiez en avoir une meilleure!

Elle se leva, et s'enfuit plutôt qu'elle ne sortit.

Robert s'en alla, le cœur réjoui par la promesse d'alliance d'Angelina.

Il est vrai qu'il ignorait ces deux circonstances aggravantes : — qu'Angelina était la fille et non la nièce de Balda; et que Balda avait dans ses mains la preuve de son amour pour Lucie. Mais il se sentait, dans

une certaine mesure, rassuré contre la haine de cette femme redoutable, par l'amitié de cette enfant ingénue.

Il lui fallait maintenant, pour défendre Lucie, des armes contre Maugiron. Où en trouver? Il y pensait depuis le matin.

Pendant la maladie de M. Marousset, le conseiller d'État, qui avait été longue et grave, Robert avait été appelé trois fois en consultation, avec deux autres de ses confrères, par le médecin de la maison, le docteur Durantel. Il avait eu occasion, dans ces visites, de voir Mme Marousset. Il se rappelait vaguement avoir reçu d'elle, depuis, des cartes d'invitation à ses soirées. Mais son temps était trop occupé, pour qu'il allât beaucoup dans le monde : il n'avait donc jamais mis le pied aux réceptions de Mme Marousset; il s'était borné à faire mettre sa carte chez elle, et leurs relations s'étaient arrêtées là.

Si, pourtant la rumeur générale disait vrai, — et c'était probable, — si le marquis de Maugiron était devenu l'amant de Mme Marousset, il aurait pu y avoir là pour Robert un point d'appui précieux. Mais comment retourner chez Mme Marousset?

Le lendemain matin, à la première heure, Robert, — rassuré sur Lucie par un billet de Lucien, qui lui disait que sa sœur avait passé une assez bonne nuit, — se rendit chez le docteur Durantel, qui avait été son camarade d'études et d'internat, et qui était resté son ami.

Le docteur Durantel, plus âgé que Robert de trois ou quatre ans, avait pour son brillant et savant confrère une grande admiration, et nulle envie, étant lui-même un médecin des plus distingués. Il était marié, depuis deux ans, à une jeune et charmante femme, qu'il aimait, et dont il avait un fils. Il était donc le plus heureux des hommes, et Robert s'étonna de le trouver tout soucieux.

— Mon ami, lui dit Durantel, tu me vois, en effet, très inquiet de la santé de ma femme. Elle ne s'est pas bien remise de ses couches, et depuis trois mois je ne vis plus. Si je la perds, vois-tu, je suis perdu! Je suis content de te voir, car je voulais aller chez toi et te prier de venir. Je crois que les eaux de Wildbad feraient du bien à ma chère malade; mais je voudrais ton avis. Puisque te voilà, viens donc la voir tout de suite. Elle est levée, et je vais lui demander si elle veut te recevoir. Ta visite, ainsi, n'aura pas l'air d'être préméditée, et ce sera mieux.

Robert, introduit auprès de Mme Durantel, trouva qu'elle était affaiblie, en effet, mais que son état n'était pas tellement grave, et que les craintes du médecin avaient été fort exagérées par l'amour du mari. Une saison aux eaux de Wildbad lui parut, comme à son ami, devoir être utile et efficace, et il le conseilla énergiquement.

Sa conviction rassura la malade, qui se moqua avec lui des terreurs de son mari; et, quand il fut rentré avec Durantel dans

son cabinet, il le tranquillisa à son tour et lui démontra qu'avec des soins sa femme recouvrerait promptement et complétement la santé.

— Ah! que tu me fais de bien! et que je te remercie! dit Durantel. Mais ce n'est pas tout, et j'aurais encore un service à te demander.

— Lequel? Je suis tout à toi, tu le sais.

— Il va falloir, tu penses, que j'accompagne ma femme à Wildbad...

— Oh! est-ce bien nécessaire? demanda Robert.

— Si c'est nécessaire! s'écria Durantel. Tu sais comme j'aime ma femme; mais je te déclare, mon cher ami, que ma femme me le rend bien. Jamais elle ne voudra rester séparée de moi plusieurs semaines, et je ne le veux pas plus qu'elle. Nous partons ensemble, avec le bébé. Je serai là pour surveiller l'effet des eaux; et après la saison, je la conduis se reposer en Suisse...

— Eh bien! et tes malades? Tu les quittes?

— Je les quitte pour un mois ou deux; mais, encore une fois, je les quitterais pour tout à fait si je ne sauvais, avant tout, ma malade à moi, dont la vie, je le répète, est ma vie.

— A la bonne heure! Cependant, ta clientèle...

— C'est là justement le service que j'ai à te demander... Oh! ne t'effraye pas! je sais que tu suffis à peine à tes malades; c'est à notre ami, le docteur Jeanty, que je compte m'adresser pour me remplacer pendant mon absence auprès des miens. Mais je voudrais te confier à toi, deux ou trois cas graves, et trois ou quatre clients importants. Tu ne peux pas me refuser.

— Et je ne te refuse pas, dit Robert. Mais, dis-moi, as-tu toujours dans ta clientèle Mme Marousset?

— Toujours.

— C'est d'elle que je venais te parler. Je l'ai vue autrefois quand tu m'as appelé en consultation pour son mari; mais je ne suis pas allé chez elle depuis, et j'aurais peut-être besoin pourtant de renouer mes rapports avec elle. — Il va sans dire, ajouta Robert en riant, qu'elle n'est pas malade en ce moment?...

— Elle n'est pas malade, répondit Durantel, et cependant il ne se passe pas de semaine qu'elle ne me fasse appeler, et elle me prie toujours de venir, même sans être appelé.

— En vérité! Qu'a-t-elle donc?

— Ah! mon ami, toi qui n'es peut-être un grand médecin que parce que tu es un grand philosophe, tu pourras observer là, dans un cas pathologique curieux et frappant, à quel point le moral influe sur le physique, et comme l'âme troublée et souffrante peut troubler et miner le corps.

— Mais Mme Marousset n'aura peut-être pas en moi la même confiance qu'en toi, et je ne veux te rien demander sur elle que tu ne puisses me dire.

— Et moi, dit Durantel, je n'ai rien à te dire d'elle que tu ne puisses savoir d'autre part; car je ne sais d'elle que ce que tout le monde sait ou devine. Je ne peux donc trahir des secrets, qu'elle ne m'a pas confiés. Mais je te dois mes observations, et elles suffiront pour t'intéresser comme médecin, si elles ne t'intéressent pas autrement.

—Elles m'intéressent autrement, et beaucoup, j'en conviens, dit Robert.

— Tu verras! dit Durantel en riant, ce n'est pas pour te vanter mes clients et clientes, mais la figure de Mme Marousset est plus qu'intéressante, elle est attirante au possible. Tu as vu le mari, — dans son lit, il est vrai. Un être quelconque; fort jurisconsulte, à ce qu'on disait; ferré sur le droit administratif, j'aime à le croire; honnête, sérieux, laborieux, cela semble prouvé. Mais enfin le modèle du conseiller d'Etat est-il en même temps le rêve de la jeune fille? C'est douteux, n'est-ce pas?

— C'est douteux, dit Robert.

— Eh bien, mon ami, Mme Marousset, tant que son mari a vécu, a été constamment la femme sans reproche. Pensive, mais irréprochable, telle je l'ai toujours connue. Elle a soigné son mari malade avec la plus touchante sollicitude, elle a été pour son enfant la mère la plus tendre et la plus dévouée. Elle a passé loin de Paris la première année de son mariage, et elle n'y est revenue qu'au mois d'octobre dernier, rappelée par le soin de l'éducation de son fils. Dans tout cela, comme tu vois, rien à dire.

— Dans le passé, oui, tout est bien, reprit Robert; venons au présent.

— Je ne sais pas, continua Durantel, si M. de Maugiron connaissait depuis longtemps Mme Marousset, ou s'il lui a été présenté seulement lors de son retour à Paris. Lui-même, en novembre, il revenait d'Italie, après son illustre passage aux zouaves pontificaux. Je l'avais rencontré aux soirées de Mme Marousset, mais sans le remarquer autrement. On n'a commencé à chuchoter sur leur compte qu'en janvier de cette année. A partir de ce moment, changement brusque et complet chez Mme Marousset. Je te répète que je n'ai à te dire que ce qu'ont pu voir, comme moi, les habitués de la maison, en y ajoutant les commentaires du médecin.

— Oh! je sais quel observateur pénétrant tu es.

— Ma foi! il n'était pas besoin d'une observation bien profonde pour s'apercevoir comme, tout à coup, et pour ainsi dire du jour au lendemain, Mme Marousset n'a plus été la même. Ça a été, mon cher, un épanouissement, une éclosion de printemps, un lever de soleil. Elle était sans doute ce qu'on appelle une jolie femme; subitement elle est devenue très belle. Elle n'était pas précisément de la première jeunesse; elle s'est mise, à trente-cinq ans, à en avoir vingt-cinq. Elle était affable, mais plutôt réservée et quelque peu froide; soudain elle a eu du brillant, de l'esprit, de l'entrain, une grâce et une verve charmantes. Ah! je te réponds qu'à ce moment-là elle

n'était pas malade! Je me suis dit : Voilà une femme qui aime pour la première fois, et voilà une femme heureuse !

— Et M. de Maugiron? demanda Robert.

—M. de Maugiron, lui, était devenu beaucoup plus rare qu'auparavant aux réceptions et aux soirées; on ne l'y voyait plus que de loin en loin. C'était là, en somme, le seul symptôme apparent. Mais, comme il ne venait chez Mme Marousset que d'anciens collègues de son mari, des magistrats, des gens graves; comme j'étais, je crois, le plus jeune de ses amis, et que je n'étais pas suspect, les chuchotements susmentionnés ont continué de plus belle.

— Et tu crois qu'ils avaient raison?

— Mme Marousset ne me l'a jamais dit, mais j'en suis sûr.

— Ce Maugiron te semble-t-il donc un si irrésistible vainqueur?

— Tout est relatif. Mme Marousset est une bourgeoise, fille de bourgeois; le Maugiron est un marquis authentique, un chevalier fils des preux, un familier du faubourg Saint-Germain et du Vatican. Il a eu des duels et des aventures. Il a été, dans cet intérieur terne et morne, quelque chose comme l'invasion de la lumière et de la vie. Il a fait à cette pauvre honnête femme l'illusion de la passion, avec d'autant plus de vraisemblance, qu'il la jouait et ne la ressentait pas. Il l'a éblouie, il l'a enivrée, il l'a fascinée. Je ne fais là que des conjectures, mais je parierais que les choses se sont passées ainsi.

— Oui, très bien diagnostiqué, mon cher confrère! dit Robert. Et combien de temps la fascination a-t-elle duré?

— Six semaines; pas davantage. Vers le milieu du mois de mars dernier, j'ai vu, un matin, arriver chez moi une bonne femme au service de Mme Marousset; c'était été, je crois, sa nourrice, et elle lui est dévouée. J'ai omis de te dire que Mme Marousset a perdu son père et sa mère, et qu'elle est sans famille. La brave Gertrude, fort éplorée, venait à l'insu de sa maîtresse, qui lui avait même défendu de m'avertir. — Madame est bien malade! me dit-elle! — Qu'est-ce qu'elle a? — Je n'en sais rien; venez comme en passant et par hasard. Naturellement, Mme Marousset ne prit pas le change. — Cette Gertrude est folle! dit-elle; j'ai eu tout simplement je ne sais quelle crise nerveuse, — comme une duchesse. Et elle essayait de rire. Mais il était clair qu'elle avait reçu un choc moral violent. Elle avait repris ses trente-cinq ans! et même quelque chose avec. Non pas qu'elle ait cessé d'être belle: le cercle brun qui entoure ses yeux leur donne parfois plus d'éclat, mais c'est l'éclat de la fièvre et de la souffrance. Elle est redevenue la Mme Marousset que nous avions connue, moins calme seulement, et beaucoup plus triste.

— Qu'était-il donc arrivé? demanda Robert; y avait-il eu rupture?

— Non; pas que je sache. M. de Maugiron n'a pas discontinué de venir, quelque-

fois le soir avec tout le monde, et très souvent seul dans l'après-midi. Je le sais par Gertrude. Cependant, Mme Marousset ne m'a point fait appeler dans les premières semaines; je la voyais avec chagrin languir et dépérir, sans même oser le lui dire. Ce n'est guère que depuis un mois qu'elle s'inquiète d'elle-même, qu'elle me consulte sur ses insomnies, qu'elle trouve que je ne viens jamais assez souvent.

— Et sur cette seconde phase, dit Robert, quelles sont tes conjectures?

— Je n'en fais aucune. C'est le mystère. Que s'est-il passé? Qu'est ce qui a fait tomber la malheureuse femme de son ciel sur la terre? Je n'en sais rien, je ne m'en doute pas. Elle me sait son ami sincère, et je vois bien que je n'aurais pas grand'peine à obtenir ses confidences; qu'elle ne demande qu'à m'ouvrir son cœur; qu'elle attend mes questions, qu'elle les espère peut-être.

— Eh bien, ces questions, pourquoi ne les lui fais-tu pas?

—Oh! cher ami, écoute donc, je suis son médecin, moi; je ne suis pas son confesseur.

— Alors tu comprendrais qu'elle prît un confesseur, tu veux qu'elle en prenne un! — toi qui es des nôtres, toi libre-penseur?

— Non certes; mais enfin, un médecin...

— Un médecin ne peut pas être un confesseur, non, mais il peut toujours, il doit parfois être un confident.

—Un confident, à nos âges, pourrait être assez dangereux!

—Tu crois donc qu'un confesseur ne l'est pas! Nous voilà deux jeunes médecins; moi, j'ai dans le cœur une passion sérieuse et profonde; toi tu as une femme que tu adores; comment serions-nous dangereux? Tu disais que, chez cette pauvre femme, c'était le trouble de l'âme qui troublait le corps; eh bien! est-ce qu'alors ce n'est pas notre état, notre état et notre devoir de soigner, de panser, de guérir son âme?

— Robert, tu as cent fois raison! dit Durantel en pressant la main de son ami, et j'ai toujours été, et je suis encore de ton avis. Mais — pardonne-moi — je ne te disais pas la vérité. Je ne suis pas plus poltron qu'un autre; je donnerais ma vie pour ma femme ou pour mon enfant; je donnerais ma vie pour mon pays ou pour la science ; tu ne m'as jamais vu broncher devant les maladies contagieuses et dans les épidémies... Mais, mort-Dieu! dans le cas présent, il y a le Maugiron, mon cher! et je t'avoue que, mari et père, je ne me soucie aucunement d'avoir maille à partir avec cette bête fauve.

— A mon tour, je te demande pardon, mon ami, et je te dis : Tu as raison, reprit Robert en se levant. Et maintenant j'ajoute : Je désire que, le plus tôt possible, tu me présentes à Mme Marousset.

— Quand tu voudras. Ce matin, si tu veux?

— Oui, ce matin.

Il fut convenu que Robert, après ses visites faites, viendrait, avec sa voiture, prendre Durantel à onze heures, et qu'ils iraient ensemble chez Mme Marousset, qui demeurait quai Voltaire.

— Mais ne la dérangerons-nous pas, de si bon matin ? demanda Robert.

— Non, c'est l'heure qu'elle m'a indiquée elle-même, dit Durantel. Je suppose que M. de Maugiron, qui se couche tard et se lève tard, ne vient jamais que dans l'après-midi; et Mme Marousset ne se soucie pas, sans doute, que je me rencontre avec lui, ou même qu'il soit informé de mes visites.

— Est-ce qu'elle te l'a dit ?

— Oh! non; pas expressément pour Maugiron du moins. Elle m'a dit seulement : Cher docteur, ne parlez à aucun de nos amis, je vous prie, des consultations que vous voulez bien me donner; je tiens fort à ce qu'on ne me sache pas si douillette.

— Ceci est bon à noter! observa Robert.

A onze heures, les deux médecins entraient chez Mme Marousset, qui occupait au second étage, sur le quai, un bel appartement, ayant la magnifique vue du Louvre et de la Seine.

Mme Marousset, avertie que le docteur Robert était avec le docteur Durantel, ne les reçut pas dans sa chambre, et les fit prier de l'attendre au salon.

Ce salon, où brillait le luxe étoffé de la haute bourgeoisie, n'avait rien qui indiquât le sentiment de l'art : meuble doré, en damas rouge; tapis, rideaux et portières d'Aubusson; grandes glaces à biseau; garniture de cheminée de Denière; aux murs, les portraits en pied de M. et Mme Marousset, par un peintre médiocre, quoique à la mode.

Au bout de quelques instants, entra Mme Marousset, dans un négligé du matin d'assez bon goût.

Octavie Marousset, que Robert n'avait vue que deux ou trois fois, lui sembla être mieux qu'elle ne lui apparaissait dans ses souvenirs. Elle était à coup sûr maigrie et fatiguée; mais ses traits réguliers, qui n'avaient pas beaucoup d'expression autrefois, étaient maintenant animés, ou, si l'on veut, brûlés de plus de flamme. C'était une femme brune, assez grande, bien faite, les attaches fines, les doigts allongés; elle avait de la dignité dans ses manières, et, sinon de la grâce, de l'élégance.

Elle serra la main de Durantel, et salua Robert par son nom, en le félicitant de le revoir, et rappelant avec émotion les bons avis qu'il avait donnés pour son mari.

Elle s'informa avec empressement de la santé de son amie, Mme Durantel. Ce fut l'occasion, pour Durantel, de lui annoncer qu'il s'était déterminé à conduire sa femme aux eaux de Wildbad, et qu'il comptait partir dans deux ou trois jours.

— Je ne vous laisse pas bien malade, heureusement! reprit-il en souriant; mais, en mon absence, si besoin était, j'ai pensé que vous agréeriez les soins de mon ami et célèbre confrère, le docteur Robert, que vous appréciez hautement, je le sais, et que vous connaissez déjà.

Mme Marousset fut-elle contrariée de la nouvelle du départ de Durantel ? en tout cas, elle n'en laissa rien paraître; elle approuva Durantel de sa résolution, et, s'inclinant gracieusement, remercia d'avance Robert de vouloir bien se charger de conseiller une malade si insignifiante, « une malade peut-être imaginaire », dit-elle.

— Je n'ai pas besoin d'ajouter, reprit Durantel, que vous pouvez avoir dans le docteur Robert la même confiance absolument que vous vouliez bien avoir en moi.

— Je le crois, — j'en suis sûre, répondit d'une voix lente Mme Marousset, en attachant sur Robert ses yeux interrogateurs.

A cette interrogation muette, la mâle figure et le regard ferme et franc de Robert répondaient aussi sans parler. Nous avons dit déjà qu'il était impossible de voir Robert sans se sentir tout de suite porté vers lui, comme vers un être en même temps doux et fort, sur lequel il faisait bon s'appuyer. Pour employer les nuances du langage du monde, si Durantel était « un homme distingué », tout révélait, au premier aspect, en Robert un homme supérieur.

Robert reprit, du ton le plus simple :

— Madame, je vous connais par tout ce que m'a dit de vous mon cher confrère; je vous prie de vouloir bien me tenir pour votre ami.

Elle répondit avec la même simplicité :

— Merci !

Et elle lui tendit la main.

— A présent, la parole est aux médecins, reprit gaiement Durantel. La dernière fois que je vous ai vue, chère madame, faute de drogues à vous donner, je vous ai renouvelé la prescription que je vous avais déjà faite, et que vous aviez d'abord acceptée, ce me semble.—J'avais conseillé à Madame, dit-il en se tournant vers Robert, le changement d'air, un déplacement, un voyage ; est-ce que je n'avais pas raison ?

— Tout à fait raison, dit Robert en examinant attentivement Octavie.

— Oui, cette idée m'avait d'abord souri, reprit-elle; j'avais même presque arrêté un itinéraire : je visitais la Hollande et, par le Rhin, je descendais vers la Suisse, et de la Suisse vers Italie, où j'arrivais dans la bonne saison.

— C'était parfait! dit Robert; eh bien ?

— Eh bien, c'est devenu impossible.

— Pourquoi? et depuis quand ? demanda Durantel.

— Mais, depuis quelques jours, reprit Octavie avec un peu d'impatience, je vous l'ai dit déjà à votre dernière visite, doc-

teur. Il est bien difficile à une femme de voyager seule avec un enfant, et Gertrude n'est pas un porte-respect suffisant.

« Depuis quelques jours !.. » Robert pensa que Maugiron avait pu consentir un moment à accompagner Mme Marousset dans ce voyage; mais que, « depuis quelques jours, » ses nouveaux projets avaient dérangé absolument ce plan, et qu'il devait tenir maintenant à ne pas quitter Paris.

— Si vous êtes obligée de renoncer à ce voyage, dit-il, vous devriez au moins passer la fin de la saison à la campagne, quand ce ne serait qu'aux environs de Paris.

— Oui, peut-être, répondit-elle pensive. Si c'est tout près, à une demi-heure de Paris, quelque part comme à Saint-Cloud ou à Ville-d'Avray, ce sera peut-être faisable. Je vous le dirai la prochaine fois.

— Elle se réserve, se dit Robert, de consulter Maugiron.

Robert et Durantel se levèrent, en disant que leur visite était cette fois une présentation plutôt qu'une consultation. Octavie promit d'aller faire ses adieux à Mme Durantel.

Elle reconduisit les deux amis, et, sur le seuil de la porte, donnant la main à Robert, elle dit encore d'un ton expressif :

— Oui, j'ai confiance !..

— Eh bien? demanda Durantel à Robert, qu'est-ce que tu en dis de ma malade ?

— Mon ami, je dis : Ame en peine.

— Sais-tu, Robert? j'ai dans l'idée que tu lui seras plus utile que moi.

— J'ai dans l'idée, reprit Robert, qu'elle et moi, nous nous serons utiles l'un à l'autre.

XVIII

A demi-mot

Ce même jour, Lucie qui, épuisée de fatigue, avait enfin trouvé dans la nuit un peu de sommeil, voulut absolument se lever, et même descendre au déjeuner. Son énergie morale avait repris le dessus, et elle tenait à prouver à son père qu'elle n'était pas vaincue.

M. de Sergy, de son côté, ne parut en la voyant ni surpris ni contrarié. Il l'embrassa au front, selon son habitude.

— Vous allez mieux, à ce que je vois, ma chère enfant? lui dit-il.

— Je vous remercie, mon père, ce n'était rien, et je suis bien, reprit-elle.

On sortait à peine de table, que le domestique annonça M. de Maugiron.

Maugiron entra, vint à Balda, et s'excusa de se présenter ainsi; mais il avait voulu venir lui-même prendre des nouvelles de la santé de Mlle de Sergy.

— Je suis heureux de voir Mlle de Sergy debout, et tout à fait remise, j'espère, ajouta-t-il en se tournant vers Lucie.

5

Lucie, à l'arrivée de Maugiron, était devenue pâle. Pour toute réponse, elle s'inclina gravement, prit le bras d'Angelina, et sortit avec elle. Lucien rendit aussi à M. de Maugiron son salut, et sortit derrière sa sœur.

M. de Sergy, sans témoigner le moindre embarras, se mit à parler très cordialement à Maugiron de choses quelconques, et Maugiron lui répliqua avec la même aisance.

Au bout de dix minutes, M. de Sergy se leva.

— Je vous prie de me pardonner, dit-il ; nous voici aux dernières séances de la session, et je suis forcé de me rendre au Corps législatif. Mais je n'entends pas vous enlever à Mme de Sergy...

— Si Mme de Sergy veut bien me permettre de rester quelques instants à lui faire ma cour... dit Maugiron.

Quand ils furent seuls en présence, les deux associés se regardèrent un moment sans parler.

Nous disons « les deux associés ». Rien entre eux assurément n'avait été convenu, dit et formulé ; ils savaient pourtant à merveille l'un et l'autre qu'ils étaient d'accord, et qu'ils avaient conclu un pacte d'alliance offensive et défensive, qui, pour être tacite, n'en était pas moins valable et solide, étant fondé sur leur intérêt réciproque. Plusieurs points restaient obscurs et indécis pour eux-mêmes sur les voies et moyens, sur les causes et sur les mobiles ; Maugiron ne voyait pas bien pourquoi Balda voulait marier Lucie ; Balda se demandait comment Maugiron s'y prendrait pour arriver à l'épouser. Mais, pour le moment, ils avaient tous deux en apparence un but commun, et ils devaient s'entendre pour y marcher.

Seulement, ils étaient gens du monde, — et de ce monde particulier de la fin de l'empire, — et ils devaient toujours s'entendre à demi-mot.

C'est à demi-mot que, dans ses premiers pourparlers avec Maugiron, Balda l'avait amené à faire les propositions et concessions qui lui avaient permis d'obtenir, à son tour, l'adhésion et, pour tout dire, la complicité morale de M. de Sergy. Il ne faut pas croire qu'on passe ces marchés-là crûment et cyniquement. Non, on se ménage entre soi, on se prête réciproquement les intentions les plus pures et les plus généreuses, et l'on échange poliment des mensonges de convention, comme on se serre la main avec des gants.

Tous les artifices et tous les sous-entendus du langage diplomatique ne sont pas de trop pour jeter un voile utile sur certaines transactions (cela s'appelle des transactions), qui, grossièrement mises à nu, offenseraient péniblement la pudeur. Où serait-on délicat, si ce n'est dans les indélicatesses ?

Les points déjà traités, avec de si heureux résultats, entre Balda et Maugiron étaient d'ailleurs peu de chose auprès de ceux qu'il leur fallait aborder maintenant ;

et il était fort concevable qu'ils eussent d'abord à se recueillir un moment.

Ce fut Maugiron qui prit le premier la parole :

— Je vois avec regret, dit-il, que Mlle de Sergy persiste à me témoigner cette froideur, et je crois qu'il ne sera pas facile de l'amener à vouloir bien réaliser mon espérance.

— Ce ne sera pas facile, en effet, reprit Balda, et je ne vous ai pas dissimulé les obstacles que vous auriez à vaincre. Mlle de Sergy a une grande fermeté et une grande décision dans le caractère ; mais elle a pour son père le respect qui convient, et elle est trop bien née, et de trop bon lieu, pour pousser la résistance jusqu'à la rébellion. M. de Sergy a une volonté aussi entière, pour le moins, que celle de sa fille, et il saura user de ses droits et de son autorité de chef de famille. L'essentiel était d'avoir, avant tout, son consentement.

— Et, grâce à votre bonté, madame, dit Maugiron, j'espère que je l'obtiendrai, ce consentement précieux. M. de Sergy m'a accueilli avec une bienveillance dont je lui suis profondément reconnaissant, et vous me permettrez d'étendre ma reconnaissance à vous, madame, qui avez si gracieusement daigné me guider de vos bons conseils.

— Oui, reprit Balda, je crois qu'avec de la persévérance, vous arriverez à vos fins. Et si vous voulez continuer à vous en rapporter à moi ?...

— Si je veux m'en rapporter à vous ! s'écria Maugiron ; ah ! soyez sûre que je vous écouterai, que je vous obéirai, en tout et toujours, aveuglément. Vos moindres avis seront pour moi des ordres.

Balda secoua la tête en signe d'approbation. Elle voulait bien nettement constater que, si Maugiron avait jusque là réussi, il le devait à elle, et à elle seule, et que, pour réussir jusqu'au bout, il devait jusqu'au bout être docile.

— Veuillez m'éclairer et me conduire encore, reprit Maugiron. Encore une fois, j'ai tout lieu de penser que M. de Sergy, grâce à votre tout puissant appui, est ou sera bientôt gagné. Que me reste-t-il à faire ? Ces obstacles qui restent à vaincre, quels sont-ils, où sont-ils, je vous prie ?

Balda prit un temps, comme pour réfléchir.

— Laissons de côté Lucie, répondit-elle ; je vous répète que le père suffirait seul à dominer les préventions de la jeune fille. Mais, près de Lucie, il y a deux influences hostiles qui devront être combattues... comment dirai-je ?... en dehors de la maison. Oui, vous avez deux ennemis...

— Deux ! interrompit Maugiron. Je croyais n'en avoir pas d'autre que M. Lucien.

— J'ai dit deux, reprit Balda.

Balda avait pris son parti.

On se rappelle qu'elle jouait un jeu double : — contre ses adversaires, Lucien et Lucie, qu'il s'agissait de « supprimer », comme elle avait « supprimé » leur mère ; — e contre son partenaire lui-même, M. de Maugiron, que, moyennant l'appât de la dot de Lucie, elle comptait employer comme instrument aveugle de son intrigue de mort.

Seulement elle avait calculé qu'il serait imprudent, qu'il serait impossible de le lancer tout d'abord sur Lucien, et qu'il ne s'y prêterait pas. Mais en relisant la copie des lettres prises chez Lucie, elle s'était assurée qu'elle provoquerait dans le cœur de la jeune fille un désespoir suffisant pour ses desseins, si elle commençait par frapper Robert. D'ailleurs, Robert n'était-il pas en possession d'une partie de son terrible secret ? Elle ne savait pas s'il l'avait reconnue, et elle pensait bien, dans la profondeur de sa perversité, que, quand même il l'aurait reconnue, il lui serait présentement difficile de la punir ou même de la dénoncer ; n'importe ! elle n'aimait pas se sentir à la merci d'un hasard ou d'une crise, et ce redoutable témoignage toujours suspendu sur sa tête, elle ne serait pas fâchée de l'anéantir — avec le témoin.

Elle répéta d'un ton significatif :

— Oui, dans le cœur et dans l'esprit de Lucie, vous avez deux ennemis...

— Lesquels ? demanda Maugiron ; pouvez-vous, voulez-vous me les nommer ?

— D'abord, comme vous l'avez dit vous-même, il y a Lucien.

— Oh ! contre lui je ne peux rien, reprit Maugiron, je suis désarmé de ma meilleure arme...

— Qui est ?... demanda Balda.

— Qui est — je ne dirai pas mon habileté au pistolet et à l'épée, — mais ma réputation d'habileté. Cette habileté, je suis condamné de plus en plus à n'y avoir recours que dans les circonstances tout-à-fait suprêmes ; j'ai toujours eu la main trop malheureuse, — ou trop sûre, comme vous voudrez, — pour ne pas éviter, avec tout le soin et tout le scrupule possible, la moindre occasion de duel. Par bonheur, ma réputation suffit, et me garde. Les gens les plus honorables et les plus braves se soucient médiocrement d'avoir une affaire avec moi ; à plus forte raison le commun des mortels. Personne ne se mettra donc de gaieté de cœur en travers de mon chemin. Mais M. Lucien de Sergy ne saurait avoir de moi cette terreur salutaire, qui est le commencement de la sagesse. Il est trop clair que, si je veux me marier avec la sœur, je ne vais pas m'aviser de me battre avec le frère.

— Ah ! grand Dieu ! la supposition seule fait frémir ! dit Balda.

— Ne craignez rien, reprit Maugiron en riant ; M. Lucien m'est sacré. Mais justement parce que je ne suis pas dangereux pour lui, il peut être, lui, fort dangereux pour moi.

— Comment cela ?

— Je ne dois sous aucun prétexte, ni de près, ni de loin, le provoquer, la chose est au-delà de l'évidence, et il est inutile, je pense, de vous rassurer sur ce point. Mais la question est qu'il ne faut pas qu'il me provoque, lui non plus. Je réponds de moi, mais qui répondra de lui?

— Monsieur de Maugiron, dit gravement Balda, même quand il vous provoquerait, donnez-moi votre parole de ne pas répondre à sa provocation.

— Eh bien, reprit Maugiron, après une minute de réflexion, je vous donne cette parole, madame. Je vous la donne, d'abord parce que je suis heureux de vous obéir, heureux de vous tranquilliser; ensuite, parce qu'elle m'engage vis-à-vis de moi-même, et, qu'en même temps, vis-à-vis de M. Lucien et vis-à-vis de l'opinion, elle me dégage.

— Vous êtes un galant homme, et je vous remercie, dit Balda.

— Je vous assure, madame, reprit Maugiron, en baisant la main qu'elle lui tendait, je vous assure que je suis bien réellement votre serviteur. Maintenant, continua-t-il en riant, j'espère, je vous l'avoue, que, vis-à-vis de mon autre adversaire, vous n'avez pas à m'imposer la même modération.

— Je n'ai qu'à vous la conseiller, dit Balda.

— Et quel est-il, ce second ennemi de mon bonheur? Je suis curieux de le connaître.

— Je vais, en vous révélant ceci, dit Balda, vous donner une grande preuve de ma confiance en vous; aussi, je compte que vous n'attacherez pas à ce que je vais vous apprendre — et que M. de Sergy lui-même ignore — plus d'importance que la chose n'en a... — J'ai lieu de supposer que, depuis un certain temps déjà, Lucie... pense à quelqu'un.

— Ah! elle aime? dit Maugiron, sans marquer beaucoup de surprise.

— Quelqu'un l'aime! reprit Balda avec un semblant de vivacité; quelqu'un l'aime, et le lui a dit, et je crois que l'aveu ne lui a pas déplu, voilà tout; n'allez pas plus loin que ma pensée!

— Ma pensée à moi n'a rien que de respectueux pour Mlle Lucie de Sergy, dit Maugiron avec un grand sérieux, et j'ai une foi entière dans son honneur. Quant à l'amoureux... Il faut d'abord que je sache son nom; tout est là.

— C'est le docteur Robert.

Maugiron ne broncha pas. Balda reprit :

— Ils se sont connus chez M. d'Arnaud, à Saint-Germain; ils se connaissent depuis plus d'un an.

Maugiron garda un moment le silence.

— Le docteur Robert est un homme de valeur, dit-il enfin; je crois cependant que M. de Sergy aurait quelques raisons de le refuser pour gendre?

— Il en a beaucoup.

— Je crois qu'il aurait aussi quelques raisons de me préférer à lui?

— Il les a toutes.

— Croyez-vous Mlle Lucie assez éprise de M. Robert pour ne jamais me pardonner d'avoir été son vainqueur... de façon ou d'autre?

— Les femmes ne tiennent pas très longtemps rigueur à la victoire. Je vous répète, d'ailleurs, que je ne crois pas à une passion. Si je vous ai fait la confidence de ce qui n'est peut-être qu'un rêve de jeune fille, c'est tout simplement pour que vous soyez averti. Un homme averti en vaut deux, dit-on. Vous ne ferez certainement pas la faute d'être l'agresseur et de provoquer le docteur Robert?...

— Madame, dit tranquillement Maugiron, je ne provoque jamais. Ne provoquant jamais, si une rencontre devient nécessaire, j'ai le choix des armes; or, je suis de première force à l'épée, mais on n'a de certitude qu'au pistolet. Cependant, si M. le docteur Robert, qui a consacré sa vie à la science, devenait intolérable, je ne pourrais peut-être pas résister à la tentation de donner une leçon à ce savant. Mais soyez tranquille, je suis, grâce à vous, sur mes gardes, je serai prudent. Je verrai venir.

———

<h3 style="text-align:center">XIX</h3>

<h4 style="text-align:center">A front ouvert</h4>

Il fut convenu entre Balda et Maugiron qu'ils laisseraient aller les choses, et qu'il valait mieux que l'ennemi, selon l'expression de Maugiron, « commençât le feu ».

D'ailleurs Balda, nous l'avons dit déjà, était trop habile et trop pénétrante pour ne pas voir dans le jeu de ses adversaires; elle fit remarquer à Maugiron que Robert était comme paralysé : s'il se déclarait, s'il faisait ou s'il faisait faire une ouverture à M. de Sergy, il rencontrait un échec certain, et il se fermait l'entrée de la maison. Balda était sûre que M. de Sergy ne se doutait de rien; il fallait se garder de l'éclairer, et laisser à Robert cet embarras et ce risque.

— Sa situation le condamne à l'inaction! dit Balda.

Elle ne soupçonnait pas quelles contremines avait pu déjà ménager et préparer Robert.

Elle comptait aussi sans l'esprit de résolution de Lucie.

Ce qui était peut-être le plus difficile à Lucie, c'était de rester dans l'indécision et dans l'inquiétude; elle aimait mieux provoquer le coup que l'attendre. Aussitôt qu'elle se sentit remise, elle fut décidée à agir.

Son frère était, comme avait été sa mère, à la fois faible et violent; ne sortant de sa passivité douloureuse que par des actes extrêmes, dangereux souvent; Lucie ne pouvait s'appuyer sur lui qu'en tremblant. En revanche, elle se serait fiée sans réserve à la ferme et haute raison de Robert; mais il lui était interdit de le voir, et par conséquent de le consulter et de s'entendre avec lui de vive voix. Elle reçut bien de lui un ou deux billets, que Lucien lui remit ouverts; seulement il ne pouvait y parler qu'en termes généraux : il lui recommandait de ne pas se tourmenter; elle pouvait être sûre qu'il ne restait pas inactif; il la verrait à la réception du jeudi suivant et il aurait peut-être de bonnes nouvelles à lui apprendre; il lui demandait, en attendant, d'avoir du courage et de la patience.

Du courage; elle n'en manquait pas; mais de la patience, elle n'en avait guère! De son côté, elle non plus ne voulait pas rester inactive.

Outre les soirées officielles du jeudi, Mme de Sergy était chez elle presque tous les soirs pour recevoir les intimes, soit qu'ils eussent dîné à l'hôtel, soit qu'ils vinssent causer politique ou affaires. Maugiron, introduit déjà par M. de Sergy dans les pourparlers préliminaires de « la grande combinaison » et qui y apportait toute son activité et tout son entregent, avait toujours du nouveau à apporter au comte, et en profitait pour venir tous les soirs.

Le jour même où il avait eu avec Balda la conférence que nous venons de rapporter, il revint le soir encore.

Il lui sembla que Lucie, sans se départir de sa réserve avec lui, était pourtant moins froide et moins hautaine que le matin. Elle ne fut pas, en apparence, différente pour lui de ce qu'elle était pour les autres habitués du salon de son père.

C'était elle qui, aidée par Angelina, avait l'habitude de servir le thé; elle eut avec Maugiron la même gracieuse courtoisie qu'avec les plus anciens amis de la maison.

Il en fut de même le lendemain et le jour suivant. Maugiron se hasarda à lui adresser deux ou trois fois la parole, et elle lui répondit sans aucune affectation de raideur.

Maugiron en était étonné et charmé.

— Est-ce qu'elle s'amende?... se disait-il.

Balda en était étonnée et un peu inquiète.

— Qu'est-ce qu'elle médite? se demandait-elle.

Le jour d'après, — c'était un mardi, — il y avait eu au Corps législatif une séance importante; on parlait d'un changement possible de ministère, et il vint le soir à l'hôtel de Sergy plus de monde que de coutume.

Lucien causait à voix basse avec Lucie dans l'embrasure d'une large croisée, qui faisait une sorte de petit salon dans le grand.

Elle lui demandait de lui répéter tout ce qu'il savait de Maugiron, et il lui en disait tout ce qui pouvait se dire à une jeune fille.

Comme Lucien se levait pour la quitter, Maugiron, qui les regardait de loin, s'avança vivement pour prendre sa place, au risque de voir Lucie se lever à son tour et suivre son frère.

Mais elle ne le suivit point, et laissa Maugiron s'asseoir à côté d'elle.

Il débuta par un compliment quelconque, lui demandant la permission de louer sa grâce, et d'admirer comme, chez elle, le soin le plus ordinaire se revêtait d'on ne savait quel charme.

— La merveilleuse maîtresse de maison que vous ferez ! dit-il.

Elle l'écoutait en silence ; puis tout à coup, l'interrompant d'un ton grave et résolu :

— Monsieur le marquis de Maugiron, lui dit-elle, laissons, je vous prie, ces politesses, et, si vous voulez bien, parlons sérieusement de choses sérieuses.

— Je suis à vos ordres, mademoiselle, reprit Maugiron un peu décontenancé ; et je suis heureux que vous daigniez m'admettre à une intimité moins banale.

— Monsieur, dit-elle, je vais droit au but. J'ai appris par mon père que vous aviez bien voulu me demander en mariage.

— J'ai eu cet honneur et cette témérité, reprit Maugiron en s'inclinant. — Où me conduit-elle ? se demandait-il.

— Mon père, je le sais, continua Lucie, ne vous a pas répondu encore.

— Je n'ai jamais eu l'audace de penser que j'obtiendrais tout de suite une réponse favorable. M. le comte de Sergy m'a fait la grâce de ne pas rejeter ma demande ; et c'est beaucoup.

— Monsieur le marquis de Maugiron, dit Lucie, je m'adresse, en fille noble, à un homme qui porte un nom de gentilhomme...

Elle s'arrêta en le regardant. Il se borna à s'incliner de nouveau en silence.

— Cette demande, qui n'a été encore ni admise, ni rejetée, poursuivit-elle, je vous prie de la retirer de vous-même.

— En vérité, mademoiselle, dit Maugiron oserai-je vous demander pourquoi ?

— Parce que j'en aime un autre, dit Lucie.

Il y avait, dans l'accent dont Lucie prononça ces paroles : « J'en aime un autre », tant de simplicité, de calme et de dignité, que Maugiron en demeura tout d'abord interdit.

Lui, l'homme du monde, expert en corruption, rompu à toutes les finesses et à toutes les roueries, il resta un instant confondu devant cette candeur tranquille et cette fierté naturelle. Il fut comme ces bretteurs pour qui l'escrime n'a pas de secrets, et que surprend et déconcerte un coup droit, porté par une main inexpérimentée, mais conduite et assurée par un cœur intrépide.

Voyant qu'il ne répondait pas, Lucie leva sur lui, avec interrogation, ses grands yeux limpides.

Il balbutia enfin :

— Je vous demande pardon, mademoiselle... Je vous avoue... Cette déclaration si imprévue dans votre bouche... Laissez-moi vous dire que j'en suis un peu étonné.

— Pourquoi ? demanda Lucie. Vous avez demandé ma main à mon père ; je vous avertis, en toute sincérité, que dans mon cœur je ne m'appartiens plus, que je suis aimée, et que j'aime. Ma loyauté fait simplement appel à votre honneur ; je ne vois pas qu'il puisse y avoir là rien qui étonne.

— Encore une fois, excusez-moi, mademoiselle, reprit Maugiron, qui recouvrait peu à peu son aplomb, l'aveu que vous me faites avec tant de franchise a, dans la forme, quelque chose d'un peu inusité qui a dû d'abord me surprendre. Ce qu'on ne peut qu'admirer, c'est le sentiment si noble qui l'a inspiré. Mon respect et mon affection pour vous ne font que s'en augmenter ; et la renonciation que vous me demandez m'en est, je dois le dire, d'autant moins facile. On ne se résigne pas si aisément à perdre un pareil trésor de grâce et de pureté. Accordez-moi un peu de temps, je vous prie. Vous faisiez appel à mon honneur ; permettez-moi de faire appel à votre réflexion.

— J'ai mûrement pesé ce que je viens de vous dire, reprit Lucie, et vous avez affaire à un sentiment sérieux et à une résolution qui ne changera pas.

— Mademoiselle, dit Maugiron redevenu tout à fait maître de lui-même et reprenant son ton léger et son sourire équivoque, je crois certes à la précocité de votre jugement ; mais il est clair qu'à l'âge heureux où vous êtes, ce jugement peut mûrir encore. Vous avez ce charmant défaut, la jeunesse ; et, à dix-huit ans, on est sujet à confondre le roman et le rêve avec la réalité et la vie.

— Non, je ne suis pas si romanesque ! dit Lucie, et j'ai la conviction que je ne me trompe pas.

— Vous ne vous trompez pas, je le veux bien ; mais qui vous dit que vous n'êtes pas trompée ?

— Monsieur !...

— Pardon, mademoiselle ! je ne connais pas, — et ne veux pas, bien entendu, connaître—l'homme heureux qui peut se dire préféré par vous. Et je n'ai aucune raison d'avoir en lui l'estime et la confiance que j'ai en vous.

— Soyez persuadé, monsieur, qu'il est digne de mon amour.

— Soit ! il est pourtant surprenant, en ce cas, je ne dis pas qu'il vous ait conseillé, mais seulement qu'il ne vous ait pas déconseillé la démarche que vous faites en ce moment.

— Il l'ignore absolument ! dit vivement Lucie ; j'ai agi seule, et sans consulter personne.

— Je veux et je dois vous croire. Je n'ai pas d'ailleurs la possibilité de lui demander compte à lui, puisque je ne sais pas qui il est, et ce n'est pas moi qui ai le droit de vous demander compte à vous. Permettez-moi seulement de m'informer s'il est connu de votre père.

— Il est connu de mon père.

— Ah!... M. de Sergy ne m'a pourtant pas dit qu'il ait demandé votre main.

— Il n'a pas demandé ma main.

— Eh bien! mais, reprit Maugiron, accentuant son sourire ironique, dans son intérêt il devrait peut-être ne pas tarder à le faire : ce n'est point à son avantage de laisser penser qu'il se dérobe, et qu'il a ses raisons de rester dans l'ombre.

Lucie à son tour resta un moment déconcertée. Maugiron touchait là le point faible de leur situation.

— Si mon père n'est pas encore informé, dit-elle, mon frère connaît mon amour, et il l'approuve.

— Ah ! mon heureux rival a encore ce bonheur d'être l'ami de votre frère ?

Lucie hésita un instant. Elle ne voulait pas désigner Robert ; elle ne voulait pas non plus paraître le cacher.

— Il est l'ami de mon frère, dit-elle résolument.

Maugiron hocha la tête en silence, d'abord comme cherchant à deviner, puis comme croyant avoir deviné.

— Fort bien ! dit-il. L'ami de votre frère, a, je le reconnais, une chance de plus. Cependant, ce n'est pas M. Lucien qui dispose de votre main, et, quelque précieux que soit son appui, je ne peux pas me résoudre à désespérer encore.

— Ainsi, monsieur, après ce que je vous ai dit, vous persistez ?

Maugiron se leva.

— Le sentiment que vous m'avez inspiré, mademoiselle, est trop profond, dit-il, pour pouvoir s'effacer si aisément et si vite. Je dois d'ailleurs à M. de Sergy, qui m'a témoigné tant de bonté, de ne me retirer que sur son arrêt, si j'ai le malheur que cet arrêt confirme le vôtre.

Il salua Lucie, et revint dans les groupes du salon.

Il trouva moyen, quelques minutes après, de se rapprocher de Balda.

— Eh bien; lui dit-elle à voix basse, vous en êtes aux tête-à-tête ! il me semble que vous voilà fort avancé auprès de Lucie !

— Plus avancé qu'elle ne se l'imagine. Elle m'a tout de même dérouté un instant, avec sa naïveté ! mais je crois que j'ai repris tous mes avantages.

— Qu'est-ce qu'elle vous voulait donc ?

— La pauvre enfant a eu la généreuse imprudence de m'avouer qu'elle en aime un autre.

— Et elle vous a dit qui ?

— Non ; mais j'ai le droit, moi, d'être pénétrant et de le savoir ; et c'est toujours une faute grave,—aux échecs et en politique, — de découvrir le roi.

XX

Où les confidents entrent dans l'action

Lucie, le lendemain matin, fit prier son frère de venir lui parler, et lui raconta tout au long son entretien avec Maugiron et la déclaration que, sans consulter Lucien, elle avait pris sur elle de lui faire.

Elle dit également tout à sa petite confidente Angelina.

Lucien fut un peu effrayé de la témérité de sa sœur, et il ne fut pas fâché que Lucie lui demandât la première d'aller chez Robert pour le mettre au courant et prendre son avis.

Robert trouva, lui, que Lucie avait été vaillante et fière, à son habitude; et que c'était bien; et que, quand on avait de son côté les vraies forces, l'honneur, la justice, l'amour sincère et pur, il ne fallait jamais craindre de s'en servir contre les forces factices de la haine, de la ruse et du mensonge.

— Tu as raison, dit Lucien, et tu es conséquent avec ton caractère, fait de droiture et de courage. Néanmoins, je vois deux dangers dans cet aveu qu'a hasardé Lucie.

— Lesquels?

— D'abord, Maugiron peut te dénoncer à mon père et te faire fermer l'hôtel de Sergy. Or, souviens-toi que tu te félicitais de ne t'être pas déclaré, pour pouvoir garder accès dans la maison et continuer à voir Lucie.

— Oui, dit Robert, mais Maugiron, et Mme de Sergy, — que je persiste, malgré ton optimisme, à croire d'accord avec lui, — n'ont aucun intérêt à éclaircir ma situation et à se susciter une rivalité qui, après tout, ne serait pas tout à fait celui du premier venu et qui, vis-à-vis d'un homme tel que Maugiron surtout, pourrait devenir redoutable. Appuyé par Lucie et par toi, arriverais-je à contrebalancer auprès de M. de Sergy l'influence que sa jeune femme exerce sur lui en faveur de Maugiron? c'est douteux, mais ce n'est pas impossible.

Lucien secoua la tête.

— Malheureusement, dit-il, Mme de Sergy ne doit pas, elle, douter de son pouvoir.

— Elle est toute-puissante, soit, mais elle est aussi très prudente. Lucie a eu la fierté de me désigner, et la sagesse de ne pas me nommer : la dénonciation de Maugiron ne reposerait que sur une hypothèse. Maugiron a cru deviner que l'homme aimé de Lucie est le docteur Robert; fort bien! mais s'il se trompait? mais si le docteur Robert le démentait? M. de Sergy est trop du monde pour chasser un de ses hôtes ayant un nom et de la valeur, sur une simple supposition.

— Nos gens pourraient fort bien en tenter l'aventure! dit Lucien.

— Ne le croyez pas. Nos adversaires sont assez habiles pour lire dans notre jeu; mais nous ne sommes pas assez simples pour ne pas lire dans le leur. Maugiron ne jouera pas cette carte-là, tedis-je! Tant qu'il n'est pas officiellement accepté par M. de Gergy, les choses sont trop peu avancées pour qu'il s'expose, en empêchant Lucie de me voir, à la pousser à un parti décisif. Tu restes chez ton père pour être toujours à même de protéger ta sœur; mais tu es libre, tu est maître de ta fortune, tu peux demain avoir ta maison à toi, où se réfugierait Lucie. Maugiron, dans sa situation équivoque, pourrait difficilement continuer à vouloir l'épouser, après un tel éclat. Cet éclat, pour Lucie et pour nous-mêmes, il est évident que nous ne le ferions pas. Mais comme Maugiron, par cupidité, le ferait sans hésiter, lui, il doit me croire capable, par passion, de le faire.

— Oui, dit Lucien, tu me parais décidément dans le vrai.

— Par conséquent, ce premier danger que tu redoutais n'existe pas. Quel est l'autre?

— Oh! je ne veux pas cette fois me servir du mot danger, c'est une possibilité, voilà tout.

— Eh bien, quelle est cette possibilité?

— Ma foi! cher ami, c'est... c'est un duel entre toi et Maugiron.

— Ah! pour le coup, tu as raison, dit Robert en riant; et ce n'est pas une possibilité, c'est une probabilité.

— Diable! tu en parles bien légèrement, ce me semble.

— Non pas légèrement, dit Robert, mais tranquillement. Oui, c'est une éventualité, à peu près certaine, que j'ai dû envisager et que j'envisage, sans forfanterie, mais sans peur.

— Je sais quelle est ta bravoure. Mais cet abominable Maugiron se dit sûr de son coup au pistolet.

— On n'a qu'à ne pas se battre au pistolet avec lui.

— Il s'arrange toujours de manière à être provoqué.

— Un honnête homme a en effet de la peine quelquefois à ne pas traiter de misérable un misérable. Mais j'ai beaucoup de sangfroid, et je suis averti.

— Alors, dit Lucien, après tant d'affaires malheureuses, je ne crois pas qu'il te provoque, lui.

— Tu te trompes; pour les causes que tu connais, et pour d'autres que tu ne connais pas, je crois qu'il me provoquera.

— Et tu le battras à l'épée? Mais il est de première force à l'épée!

— Et moi, je n'ai pas eu beaucoup de temps, n'est-ce pas? pour faire des armes.

— Maugiron le sait, comme bien tu penses!

— N'importe! dit Robert, j'ai le bras souple, le poignet solide, un regard calme, ferme et honnête dans les yeux, et la conscience de mon droit dans le cœur. Avec cela, Lucien, à l'épée, on défend sa vie! Admets que je sois blessé, je n'en mourrai peut-être pas; admets que je sois tué, je crois que l'enjeu en vaut bien le risque!

— Ah! cher frère, tu es l'intrépidité même! dit Lucien en serrant la main de Robert, tu es capable de nous débarrasser de cette vipère!

En ce moment, le domestique de Robert entra, apportant un billet pour lequel on attendait une réponse.

Robert déplia le billet, le lut, et, s'adressant au domestique :

— Priez qu'on dise à Mme Marousset que je serai chez elle à onze heures.

— Mme Marousset! dit Lucien quand le domestique fut sorti; tu es donc son médecin?

— Oui, en l'absence de mon ami le docteur Durantel.

— Tu sais ce qu'on chuchote sur Maugiron et sur elle?

— Je le sais, dit Robert; — mais pas par elle! ajouta-t-il en riant. Seulement, fit-il en se levant, comme il paraît qu'elle a eu une crise grave, et que j'ai pas mal de visites à faire d'ici à onze heures, il faut que je te quitte. Va, et dis à Lucie qu'elle a bien fait ce qu'elle a fait, et que je la remercie d'avoir été si brave!

Octavie, lorsqu'elle était allée faire à Mme Durantel sa visite d'adieu, avait longuement interrogé sur Robert le docteur Durantel. Il ne demandait pas mieux que de parler de son ami, pour lequel nous avons dit son estime et son admiration. Il raconta la vie, les luttes, les travaux de Robert; il ne tarit pas en louanges sur son compte : l'homme en lui égalait le médecin; son désintéressement et son dévouement valaient sa science; il méritait en tout son succès et sa fortune.

Octavie rentra chez elle satisfaite, pleine de confiance et d'espérance; et Robert, quand il se rendit à son appel, fut reçu et traité par elle en ami.

Il la trouva réellement souffrante et très accablée. Elle n'était pas cependant de nature frêle et maladive; mais l'âme chez elle manquait de ressort et d'énergie; et l'âme abattue abattait le corps.

Durantel l'avait traitée par les calmants, Robert lui prescrivit des fortifiants.

— Seulement, lui disait-il en écrivant son ordonnance, ce ne sont pas vos nerfs, je crois, qu'il faudrait soigner, c'est votre cœur.

— Ah! ce que vous dites-là est bien vrai! répondit-elle pensive.

Il était évident pour Robert qu'elle avait eu, la veille, avec Maugiron, une scène plus ou moins violente, et que son mal n'avait pas d'autre cause.

Robert reprit :

— Un séjour à la campagne vous ferait certainement grand bien; avez-vous pensé à ce que nous vous demandions, l'autre jour, Durantel et moi? Si vous pouviez passer deux ou trois mois aux environs de Paris?...

— Inutile d'y songer! interrompit-elle vivement. Je ne peux pas quitter Paris!

— Vous ne pouvez pas? vous êtes libre cependant...

— Si je suis libre? s'écria-t-elle. Ah! oui, je suis libre, certes! libre de quitter Paris, libre de quitter la France! On ne se contente pas de me le permettre, on me le demande. Et plus j'irai loin, mieux ce sera! Oh! l'on est bien d'accord là-dessus avec les médecins!

Robert comprit. Maugiron se faisait de plus en plus rare chez Mme Marousset; Maugiron, gêné par sa présence, s'était efforcé de l'éloigner; c'était là le sujet de l'altercation qu'ils avaient dû avoir en semble.

— Quand je disais que je ne *peux* pas quitter Paris, reprit Octavie, le terme n'était pas juste; je ne *veux* pas quitter Paris, voilà la vérité, docteur. Je suis déjà bien assez seule!

— Seule?

— Oui, seule! c'est de cela que je souffre, c'est de cela que je meurs.

— Enfin! vous avez des amis! dit Robert.

— On a des connaissances, docteur; on n'a pas beaucoup d'amis. Moi, je n'en ai plus. Je les ai perdus. Par ma faute, peut-être. J'en avais un, bien ancien, bien dévoué, bien profond. Vous le connaissez, au moins de nom; il a vos opinions, je crois. C'est Pierre Aubrion, l'avocat.

— Certes, je le connais, dit Robert; c'est un grand talent et un grand cœur.

— Il était lié avec mon mari depuis sa première jeunesse, reprit Octavie. Il avait pour moi beaucoup d'amitié, — et même, ajouta-t-elle en souriant, quelque chose de plus peut-être que de l'amitié. Mais si je m'en suis aperçue, c'est que les femmes s'aperçoivent toujours de ces choses-là; car jamais il n'a laissé échapper un mot ou un signe qui ait pu le faire soupçonner. Après la mort de mon mari, pendant l'année de mon absence, il m'a écrit les lettres les plus tendres. A mon retour, il est accouru le premier. Mais, que vous dirai-je? il m'intimidait! Il n'est pas plus âgé qu'il ne faut assurément; il a quarante-cinq ans tout au plus; mais il est si grave, si sérieux! j'étais heureuse de son amitié, son amour me faisait peur. Je voyais bien que ma froideur le refroidissait. Il est venu d'abord plus rarement. Et il ne vient plus, depuis... depuis quelques mois.

— C'est dommage! dit Robert; il était bien celui qu'il fallait pour vous conseiller, pour vous consoler.

— Ah! je l'ai pensé bien souvent, reprit Octavie. Un autre ami sûr, — et qui ne m'inquiétait pas, celui-là, — c'était votre ami à vous, le docteur Durantel. Mais il ne m'a jamais laissé le consulter que comme médecin...

Elle secoua la tête avec un sourire un peu triste:

— Je me doute bien pourquoi, ajouta-t-elle; il avait tort, je pense. dans ses ap-

préhensions, mais je ne peux pas lui en vouloir. — Vous voyez, docteur, combien vraiment j'ai peu d'amis. Car je vous connais depuis trop peu de temps pour oser vous donner ce titre.

— Il ne faut, en effet, reprit Robert, le donner à personne, qui ne l'ait gagné par une longue épreuve. Dites-vous donc seulement, chère madame, que je suis un homme qui a pour vous une réelle et profonde sympathie, et, de plus, que je suis un honnête homme, à qui l'on peut se fier.

— Eh bien, s'écria-t-elle avec une vivacité charmante et touchante, voulez-vous que je me fie? voulez-vous que je me confie?

— Je le veux bien, madame, répondit d'un ton ferme et franc Robert. Et je dois encore vous dire à vous-même, comme je l'ai dit déjà à Durantel, une chose que vous ignorez : c'est que vous pouvez me servir autant et plus peut-être que je vous servirai, et qu'à votre insu, nous avons, je crois, un intérêt commun, qui nous fait une cause commune.

— En vérité?.. dit Octavie surprise. Je n'hésite donc plus, et je veux vous ouvrir tout mon cœur.

Le commencement de sa confidence n'apprit rien d'abord à Robert. Les conjectures de Durantel étaient justes de tout point. Octavie s'était laissée aller à aimer Maugiron, éblouie plutôt que séduite par l'apparence d'une passion, nouvelle pour elle, qui flattait son orgueil et surprenait son cœur. Elle avait eu six semaines d'enivrement, où elle avait vécu comme dans un rêve.

Qu'est-ce qui l'en avait réveillée? Voilà ce qu'ignorait Durantel, voilà ce qu'elle dit à Robert.

Un jour, Maugiron était arrivé chez Octavie pâle et désespéré.

Il ne répondit d'abord à ses questions inquiètes, qu'en lui rappelant que, depuis quelques jours, elle l'avait trouvé soucieux et triste.

La catastrophe qu'il redoutait était arrivée : il était dans une situation terrible! il était déshonoré, il était perdu! il ne lui restait plus qu'à mourir! Il avait seulement voulu la revoir une dernière fois, et il venait lui dire adieu.

Toute glacée d'épouvante, elle lui demanda, avec larmes, de lui dire au moins quel était ce coup soudain dont il était frappé. Il s'y refusa avec énergie. Il en avait trop dit déjà! il voulait sortir; il sortit... Mais elle s'attacha à lui, elle se traîna à ses genoux; elle le pria, le supplia de parler.

Il finit alors par avouer qu'il lui fallait dans la journée, qu'il lui fallait sur-le-champ une somme considérable. Il ne l'avait trouvée nulle part et à aucun prix; il ne la trouverait pas. Il n'avait plus, pour préserver au moins son honneur, qu'à se brûler la cervelle.

Octavie n'avait pas à sa disposition toute la somme nécessaire; mais il était possible

de la parfaire sur sa signature. Tout affolée, elle l'offrit à Maugiron.

Il s'emporta et se révolta. Accepter cette offre d'elle! est-ce que ce ne serait pas une autre forme du déshonneur? Non, non, la mort était mille fois préférable pour un gentilhomme; la mort mettrait fin à tout!

Ce fut encore une lutte terrible. La pauvre femme, éperdue, recommença à le conjurer, en pleurant, de se laisser sauver par elle. S'il mourait, elle mourrait avec lui. S'il consentait à ce qu'elle lui *prêtât* cet argent, son honneur serait sauf; — la chose resterait secrète entre eux; — il la rembourserait un jour... Elle fut éloquente, touchante, irrésistible.

Il accepta.

Elle lui donna en toute hâte sa signature pour qu'il courût chercher cet appoint qui lui était nécessaire.

Octavie ne dit pas à Robert quel était le chiffre de la somme, et pourquoi Maugiron eût été déshonoré en ne l'acceptant pas.

Quand son amant fut parti, la laissant bouleversée par tant d'émotions, Octavie reprit lentement ses sens; elle réfléchit, elle s'interrogea.

Un premier doute lui vint à l'esprit.

Est-ce qu'un véritable honnête homme, s'il eût tenu à revoir une dernière fois avant de mourir la femme qu'il aimait, ne serait pas venu l'embrasser sans lui rien dire, quitte à se faire sauter la tête en la quittant?

Elle repoussa avec indignation cette mauvaise pensée.

Mais ce même jour ne se passa pas sans lui apporter une lumière terrible. Maugiron ne lui avait pas dit la vérité tout entière, et elle acquit la certitude et la preuve que son désespoir avait une date fixe et une échéance certaine, et que la tragédie n'était qu'une comédie.

Ce fut pour Octavie un coup épouvantable.

Ainsi, cet amour auquel elle s'était si aveuglément abandonnée, cette passion qui avait été sa joie, son orgueil, son délire, tout cela n'était sans doute que mensonge, leurre et trahison. Elle avait cru qu'elle était aimée pour elle-même, pour sa beauté, pour sa grâce, pour son cœur aimant, dévoué et tendre... Et il était possible qu'elle n'eût été aimée que pour son argent!

C'était affreux pour la minute présente; c'était plus affreux encore quand Octavie se retournait vers les jours qui venaient de s'écouler. Cette révélation amère empoisonnait jusqu'à son bonheur passé. Ces six semaines d'ivresse avaient-elles donc été six semaines de duperie? Alors il serait ridicule d'avoir été fière, elle serait stupide d'avoir été heureuse?

Et lui, ce marquis de Maugiron, ce gentilhomme, ce soldat, ce vaillant qu'elle admirait autant qu'elle l'aimait, il faudrait à présent le mépriser!

Le mépriser ... et, chose effrayante, elle

descendait dans son cœur, et elle sentait qu'elle l'aimait toujours!

A partir de ce jour funeste, commença son supplice.

Jusque-là, elle s'était, à ses propres yeux, sinon justifiée, du moins excusée de sa chute, par une espérance : Maugiron lui avait promis, lui avait juré qu'elle serait sa femme. Seulement, il ne voulait pas commencer par la ruiner, en lui retirant, par ce mariage, la jouissance de la fortune de son fils mineur. Mais il croyait pouvoir compter, avec presque certitude, sur une affaire colossale, dont il avait fourni l'idée, et qui le ferait riche lui-même ; alors, il serait heureux et fier de l'épouser. C'est dans ce piège qu'elle était tombée.

Maintenant elle n'osait plus croire à rien. Maugiron avait essayé encore, il essayait toujours de la rassurer; mais ses doutes revenaient l'assaillir sans cesse.

Elle ne pouvait plus croire; et néanmoins elle ne voulait pas non plus désespérer.

Il y avait des moments où elle se disait que Maugiron n'était peut-être pas si coupable, qu'il y avait eu aussi dans tout cela de la fatalité, que c'était parce qu'il avait voulu se relever qu'il était retombé plus bas, qu'il serait cruel alors de le décourager et de l'accabler, qu'il l'aimait sans doute toujours, qu'elle pouvait donc l'aimer encore.

Afin de ne pas se mépriser tout à fait elle-même, elle s'efforçait de continuer à l'estimer un peu.

Lui, cependant, chaque jour, il prenait de moins en moins la peine de ménager ses illusions. A voix basse, et courbant la tête, elle avoua à Robert qu'il lui avait fait deux nouveaux emprunts, et qu'elle n'avait pas eu le courage de les lui refuser.

Voilà où elle en était! ce n'était pas elle qui le chassait, c'était lui qui la délaissait. Et sa souffrance était doublée de sa honte.

— Maintenant, dit-elle à Robert en terminant, je vous ai montré mon mal, je vous ai découvert ma plaie, sans réserve, presque sans pudeur. Vous me demanderez ce que j'attends de vous. Ce n'est pas une consultation, docteur, c'est une opération, chirurgien! Il faut que vous me donniez la preuve que cet homme est un fourbe et un misérable qui ne m'aime pas, qui ne m'a jamais aimée ; il faut que vous m'arrachiez du cœur mon lâche et indigne amour! il le faut!... Seulement, je vous avertis que je crois bien que j'en mourrai.

Robert, quand Octavie eut fini, resta quelques instants pensif, puis il se leva :

— Je vous remercie, madame, de votre confiance, lui dit-il ; je vous demande la permission de poser ce que vous m'avez révélé, et de réfléchir à ce que je dois faire. J'ajouterai seulement que, grâce à Dieu, les natures saines comme la vôtre ne sont jamais incurables, et que j'espère bien, moi, que nous vous guérirons!

XXI

La mère et la fille

Lorsque Lucie avait appris à Angelina la déclaration dédaigneuse qu'elle avait faite à Maugiron, elle avait trouvé sa petite confidente pour le moins aussi inquiète que Lucien.

Ce qui inquiétait Angelina, ce n'était pas tant Maugiron, c'était surtout Balda.

Angelina aimait sa mère, mais elle la redoutait autant qu'elle l'aimait. Elle savait de quel amour ardent et passionné elle aussi était aimée, et elle avait peur de ce que pouvait faire faire à Balda cet amour.

Elle en avait peur pour les autres, et elle en avait peur pour sa mère elle-même.

C'est qu'Angelina connaissait Balda! elle la connaissait d'instinct, ayant en elle des propensions toutes pareilles aux siennes ; et elle la connaissait d'expérience, pour l'avoir observée, surveillée, épiée sans cesse.

La mère et la fille étaient l'une et l'autre d'espèce féline; seulement, — nous l'avons dit déjà, — la mère avait de l'espèce les mauvaises qualités : la traîtrise et la férocité ; et la fille, les bonnes : la tendresse et la câlinerie.

Balda, elle, croyait Angelina indifférente et indolente, et ne se doutait pas de quelle inquisition perpétuelle elle était l'objet, et qu'elle avait, à toute heure, à ses côtés, écoutant ses moindres paroles, suivant ses moindres mouvements, guettant jusqu'à ses pensées, cette espionne pour le bon motif.

Lucie avait laissé deviner à Maugiron que celui qu'elle aimait était Robert; Angelina redoubla de vigilance et d'attention.

Le soir où Mme de Sergy recevait, Robert ne manqua pas de venir. Maugiron suivit d'un regard défiant tous ses pas et tous ses gestes.

Robert ne parut seulement pas prendre garde qu'il était là; il passa hautain auprès de lui. Il alla saluer Balda, puis M. de Sergy, avec lequel il échangea quelques mots. Il dit aussi, en passant, une parole gracieuse à sa petite alliée Angelina.

Il était convenu que, lorsqu'il arriverait, Lucien irait s'asseoir près de sa sœur. Robert alla à eux sans affectation, et ils purent ainsi causer tous trois, dans un coin du salon, pendant près de vingt minutes, d'un air enjoué qui excluait toute apparence de conversation sérieuse.

Robert eut tout le temps de rassurer Lucie, et de lui dire que tout allait bien, et qu'il fallait patienter et espérer.

Maugiron, pendant ce temps, s'était rapproché de Balda, assise près de la cheminée.

— Les voyez-vous? lui dit-il à voix basse ; ils ne se gênent guère !

— Que faire à cela? répondit Balda du même ton.

— Vous n'auriez qu'à dire un mot à M. de Sergy.

— Ce serait dangereux, et je crois que c'est inutile.

— Il me déplaît furieusement, ce beau docteur Robert!

— Il ne me déplaît pas moins qu'à vous; mais il faut être prudent.

— Je ne vous promets pas de l'être toujours, vous savez !

En ce moment Balda se retourna vivement, quelqu'un avait passé, en la frôlant, derrière elle.

— Ah! c'est Angelina, fit-elle, rassurée.

Angelina n'avait pas perdu une syllabe des quelques mots échangés entre Balda et Maugiron.

Mais ce n'était pas au salon et en public qu'Angelina faisait ses remarques les plus utiles et recueillait ses indices les plus précieux; c'était chez sa mère, dans son appartement, dans sa chambre.

Balda, qui, tout en recommandant à Angelina d'être toujours affectueuse pour Lucie, était cependant jalouse de l'amitié de sa fille et n'était d'ailleurs jamais plus heureuse que quand elle l'avait près d'elle, — Balda voyait avec joie qu'Angelina, depuis quelque temps, ne la quittait presque plus.

Il y avait dans la chambre de Balda un large divan bas, avec de grands coussins moelleux, où souvent la mère et la fille s'étendaient à côté l'une de l'autre; la mère contemplant son enfant, l'embrassant, la caressant, passant la main dans ses cheveux, jouant avec elle comme avec une jeune chatte. Elle n'avait pas eu Angelina petite, et elle ne pouvait se figurer qu'elle n'était plus une enfant.

Quand Balda se levait, Angelina, le plus souvent, ne voulait pas bouger du divan.

— Vas-tu donc rester toute la journée couchée? petite créole, petite paresseuse! lui disait Balda.

— Oh! laisse-moi ainsi! répondait nonchalamment Angelina; on est si bien, là, dans une espèce de somnolence charmante!

Elle fermait les yeux, paraissait s'endormir; et Balda allait et venait comme si elle était seule.

Mais Angelina, à travers ses paupières closes, ne perdait pas un seul des mouvements de sa mère.

Elle avait observé que Balda ne laissait jamais la clef sur un ancien meuble portugais à deux corps, placé en face du lit, dans l'entre-deux des fenêtres. Le haut du meuble avait une tablette qui, ouverte, se renversait et formait bureau. C'est là que Balda serrait ses lettres, ses papiers et ses bijoux.

Angelina vit que sa mère serrait la clef du meuble dans son porte-monnaie, qu'elle avait toujours soin d'emporter avec elle, même quand elle ne sortait pas de l'hôtel; mais, dans sa chambre, elle ne gardait pas toujours le porte-monnaie sur elle; il arrivait qu'elle le posait sur la table de nuit ou sur le guéridon.

Elle quittait aussi parfois la chambre pendant quelques minutes ; elle passait, par exemple, dans le cabinet de toilette contigu à la pièce même, et dont elle laissait, il est vrai, la porte ouverte.

Angelina, dès qu'elle était seule, sautait en bas du divan et, avec une vélocité et une souplesse inouïes, s'en allait, à pas furtifs et sourds, marcher, fureter, fouiller partout.

Par une suite d'épreuves successives, elle arriva à prendre la clef dans le porte-monnaie, à l'essayer à la serrure, à ouvrir le meuble, à y jeter un coup d'œil rapide, et à se rendre compte de tout ce qu'il contenait.

L'intérieur, tout en ébène, avait, de chaque côté, une rangée de tiroirs, qu'on ouvrait simplement en les tirant par le bouton. Mais Angelina s'aperçut tout de suite que les tiroirs étaient assez courts, et que le fond du meuble devait être à secret.

XXII

L'armoire à secret

Quel était le secret de l'armoire portugaise ? cette question devint pour Angelina l'idée fixe. Balda conspirait évidemment avec Maugiron contre Robert et Lucie, et Angelina se figurait qu'elle devait cacher là une arme, un plan, quelque moyen d'attaque plus ou moins terrible.

Elle réfléchit que, pendant les très courtes absences de sa mère, elle n'aurait jamais le temps de chercher et de trouver ce secret, compliqué peut-être. De plus, si courtes que fussent ces disparitions, Angelina n'osait encore en employer les minutes jusqu'au bout ; car Balda pouvait subitement rentrer à chaque seconde, et, si elle surprenait sa fille, sa défiance était éveillée, et Angelina était peut-être obligée de renoncer à jamais rien découvrir.

Alors elle changea de tactique. Au lieu de feindre de dormir, elle causait, toujours étendue sur le divan ; elle entamait quelque sujet intéressant ; et, quand Balda entrait dans son cabinet de toilette, séparé de la chambre par une porte fermée d'une simple portière, elle continuait de parler, et surtout d'interroger ; Balda élevait naturellement la voix pour lui répondre ; et l'éloignement de la voix avertissait Angelina que sa mère n'était pas près de rentrer, et qu'elle pouvait avec sécurité poursuivre sa recherche.

Elle arriva ainsi, en effet, à la prolonger. Le meuble une fois ouvert avec une incroyable dextérité, Angelina, tout en faisant ses questions et ses réponses de la voix la plus calme et la plus égale, eut le temps de promener ses doigts fiévreux et subtils sur toutes les aspérités de l'ébène, de palper les fentes et les rainures, de pousser les boutons, d'appuyer sur les tablettes.

Qui eût pu la voir, l'eût admirée, l'oreille aux écoutes, les yeux brillants, ses petites dents blanches serrées, tandis que ses mains vives et palpitantes couraient, touchaient, sondaient partout.

Puis, sur un indice, soit de la voix baissante, soit d'un objet remué sur le marbre de la toilette, en un clin d'œil tout était refermé, remis en place ; et Balda en rentrant, retrouvait Angelina étendue sur les coussins, comme elle l'avait laissée.

Angelina eut la chance de pouvoir, deux jours de suite, recommencer avec succès ce périlleux manége.

Mais elle avait seulement réussi à chercher, elle ne réussit pas à découvrir ; et le secret resta secret.

Il fallait s'y prendre autrement encore. Elle songea à attendre que Balda ouvrît elle-même le meuble, pendant qu'elle la croirait assoupie ; Angelina se souvenait vaguement qu'elle l'avait fait une fois. Mais avait-elle ouvert aussi le fond à secret ? c'était douteux. Et d'ailleurs combien de temps se passerait avant que cette coïncidence se présentât de nouveau ?

C'était sans doute le soir, et très tard dans la soirée, quand elle était seule, quand tout le monde s'était retiré, que Balda devait ouvrir l'armoire, si elle avait à l'ouvrir. Et alors Angelina n'était pas là pour la voir.

Il n'y avait qu'une porte de communication entre la chambre de Balda et le couloir qui menait à la chambre de sa fille. Cette porte, que recouvrait de chaque côté une double portière, n'avait point de verrou du côté de la jeune fille, mais elle en avait un du côté de la femme mariée. Angelina vint, deux ou trois fois de suite, vers une heure du matin, tourner doucement le bouton de cette porte. Mais, quand elle la trouvait ouverte, Balda avait éteint sa bougie et dormait ; et, une nuit qu'Angelina vit la fenêtre éclairée, Balda avait poussé le verrou.

Les deux cabinets de toilette étaient contigus aussi, et avaient communiqué autrefois par une porte dérobée, qui était condamnée aujourd'hui ; mais c'était du côté d'Angelina que cette porte avait été transformée en un placard formant porte-manteau.

Angelina, un jour que sa mère était sortie avec M. de Sergy, s'enferma dans son cabinet de toilette, décloua les patères, dégagea les gonds, et finit, non sans peine, par rouvrir la porte et par rétablir la communication.

La nuit qui suivit, la porte commune était ouverte et la chambre de Balda obscure. Mais, la nuit d'après, la chambre était éclairée et la porte close ; c'est que Balda veillait.

Angelina, les pieds dans des pantoufles de velours, ouvrit lentement et sans bruit la porte du placard, et se glissa dans le cabinet de toilette de sa mère. Là, plongée dans l'ombre, elle écarta imperceptiblement la portière, et regarda.

Le meuble était fermé. Balda était assise à son guéridon ; elle écrivait.

Elle écrivit pendant une demi-heure. C'étaient simplement deux lettres, qu'elle mit sous enveloppe et cacheta. Après quoi, elle se disposa à se mettre au lit. Angelina se retira, frissonnante, mais non découragée. Elle n'était pas de celles qui se découragent facilement.

Seulement, la nuit suivante, quand la fenêtre éclairée lui indiqua que Balda veillait encore, elle attendit un peu plus longtemps avant d'entrer dans le cabinet de toilette.

Quand elle écarta la portière, elle la laissa retomber aussitôt, se rejetant en arrière avec un tressaillement de joie.

Sa mère, qui lui tournait le dos, était assise devant le meuble portugais ; et non-seulement le meuble était ouvert, mais le panneau à secret était béant aussi !

Balda avait posé sur la tablette du bureau un coffret ancien de fer forgé, qu'Angelina connaissait pour le lui avoir vu acheter, et elle remuait, avec une pince à sucre d'argent, dans l'intérieur de ce coffret, quelque chose qu'Angelina ne pouvait voir.

Angelina ne pouvait voir non plus où se trouvait le ressort qui faisait jouer le secret, Balda étant placée de façon à lui cacher tout le côté droit du meuble ; elle ne distinguait que le côté gauche et l'ouverture du panneau mobile.

Balda pouvait, à tout instant, refermer le meuble, refermer le coffret, et Angelina se dit qu'elle ne retrouverait peut-être jamais cette occasion perdue. Elle n'hésita pas longtemps ; elle souleva la portière ; et, retenant son souffle, s'avança, d'un pas lent et léger, dans la chambre.

Le tapis amortissait son pas ; elle put arriver tout près de sa mère, et, d'un seul coup d'œil, saisir deux choses : — le bouton du troisième tiroir de droite laissait sortir une tige d'acier en forme de vrille qui devait faire mouvoir le panneau à gauche ; — ce que Balda remuait mystérieusement dans le coffret de fer, c'était tout simplement du sucre en morceaux, du sucre qui semblait en tout pareil au sucre ordinaire, sinon qu'il était peut-être plus blanc et plus serré de grain.

Angelina fit bien de regarder vite ; Balda sentit d'instinct quelqu'un derrière elle, se retourna, vit sa fille, et renversant sa chaise, se dressa debout, en jetant un cri perçant : Ah !...

Son premier mouvement machinal fut de refermer le coffret, mais sa main qui tremblait ne fit qu'agiter le couvercle, qui retomba ouvert.

Balda était toute haletante d'émotion ; Angelina, elle, était calme ; mais elles étaient aussi pâles l'une que l'autre !

— Angelina !... s'écria Balda. Ah ! m'as-tu fait peur !.. J'ai donc laissé la porte ouverte ?.. Est-ce que tu es souffrante ?

Angelina profita de la seconde question pour se dispenser de répondre à la première.

— Oui, je ne me sens pas bien, dit-elle.

— Qu'as-tu? fit Balda inquiète, enveloppant sa fille de ses bras.

— Oh! ce ne sera rien. Un peu d'oppression. Je n'avais pas dans ma chambre d'eau de fleur d'oranger. J'ai vu de la lumière chez toi ; alors je suis venue. Va, rassure-toi, ce n'est rien qu'un malaise.

— Depuis quelques jours, dit Balda, je ne te trouve pas, c'est vrai, comme à ton ordinaire... Tu es toute pâle !

— Et toi aussi, tu es pâle, chère mère ; je t'ai effrayée. Je t'ai pourtant appelée en entrant ; j'ai dit : maman !... Tu ne m'as donc pas entendue ?

Elle avait préparé sa leçon, elle parlait du ton le plus naturel.

Elle reprit, en regardant le coffret, resté ouvert :

— Oh! voilà de bien beau sucre !

Balda, elle aussi, avait eu le temps de se remettre. Elle ne referma pas le coffret ; elle répondit très simplement :

— Oui, n'est-ce pas, le sucre est magnifique. C'est du vrai sucre de canne, et de premier choix, que j'ai rapporté du Brésil. Tu sais, Angelina, qu'en France, le sucre de canne véritable est devenu un mythe. J'avais serré celui-là dans ce coffret, qui se trouvait être vide. Et puis, j'ai oublié sucre et coffret. Je les retrouve à l'instant, — par hasard.

— Je n'ai jamais vu de sucre si blanc ! dit Angelina.

Elle étendit la main.

— Je vais en prendre deux ou trois morceaux, dis ?

Balda s'oublia.

— Oh ! non ! non ! cria-t-elle.

Elle referma violemment le coffret et posa son bras dessus. Elle n'était pas seulement pâle, elle était livide.

— Voyez-vous cette mère avare qui refuse un morceau de sucre à son enfant ! dit Angelina.

Balda s'efforça de rire.

— Oui, balbutia-t-elle, c'est une puérilité, n'est-ce pas ?... Ce sucre que j'ai rapporté de mon pays... Tu vas rire... Je vais t'expliquer... Mais non ! c'est trop absurde ! et je ne veux pas que vous vous moquiez de moi, mademoiselle !

— Va, va ! dit Angelina, garde-le pour toi seule, ton précieux sucre, mère égoïste !

En elle-même elle pensait :

— Ce doit être du sucre empoisonné.

Balda reprit :

— Oui, assez d'enfantillages ! il faut te recoucher ; je vais te reconduire.

— Ce n'est pas la peine, dit Angelina.

— Si fait, je veux te mettre au lit moi-même.

Elle alla chercher l'eau de fleur d'oranger. Angelina, pendant ce temps, laissait vaguement tomber un regard en apparence indifférent sur le meuble ouvert, et gravait dans son esprit les moindres détails : la tige du bouton, la jointure du ressort, la fissure du panneau, d'où sortaient des papiers pliés, qui étaient les lettres recopiées de Robert.

Balda, portant la bougie de la main droite, et entourant du bras gauche sa fille par la taille, marcha avec elle jusqu'à la porte.

— Tiens ! la porte est fermée en dedans ! dit-elle. Par où donc es-tu entrée ?

— Par le cabinet de toilette, dit Angelina.

— Mais il n'y a pas de porte, là ? Ou du moins la porte est condamnée ?

— Eh ! le porte-manteau du placard est tombé hier, et la serrure était disjointe. Est-ce que je ne te l'avais pas dit ?

— Non, pas du tout.

— Je suis déjà entrée par là, ce matin ; tu ne t'en es donc pas aperçue ? — Même cela me gêne assez de n'avoir plus ce porte-manteau ! J'avais fait demander par Thérèse au menuisier de venir le remettre en place ; il n'est pas venu encore. Il viendra demain matin.

Tout en parlant ainsi, sans embarras et sans hésitation, Angelina était entrée dans sa chambre avec sa mère, et commençait à se déshabiller.

Si, dans le premier moment, Balda eut un soupçon et se dit : C'est étrange ! elle fut bientôt rassurée par l'accent sincère et l'explication vraisemblable d'Angelina, et se dit tout au plus : C'est une petite curieuse !

Elle coucha sa fille, la fit boire, arrangea l'oreiller, borda la couverture.

— Es-tu mieux ? lui dit-elle en la couvrant de baisers ; es-tu bien ?

— Oui, mère, tout à fait bien, dit Angelina.

— Et n'as rien qui t'attriste, n'est-ce pas ? tu n'as pas de chagrin ?

— Mais non ; quel chagrin veux-tu que j'aie ?

— Tu te trouves heureuse, enfin ?

— Aussi heureuse que je peux l'être.

— Comme tu dis cela ! Tu peux être aussi heureuse que qui que ce soit au monde, et tu le seras, entends-tu !

Un sourire un peu amer passa sur les lèvres d'Angelina, malgré elle.

— Etre heureux, soupira-t-elle, ce n'est pas toujours facile.

— Ce n'est pas toujours facile, mais c'est toujours possible. Tu seras heureuse, je te dis ! tu seras riche...

— Riche ! eh ! comment veux-tu que je sois jamais riche ?

— Tu le seras.

— Je n'y tiens guère !... En tout cas, dans les choses du cœur, qu'est-ce qu'on peut ?

— On peut ce qu'on veut.

— Peux-tu faire que j'aie le droit de te dire : maman ! devant tout le monde ?

— Oui certes ! s'écria Balda en l'embrassant avec emportement ; oui, un jour viendra où tu me le diras tout haut, ce doux nom ! — Mais assez là-dessus, ce soir ; je ne veux pas t'agiter... Dors bien, mon ange adoré. Et si tu rêves de quelque chose de beau, de bon et d'heureux, dis-toi que ce rêve, quel qu'il soit, se réalisera ; car tu as une mère qui t'aime, qui t'aime ardemment, passionnément ; qui t'aime de toute la puissance infinie de l'amour.

— Pourtant ne m'aime pas trop ! dit doucement Angelina.

———

XXIII

Où Robert avance les choses

Robert, quelques jours après sa première « consultation », alla chez Mme Marousset, et la trouva beaucoup mieux.

— Est-ce votre potion, docteur, qui m'a fait tant de bien ? lui dit-elle ; je crois que c'est aussi, que c'est surtout votre bonne et vivifiante parole qui m'a réconfortée.

— Avez-vous revu M. de Maugiron ? demanda Robert. Comment est-il ?

— Toujours le même ; distrait et préoccupé. Il se dit absorbé par une autre « grande affaire, » qui n'est pas celle qu'il avait d'abord inventée ; une société à fonder, dont M. de Sergy, le député, serait le président.

— Il y a du vrai dans celle-ci, dit Robert ; on l'annonce dans les journaux de finances. Est-ce qu'il vous demande d'y mettre de l'argent ?

— Non, il sait bien que je n'ai pas de capital dont je puisse disposer. Quant à mon revenu, il n'est que trop engagé déjà. Pour ne vous rien taire, M. de Maugiron me fait pourtant pressentir qu'étant sûr désormais de pouvoir me rembourser, il me fera, un de ces jours, un nouvel emprunt de quelques billets de mille francs.

— Vous devriez, chère madame, trouver le courage de les lui refuser.

— Je le trouverais, reprit Octavie, si vous étiez en mesure, vous, de me donner plus ou moins évidente, cette certitude de sa trahison, que je souhaite maintenant, je vous assure, au moins autant que je la crains.

— Je vous l'aurai bientôt, soyez tranquille ; mais, en attendant, faites une épreuve. Je persiste à croire que le séjour à la campagne serait utile à vous et nécessaire à votre enfant ; est-ce que M. de Maugiron s'y oppose ?

— Pas le moins du monde, hélas ! Seulement,—je vous l'ai déjà fait entendre,—il voudrait alors m'éloigner tout à fait. Il devait faire avec moi un voyage cet été ; il prétend aujourd'hui que ses affaires le retiennent à Paris ; mais il m'engage fort à partir seule avec mon fils, à aller quelque part aux eaux, en Suisse ou aux Pyrénées. Voilà, dit-il, ce qui me ferait réel-

6

lement du bien. Pour ce qui est d'une villégiature aux environs de Paris, il soutient, d'une part, que l'air du quai Voltaire et du jardin des Tuileries est tout aussi bon, et, d'autre part, que ne pouvant déjà être exact et régulier quai Voltaire, il lui serait absolument impossible de prendre une heure et demie, aller et retour, pour venir me voir à Meudon ou à Ville-d'Avray.

— Soit, reprit Robert; quelles sont les heures où il vient d'habitude?

— Toujours dans l'après-midi, de deux heures à six.

— Eh bien, vous garderiez un domestique dans cet appartement, et c'est vous qui viendriez, à ces heures-là, à Paris, de Ville-d'Avray ou de Meudon. Vous auriez du moins, le reste du temps, l'air de la campagne, et votre fils l'aurait tout le temps. Que pourrait redire à cela M. de Maugiron?

— Rien, je pense.

— Parlez-lui-en donc. Et s'il vous demande qui vous a conseillé de préférer, pour votre santé, la campagne à Paris, dites-lui, je vous prie, que c'est le docteur Robert.

— M. de Maugiron ne sait pas que le docteur Durantel est absent, reprit Octavie; vous m'autorisez donc à vous nommer?

— Je répète que je vous en prie, dit Robert. Cela pourra, je pense, mûrir la question....

— Que voulez-vous dire? demanda Octavie. Notre ami Durantel craignait, je l'ai bien vu, qu'il y eût pour lui, dans une intervention morale, un risque possible. Je n'ai pas eu occasion de le détromper; mais à vous, docteur, je peux et je dois dire que je n'exposerais ni lui ni vous, et que...

— Pas un mot de plus là-dessus, chère madame! interrompit Robert; les risques que je pourrais courir de la part de M. de Maugiron ne viendraient pas de vous; n'ayez donc aucun scrupule à prononcer mon nom. Je tiens à ce que ma situation vis-à-vis de lui soit toujours nette et claire; voilà pourquoi je vous prie de ne pas lui cacher que j'ai l'honneur de vous donner des soins — et même des conseils — en l'absence de Durantel.

— Et à moi, ne m'expliquerez-vous pas?...

— Le moment n'est pas venu où je pourrai tout vous dire comme vous m'avez tout dit. Ayez la bonté de me permettre encore de garder avec vous quelques réserves, et de me continuer cependant votre confiance.

— Une confiance aveugle, à ce qu'il paraît? dit Octavie en souriant. Eh bien, vous l'avez, quoi qu'il arrive; et je veux suivre en toutes choses vos prescriptions, cher docteur.

Octavie fit sans doute, en effet, ce que lui avait demandé Robert; car ce même jour, vers cinq heures, Maugiron arriva tout agité chez Mme de Sergy.

Balda, sur un mot qu'il lui dit à voix basse, renvoya Angelina, qui était au salon avec elle.

— Qu'avez-vous donc? demanda-t-elle à Maugiron quand ils furent seuls; vous semblez bien ému. Y a-t-il du nouveau?

— Du nouveau, oui! M. le docteur Robert fait encore des siennes, et voilà qu'il s'avise, même autre part qu'ici, de se trouver en travers de mon chemin.

Il raconta alors à Balda sa liaison avec Mme Marousset, qu'elle n'ignorait pas tout à fait peut-être. Il assura qu'il était las de l'amour de la belle veuve, en se gardant de parler, bien entendu, des obligations qu'il lui avait.

— Or, ajouta-t-il, le docteur Robert s'était arrangé pour devenir, depuis quelques jours, le médecin, et même un peu, à ce qu'il supposait, le confident de la délaissée!

Balda eut un mouvement imperceptible, aussitôt réprimé.

— Avez-vous donc à redouter quelque chose de cette femme? demanda-t-elle à Maugiron.

— Rien au monde; et M. le comte de Sergy n'est pas un bourgeois qui se puisse effaroucher d'une liaison aux trois quarts rompue. Mais je n'en suis pas moins souverainement choqué de l'ingérence de M. Robert dans cette affaire.

Balda garda un moment le silence; puis, levant la tête :

— Ce n'est pas un conseil que vous venez me demander, je présume? dit-elle froidement; les femmes ne sont pas de très bons juges en ces matières, et vous savez évidemment mieux que moi ce que, dans le cas présent, vous avez à faire.

— Je sais que je suis très irrité, dit Maugiron, je sais que ce médecin, des cœurs commence à me faire perdre patience...

Balda fit un geste, comme pour dire : En quoi cela me regarde-t-il?

— ... Et comme cette patience, qui n'a jamais été ma vertu dominante, pourrait m'échapper, continua Maugiron, j'ai cru devoir vous tenir au courant de ce qui se passe, et je suis venu vous le dire.

— Je vous en remercie, dit Balda avec indifférence, mais je ne vous aurais pas su mauvais gré non plus de me le laisser ignorer. — Permettez-vous que je rappelle ma nièce? ajouta-t-elle en tirant le cordon de la sonnette.

Maugiron se leva.

— On vous verra ce soir? lui demanda Balda.

— Non pas ce soir, dit-il en lui baisant la main; M. de Sergy et moi nous avons rendez-vous au Crédit mobilier. Mais c'est votre jour demain, et je n'y manquerai certes pas.

Qui provoquera?

Le lendemain, Maugiron arriva l'unde s premiers dans le salon de Mme de Sergy.

Il y avait, ce soir-là, plus de monde que de coutume. Plusieurs personnes, qu'on voyait rarement à l'hôtel Sergy, étaient venues; entre autres deux amis de M. de Maugiron, le neveu d'un des principaux aventuriers d'Etat de l'empire, et un jeune vicomte illustre pour sa grâce à conduire les cotillons des Tuileries.

Robert ne vint que quelques minutes avant onze heures. Il ne connaissait qu'un petit nombre des habitués du salon, il les chercha du regard et ne les vit point d'abord ; il se trouva que Lucien était en ce moment dans le fumoir avec quelques-uns de ses amis.

Robert alla saluer les maîtres de la maison.

Balda, fut beaucoup plus gracieuse pour lui qu'elle ne l'avait été jusque-là. Elle lui reprocha de n'avoir l'air de se considérer que comme l'ami du seul Lucien.

Pourquoi ne venait-il que les jeudis officiels? Pourquoi ne venait-il jamais dîner? Elle le pria à dîner pour le jeudi suivant, et elle insista jusqu'à ce que Robert eût accepté.

Il alla ensuite à Lucie; mais elle causait avec deux autres jeunes filles, et il ne put échanger avec elle que quelques paroles insignifiantes.

Angelina se rencontra sur son passage. Elle lui tendit sa petite main, et il lui sembla qu'elle tremblait un peu.

Elle paraissait émue et embarrassée, comme si elle avait quelque chose à lui dire et ne savait comment s'y prendre.

— M. de Maugiron est là, dit-elle enfin; vous l'avez vu?

— Peut-être... je ne sais..., dit Robert.

— Vous rappelez-vous ce que je vous ai déjà dit une fois? c'est un homme dont il faut se garder, M. de Maugiron! c'est un homme très méchant!

— Vous croyez? fit Robert en souriant.

— Oui, oui, pour sûr! Est-ce que ce n'est pas votre avis?

— Mon avis?... dit Robert en lui prenant la main, mon avis est que vous êtes une adorable jeune fille, mon avis est que vous unissez à toute l'ingénuité de l'enfant toute la tendresse de cœur de la femme ; voilà quel est mon avis.

Robert serra la main d'Angelina, et s'éloigna.

Elle le suivit d'un regard à la fois ravi et inquiet. Il entra dans le fumoir où était Lucien.

Les amis de Lucien n'étaient sans doute pas aussi avancés dans leurs opinions que Robert, mais ils l'étaient beaucoup plus

que les amis de M. de Sergy. Robert trouva
même là avec plaisir un de ses coreligion-
naires politiques, Louis de Marvejols,
jeune avocat de grand talent, qui, bien
qu'il fût l'aîné de Lucien, avait été son camarade de collége, et qui travaillait maintenant dans le cabinet de M. Aubrion,
l'ami de Mme Marousset.

Robert, parmi les quatre ou cinq jeunes
fumeurs, se sentait donc dans un milieu
sympathique et intelligent. Mais il n'était
pas là depuis deux minutes qu'il y eut dans
le fumoir comme une invasion de gens de
couleur tout opposée.

Maugiron entra derrière eux, causant
avec le neveu du ministre et le vicomte cotillonneur.

Lucien, en les voyant, se mordit la lèvre et parut avoir quelque envie de leur
quitter la place. Mais ce qui se dit du
vin est plus vrai encore des cigares :
quand ils sont entamés, il faut les fumer.

Robert venait d'allumer un londrès, et
causait en riant avec Louis de Marvejols.

Maugiron alla s'asseoir sur le divan, juste
en face de lui, séparé seulement par la
table.

L'arrivée des nouveaux venus avait tout
d'abord « jeté un froid ».

— Pardon, messieurs! dit le vicomte,
est-ce que nous vous avons interrompus?...
Vous causiez?...

— Vous causiez politique peut-être? dit
le neveu.

— Nullement, reprit Lucien.

— Ma foi, dit le vicomte, si vous parliez
politique, vous pouvez bien continuer. Je
constate avec satisfaction qu'il devient
chaque jour de plus en plus facile de s'entendre, même entre gens qui avaient, il y
a quelques années, les opinions les plus
férocement divergentes et batailleuses.

— D'abord, vous, Hector, reprit un des
nouveaux venus, vous êtes de nos libé-
raux!

— Je ne sais pas, fit négligemment le
cotillonneur, je sais que je ne suis point de
nos exclusifs.

— Hector a raison, reprit gravement le
neveu, il n'y aura bientôt plus de cou-
leurs, il y aura tout au plus des nuances.
On se rapproche, on se fond. Je parie que,
dans dix ans d'ici, il n'y aura plus en
France que des impérialistes. — Oui, oui,
vous avez beau hocher la tête, monsieur de
Marvejols! — Voyez! déjà les anciens par-
lementaires, les constitutionnels, les or-
léanistes viennent à nous à belles baise-
mains. Il suffit de durer pour absorber.
Vous verrez! vous verrez! Le jour n'est
pas bien éloigné, j'en réponds, où les républicains, à leur tour, ne demanderont
qu'à se rallier...

— J'en connais même déjà qui ne demanderaient qu'à s'allier! dit d'une voix
lente et accentuée Maugiron, qui n'avait
pas prononcé un mot jusque-là.

Le jeune vicomte semblait être là pour
donner la réplique à Maugiron, et il s'em-

pressa complaisamment de répéter, avec
une surprise et une curiosité fort bien
mimées :

— Comment?.. certains républicains ne
demanderaient qu'à s'allier?... Que voulez-
vous dire, Maugiron?

— Je veux dire, repartit Maugiron, que
je sais tel républicain qui, en ce moment,
essaie de se faufiler dans une des plus
grandes et des plus honorées maisons de
notre monde, et qui, sorti on ne sait comment des bas-fonds de la société, s'efforce,
par des moyens plus ou moins avouables,
de circonvenir et d'accaparer une de nos
plus nobles et de nos plus riches héritiè-
res. Vous conviendrez vous-même, mon
cher Hector, que laisser passer de telles
audaces, serait pousser peut-être un peu
trop loin la tolérance en faveur de la fu-
sion des partis.

— Pardieu, oui! dit en riant le vicomte,
et je ne vais pas jusque-là!

— Qu'est-ce que c'est donc que cette
histoire, mon cher monsieur de Maugiron? demanda le neveu du ministre; elle
me paraît édifiante et curieuse. Ne pouvez-
vous nous en dire quelque chose?

— Vous comprendrez, reprit Maugiron,
que je ne puisse d'aucune façon laisser
même entrevoir à quelle famille haut
placée j'ai fait allusion tout à l'heure;
mais il n'y a aucun inconvénient, certes,
à désigner le personnage qui a osé jeter son dévolu sur cette proie, et qu'il est
du devoir de tout galant homme de démasquer et de dénoncer. Je le ferai d'ailleurs en peu de mots.

Ce disant, Maugiron, qui était toujours
assis précisément en face de Robert, prit
l'attitude que voici : il étendit son bras
gauche sur sa poitrine, il y appuya le coude
de son bras droit, puis il appuya son menton sur sa main droite repliée.

Ainsi posé, il arrêta sur Robert un regard
direct, fixe et ardent, dont l'impertinence
était augmentée et aggravée encore de
toute l'insolence que pouvait avoir son
perpétuel sourire.

Il se fit dans le fumoir un silence de
statues.

Tous les hommes qui étaient là sentaient,
et quelques uns savaient qu'il allait s'engager entre ces deux hommes une lutte
féroce, plus féroce peut-être que si, au
lieu de cigares à demi consumés, ils eussent eu des armes entre les mains.

Lucien était grave et décidé; il ne pouvait plus maintenant que laisser aller les
choses.

Robert, lui, était calme et comme indifférent; il ne cherchait ni n'évitait le regard
de Maugiron, il ne semblait pas le voir; et
il achevait de fumer son londrès avec une
parfaite sérénité.

Maugiron reprit, du même accent lent
et lourd, et qui pesait sur les mots:

— Ce monsieur, donc, s'appelle d'un
nom, ou plutôt d'un prénom... je ne dirai
pas roturier, la roture même, je crois, ne
le signe guère que de la main gauche, —

d'un nom plus que bourgeois, d'un nom
vulgaire, — quelque chose comme Durand,
Bertrand, Bernard, accordons-lui la grâce
d'un nom de famille, appelons-le seulement Macaire. J'ai des renseignements sur
sa noble origine. Il est le fils d'un pauvre
diable, qui était garçon de bureau — ou
peut-être concierge—de la mairie d'une petite ville de quatrième ordre. On lui a fait
faire ses études par charité. Après quoi, il
a fait, par intrigue, son chemin. Mais, par
malheur pour lui, il l'a fait si scandaleuse-
ment rapide, que les gens les mieux in-
tentionnés en sont restés surpris, et n'ont
pu s'empêcher de tenir pour assez sus-
pecte la nature des services qu'il a pu rendre à l'homme de valeur qui l'a si obstinément protégé. Ces brefs renseignements
sont suffisamment significatifs, je suppose. Maintenant, je conclus...

Maugiron s'arrêta une minute, mais sans
changer son attitude et la direction de son
regard, et poursuivit :

— Le drôle qu'en vous parlant j'ai en
vue, enhardi par son insolent succès, veut
pousser jusqu'au bout l'audace, et, par des
voies perfides et abominables, tâche de
s'introduire dans cette grande famille qui
mérite et qui a tous nos respects. Mais ce
sera assez d'ajouter qu'on a l'œil sur lui!
et on l'avertit que, s'il osait persister dans
son odieux dessein, quelqu'un le surveille,
qui lui barrerait le passage, de la façon la
plus simple et envers lui la plus séante :
en lui mettant la main sur le collet!..

— Par ma foi! cette intervention serait-
elle bien nécessaire, monsieur de Maugiron?.. interrompit Louis de Marvejols; il me
paraît qu'un individu de l'espèce que vous
venez de dépeindre n'est vraiment pas très
dangereux, et que la famille dont vous
parlez saura bien se garder de lui toute
seule, et tenir hors de sa portée et la fille
et sa dot.

Maugiron écouta l'interrupteur sans
bouger et sans détourner une seconde ses
yeux de Robert.

— Je n'ai pas dit, monsieur de Marvejols, reprit-il, que l'argent fût précisément le but de notre homme. De l'argent,
il en a...

— Ah! ah! c'est déjà quelque chose!

— Oui, oui! il fait un de ces métiers lu-
cratifs, vous savez... Supposez qu'il soit
marchand de drogues, vétérinaire ou den-
tiste... Mais l'honneur ne se gagne pas
aussi aisément que l'argent. Et s'il l'a
perdu, l'honneur? et s'il peut le faire perdre?.. Non, non! je répète qu'il est bon
qu'on soit là et qu'on veille. Et, moi le premier, je le déclare, je ne souffrirai pas que
cet intrigant fils de portier lève seulement
les yeux sur cette généreuse fille de gentilhomme.

Maugiron haussa un peu le ton sur ces
derniers mots. Ils furent suivis d'un court
silence, que Lucien essaya de rompre en
disant :

— Messieurs...

Mais, d'un geste amical Robert, en souriant, l'arrêta comme pour le prier de le laisser dire.

Tous, autour de lui, étaient dans l'attente et dans l'anxiété.

Robert alors éleva la voix, aussi tranquille qu'il pouvait l'être, un quart d'heure auparavant, en entrant dans le fumoir.

— Monsieur de Maugiron, dit-il, j'ai suivi avec intérêt la sortie que vous venez de faire, bien qu'à vrai dire j'y aie trouvé plutôt des insinuations que des faits et plutôt des injures que des accusations. Mais cela ne me regarde pas. Ce qui me regarde — et ce que je vous demande — c'est pourquoi, en parlant, vous avez ainsi tenu vos yeux attachés sur moi avec cette fixité et cet air de défi ?

Maugiron fut étonné, et irrité du calme de Robert. Il y sentait une haute supériorité morale. Il avait, lui, dépassé certainement la mesure. En voulant frapper fort, il avait oublié de frapper juste. Il s'était départi des habitudes de hautaine et impertinente courtoisie qu'on vantait en lui. Il avait été grossier ; il devinait un blâme tacite dans l'esprit de ceux-mêmes de ses amis qui l'entouraient, et il s'en irritait davantage.

Il ne pouvait plus qu'accentuer encore l'insolence, et il n'y manqua pas.

Il répondit donc à Robert du ton le plus dédaigneux :

— Je vous ai regardé tout à l'heure en parlant, monsieur Robert, c'est très vrai ; et je vous regarde encore en ce moment. Après ?

— Après ? dit Robert avec le même sang froid ; eh bien, monsieur, vous confirmez-là ma remarque, mais vous ne répondez pas à ma question ; je vous ai demandé la raison de ce regard persistant.

— Je n'ai aucune raison à vous donner, monsieur Robert, et je ne vous en donne aucune. Vous seriez-vous reconnu dans mes paroles ? Nous sommes dans ce fumoir quatorze ou quinze, et aucune des personnes présentes n'a pris, je pense, pour elle ce que j'ai dit. Vous le prenez pour vous ? Comme il vous plaira.

— Vous détournez la question, monsieur de Maugiron ! reprit Robert impassible ; je ne m'occupe nullement de ce que vous avez dit, j'ai bien pu n'avoir prêté qu'une attention médiocre au portrait que vous nous avez présenté, car je ne connais personne qui y ressemble, même de loin. Mais lorsqu'en nous entretenant d'on ne sait qui, vous me désignez et me montrez du regard, aussi clairement et aussi ostensiblement que vous me montreriez du doigt, j'ai le droit de vous demander, et je vous demande, s'il y aurait, directement ou indirectement, dans vos paroles, une allusion qui me concerne ?

Maugiron prit un moment de réflexion pour peser ses mots, et répondit :

— Je ne dis pas non.

— Fort bien ! reprit Robert ; alors dites-vous oui ?

Serré de si près, Maugiron repartit avec vivacité

— Je ne dis rien. J'ai parlé à la troisième personne. Encore une fois, prenez-le comme bon vous semblera. Je ne vous donnerai pas d'autre explication ici. Ailleurs, tant que vous voudrez.

Mais Robert reprit avec son imperturbable tranquillité :

— Vous ne dites pas oui. Vous avez parlé à la troisième personne. Cela suffit.

— Vous vous contentez de cela ?

— Parfaitement.

— Vous êtes accommodant ! ricana Maugiron.

— Je suis indifférent, dit Robert.

Il fit tomber du doigt la cendre de son cigare, et continua du même ton paisible :

— Vous nous avez déduit les exploits, et surtout les projets, d'un républicain, qui, dans votre appréciation, serait un malhonnête homme. Il y a de malhonnêtes gens dans tous les partis. Je vous raconterai, moi, si vous voulez, un des vôtres, qui est un bien autre misérable que le triste sire dont vous avez fait le portrait.

— Voyons cela ! fit Maugiron, les dents serrées.

— Seulement, dit Robert, votre récit, monsieur de Maugiron, reposait beaucoup sur des suppositions et des hypothèses ; le mien reposera sur des faits. Je serai bref, d'ailleurs, comme vous l'avez été.

Et, parlant devant lui, sans regarder jamais Maugiron :

— Mon homme à moi n'est pas bourgeois, reprit-il ; je reconnais qu'il est noble, archi-noble, et qu'il porte même un nom fameux, ayant l'honneur de compter parmi ses ancêtres un charmant gentilhomme auquel un roi de France a porté l'amitié la plus tendre. Je m'empresse d'ajouter qu'il n'a point dégénéré.

Maugiron remua sa chaise avec un geste nerveux ; il sentait qu'il n'allait plus être maître de lui.

— Il a appartenu à l'armée, mais, ayant fait une confusion fâcheuse et cru que ce qui appartenait comme lui à l'armée lui appartenait aussi à lui-même, il a dû s'en retirer promptement... et forcément. Il a remercié celui qui lui avait épargné la honte d'en être chassé, en l'assassinant.

— Il l'a assassiné ? demanda Maugiron d'une voix étranglée par la fureur.

— Il l'a assassiné, — d'un coup de pistolet, reprit froidement Robert. Il a le pistolet, comme d'autres ont le couteau. Il a, par la suite, assassiné de la même façon un brave officier italien.

— Continuez ! fit Maugiron avec un rire strident.

Robert reprit :

— La question d'argent, qui, vous l'avez reconnu, n'entre pour rien dans les hauts faits de votre républicain, monsieur de Maugiron, a une part énorme dans la biographie de mon bonapartiste ; elle s'y mêle, hélas ! un peu à tout, mais principalement au jeu et à l'amour. Je vais préciser...

Maugiron se leva violemment.

— Avant d'aller plus loin, monsieur Robert, dit-il, pâle et tremblant de colère, je vous somme de nommer celui dont vous parlez.

— Le nommer, monsieur de Maugiron ? bon Dieu ! et pourquoi cela ?

— Parce que vous avez la calomnie un peu trop transparente, monsieur le docteur !

— Est-ce que, par hasard, vous vous reconnaîtriez, monsieur le marquis ? Nous sommes ici quatorze ou quinze...

— Vous persistez à vouloir garder à vos insultes le bénéfice de l'anonyme ?

— Je n'ai parlé, comme vous, qu'à la troisième personne.

— Vous vous obstinez à ne pas répondre catégoriquement ?...

— Comme vous.

— Eh bien ! cria Maugiron, étendant le poing vers Robert par dessus la table, vous êtes le dernier des lâches !

— Ah ! monsieur le marquis ! dit Robert d'un ton dégagé, nous n'avions parlé jusqu'ici qu'à la troisième personne ; mais je crois que vous venez de parler à la seconde.

— Je parle même à la première. Je vous tuerai.

— Pas au pistolet toujours ! dit Robert du même ton.

— Oui, vous avez le choix des armes. Soit. A quoi vous battez-vous ? Au bistouri ?

— A l'épée !

<hr>

XXV

Les témoins

Robert était resté jusque-là assis, parlant avec un calme dédaigneux et sardonique, il se leva sur ce dernier mot, et arrêta sur Maugiron un regard hautain et sévère.

Maugiron, qui tremblait de rage, sentit le poids de ce regard, et, se débattant :

— Oui, oui, balbutia-t-il, faites l'homme de génie ! vous verrez que sur le terrain le génie ne sert à rien.

— Vous verrez, vous, monsieur, dit Robert, qu'à l'épée le courage sert à quelque chose.

Pas un seul instant d'ailleurs ils n'avaient ni l'un ni l'autre élevé la voix au-dessus du ton d'une conversation un peu animée, et le bruit de la querelle n'avait pu pénétrer jusqu'au salon, tous les assistants autour d'eux restant muets, attentifs et haletants.

Seulement, par un mouvement instinctif, Lucien avec Marvejols et ses trois ou quatre amis, étaient venus se grouper autour de Robert. Le neveu du ministre, le vicomte Hector, et les huit ou dix autres familiers des Tuileries et de Compiègne, étaient derrière Maugiron.

— Et quand le verrons-nous à l'œuvre, ce fier courage? reprit Maugiron. Le plus tôt possible, n'est-ce pas?

— Le plus tôt possible, en effet, dit Robert ; et, pour abréger les préliminaires, voilà M. Lucien de Sergy et M. Louis de Marvejols qui me feront, j'espère, l'honneur d'être mes témoins.

— Je pense, dit Maugiron, que M. Léopold du Plessy et M. le vicomte Hector de Clairvannes, ici présents, ne me refuseront pas d'être les miens.

Le neveu et le vicomte s'inclinèrent en signe d'acquiescement.

Lucien demanda, d'un geste, et prit la parole.

— Il sera, je crois, messieurs, plus simple et plus court, dit-il, de tout régler séance tenante entre nous. Veuillez, cependant, messieurs, rentrer les uns après les autres au salon, pour ne pas attirer l'attention.

Par groupes de trois ou quatre, les personnes présentes sortirent successivement du fumoir.

Maugiron lui-même sortit avec l'avant-dernier groupe, et Robert avec le dernier.

Quand Maugiron s'avança vers la porte, Robert, avant qu'il fût dehors, dit à Lucien :

— Je demanderai seulement que le rendez-vous soit pour demain matin.

Maugiron se retourna.

— Et à la première heure, je vous prie ! dit-il ; j'ai une affaire importante dans l'après-midi.

Les quatre témoins restèrent seuls. Ils n'avaient à régler, au reste, que les détails matériels de la rencontre.

— Eh bien, quelle heure disons-nous dans la matinée? demanda le vicomte.

— Il faudrait d'abord choisir le lieu, dit Lucien.

— J'ai, pour cet été, un pied-à-terre à Saint-Germain, dit Marvejols; il est à votre disposition.

— La forêt de Saint-Germain est tout-à-fait convenable, reprit Léopold du Plessy, seulement on ne pourra être là avant neuf ou dix heures.

— A dix heures donc, on se retrouverait sur la Terrasse ; est-ce convenu ?

— Convenu, dit le vicomte. Maintenant, messieurs, vous avez eu le choix de l'arme; laissez-nous apporter nos épées.

Lucien échangea quelques mots à voix basse avec Marvejols.

— Tout ce que nous pouvons accorder, dit-il, c'est que chacun apportera ses épées, et que le sort décidera.

Les témoins de Maugiron se consultèrent à leur tour, et le vicomte dit : — Accepté!

Puis ils rentrèrent tous quatre dans le salon.

Lucien alla dire à Robert ce qui avait été décidé. Robert le pria de venir avec lui vers Lucie. Ils allèrent s'asseoir près de la jeune fille, qui était ce soir là toute gaie et radieuse; et, si Lucien sembla un peu distrait, Robert causa avec tout son enjouement et tout son esprit.

Maugiron, averti de son côté par le vicomte, se leva presque aussitôt pour partir.

Il trouva près de la porte Balda, qui rentrait après avoir donné un ordre.

— Vous vous en allez déjà? lui dit-elle.

— Oui, reprit-il, je suis obligé, contre mes habitudes, de me lever de bonne heure demain matin.

Et, baissant la voix :

— Vous avez été bien gracieuse, ce soir, pour M. Robert, il me semble?

— Je ne peux pas avoir l'air d'entrer dans vos querelles. Je l'ai invité à dîner pour jeudi prochain.

— Ah !...—Eh bien, ne comptez pas sur lui.

— Parce que?...

— Parce que, jeudi prochain, il sera mort. Je me bats avec lui demain matin.

— Au pistolet?

— A l'épée; mais cela ne fait rien. Je me suis laissé un peu dérouter tout à l'heure, mais sur le terrain il n'y a pas de danger, je me retrouve... — Oh! pardon ! je vous tiens là debout... A demain, chère madame.

Il baisa la main de Mme de Sergy, et sortit.

Angélina était à l'autre extrémité du salon et n'avait pu rien écouter de ces brèves paroles; mais, de ses yeux ardents, elle les avait suivies, de loin, comme si elle les eût entendues.

Robert se retira l'un des derniers. Il prit congé de Lucie, puis de Balda, sans que rien trahît en lui l'ombre d'une préoccupation.

Lucien fit quelques pas avec lui pour le reconduire.

— Je serai chez toi avec Marvejols avant huit heures, lui dit-il à l'oreille.

Près de la porte, et à la même place presque où venaient de se parler Maugiron et Balda, Robert vit Angelina, qui fit un pas et s'arrêta devant lui. Il lui prit la main.

— Adieu, ma petite amie, lui dit-il en souriant.

Elle le regardait comme avidement, de ses grands yeux profonds. Elle lui fit un signe de la tête, sans prononcer une syllabe, puis s'écarta pour le laisser passer.

Quand il fut sorti, elle alla s'asseoir sur un fauteuil, où elle resta immobile, les yeux fixes, jusqu'à ce qu'il n'y eût plus personne dans le salon.

Balda fut obligée de lui dire :

— Eh bien, que fais-tu là, Angelina? Il est tard ; montons chez nous.

Elle se leva, droite et roide, monta, sans dire un mot, les marches de l'escalier à côté de Balda, qui lui parlait de Lucie et de la soirée, entra dans la chambre de sa mère, et s'assit sur le divan.

Balda s'aperçut alors de l'étrange pâleur qui couvrait son visage. Elle prit sa main, qui était plus froide que du marbre.

— Angelina! cria-t-elle.

Angelina était évanouie.

XXVI

Où Balda reconnaît son sang

L'évanouissement d'Angelina avait quelque chose d'étrange; ce n'était pas la faiblesse ou la prostration qui l'avait causé. Non, c'était l'intensité même de l'émotion, c'était l'énergie de la volonté qui avait ainsi suspendu en elle le sentiment et la vie. La jeune fille n'était pas étendue sur les coussins du divan, elle s'y tenait ferme et rigide et comme pétrifiée.

Balda n'appela pas, ne cria pas : elle courut à sa toilette, y prit ce qu'il fallait, baigna d'eau de mélisse les tempes d'Angelina, lui fit respirer des sels.

Angelina revint peu à peu à elle, et fixa sur sa mère des yeux encore égarés.

— Ma chère mignonne aimée! ah! tu renais enfin ? me reconnais-tu? dit Balda.

— Oui, je te reconnais.

— Où souffres-tu? Qu'est-ce que tu as ?

— Ce que j'ai? fit Angelina, recouvrant tout à fait ses esprits. Tu me demandes ce que j'ai? répéta-t-elle. — Tu sais ce qui se passe...

— Non. Que se passe-t-il?

Angelina se dressa sévère, et comme indignée.

— Tu le sais! J'ai *vu* ce Maugiron te le dire.

— Comment! dit Balda stupéfaite; est-ce du docteur Robert que tu parles?

— Et de qui donc? Ils se battent demain matin. Tu le sais, te dis-je !

— Tu le sais donc aussi?

— Hé! sans doute!

— Et qui te l'a dit, à toi?

— J'ai entendu! J'étais derrière le rideau du fumoir. Je ne voyais pas, mais j'entendais tout. Ah! comme il a été traité, ton Maugiron ! de quelle façon altière et terrible ! C'était là le beau vrai duel. Le docteur Robert l'a d'abord raillé, bafoué, flagellé; et puis il s'est levé comme un saint Michel archange et il l'a écrasé. Ah! rien qu'à l'écouter, je le voyais; il était superbe!

— Que dis-tu donc? s'écria Balda terrifiée; Angelina! ma fille!... tu as la fièvre, le délire.

— Non, non, j'ai toute ma présence d'esprit, tu vois bien. Je te dis très nettement, je crois, ce que j'ai entendu. Mais ce n'est pas tout ça! Ce misérable Maugiron demain, dans l'autre duel, est capable d'être le plus fort. Il a dit qu'il tuerait Robert. Je parie qu'il te l'a dit à toi-même. Eh bien, il ne faut pas que ce duel ait lieu. Il faut l'empêcher, entends-tu, il faut l'empêcher !

— Hé ! qu'est-ce que j'y peux? dit Balda. En vérité, mon enfant, perds-tu la raison? Je comprends que tu aies pour Lucie une amitié très dévouée, et, si tu veux, très passionnée, comme toi-même.

Mais tu vas aussi trop vite! Si Lucie a, comme je le crois, un faible pour le docteur Robert, ce n'est pas une raison pour que tu partages l'engouement de ton amie; et, en tout cas, s'il arrive à ce docteur Robert un accident ou un malheur, est-ce que cela me regarde? Pourquoi donc t'en prends-tu, — et sur ce ton-là, — à ta mère?

— Pourquoi?... Parce que c'est toi qui mènes tout; parce que M. de Maugiron n'est que le bras et que tu es la tête.

— Par exemple! M. de Maugiron a, en effet, essayé de me parler de son irritation contre M. Robert, des sujets de querelle qu'ils avaient ensemble, et même peut-être, — je ne sais plus, — d'un duel possible entre eux. Mais je lui ai refusé, moi, de l'écouter sur ces choses qui me sont étrangères. Je lui ai défendu de toucher à un cheveu de la tête de Lucien, parce que Lucien est de la famille; mais, en dehors de la maison, je n'ai ni le droit ni le pouvoir soit de diriger, soit d'empêcher les desseins et les actes de M. de Maugiron; et, s'il a une affaire avec un homme que j'ai vu à peine trois fois dans ma vie, je ne sais pas à quel titre je pourrais intervenir dans leur duel.

— Encore une fois, dit Angelina, c'est toi qui l'as fait, c'est à toi de le défaire!

— Encore une fois, tu déraisonnes! reprit Balda; je n'y suis pour rien, je n'y puis rien, je n'y ferai rien!

— Et tu laisseras ce lâche spadassin assassiner ce fier et généreux homme! dit Angelina avec un cri de désespoir. Ah! si tu fais cela!... Ecoute, — tu sais comme je t'aime; — eh bien, s'il meurt, je te hais!

— Tu me hais! toi! cria Balda éperdue. Oh! mais qu'est-ce que tu dis là? qu'est-ce que tu dis là?

Angelina se leva, prit et serra dans sa petite main le poignet de sa mère frémissante, et, la regardant dans les yeux :

— Ma mère, lui dit-elle, d'une voix saccadée et toute vibrante d'émotion, tu te souviens que tu m'as raconté la mort de mon père et que tu m'as dit de quelle haine, de quelle fureur, de quelle soif de vengeance tu t'étais depuis ce temps sentie enfiévrée. J'étais un enfant quand tu m'as fait ce récit terrible, et je ne t'avais pas bien comprise alors. Je te plaignais ; mais je te trouvais en même temps un peu injuste, violente et exagérée dans ta colère. Aujourd'hui, ah! aujourd'hui, sache que je te comprends. Oui, je comprends tout ce que tu as éprouvé, je comprends tout ce qui a torturé, aigri et soulevé ton cœur. — Et ce n'était qu'une parente qui t'avait arraché l'homme que tu aimais pour le jeter mort à tes pieds. Pense que toi tu es ma mère!

Balda poussa un cri d'épouvante.

— Ah! malheureuse enfant!... ce Robert!... mais alors tu l'aimes?...

— Je ne sais pas, dit Angelina, je ne crois pas... Puisque Lucie l'aime et puisqu'il aime Lucie!... Ce que je sais, ce que je sens, ce que je dis, c'est que, si tu le

tues, je te hais, et que, s'il meurt, je meurs.

Elle lâcha la main de sa mère, et, brisée par ce cri, retomba, les bras pendants, la tête abandonnée, sur les coussins du divan.

Balda demeura quelques instants interdite et comme anéantie. Elle passa sa main sur son front, rassemblant ses idées.

Puis, tout à coup, la scène changea.

Balda se jeta sur ses genoux devant sa fille, l'entoura de ses bras, la serra sur sa poitrine, couvrit de baisers son front, ses yeux, ses lèvres.

— Mon enfant! disait-elle, mon Angelina, mon ange, ne t'évanouis pas encore! ne souffre pas, ne me fais pas souffrir! Tu as raison, je n'ai pas vu ce que je faisais, j'aurais dû deviner, j'aurais dû comprendre. Mais aussi, toi, tu ne disais rien! Pourquoi as-tu manqué de confiance? Et envers ta mère!

— Est-ce que je savais ?... s'écria Angelina dans un sanglot.

— C'est juste, dit Balda, tu ne te comprenais pas toi-même, ma pauvre innocente enfant! Tous les torts sont de mon côté. Comment les réparer à présent? Que faire?...

Angelina se redressa avec épouvante.

— Ah! s'écria-t-elle, est-ce que vraiment il te serait impossible maintenant d'empêcher cet affreux duel?

— Non! non! rassure-toi! dit vivement Balda; c'est difficile, mais ce n'est pas du tout impossible; pas du tout! Quand je pense que, si c'était impossible, tu me haïrais! car tu l'as dit que tu me haïrais, méchante!

— Dam! écoute, si tu me tuais? dit Angelina du ton d'un enfant. Je te haïrais, pourquoi? parce que justement je t'aime, et autant que je t'aime....

— Tu me haïrais trop, alors! fit Balda avec un sourire. Allons! n'aie plus de chagrin. Remets-toi. Tout s'arrangera. Ce duel n'aura pas lieu. Je te le promets, je te le jure.

— Tu en es bien sûre? dit Angelina ; tu en réponds?

— J'en réponds. Je ne sais pas encore comment je ferai ; j'aurai de la peine: ces hommes, quand ce qu'ils appellent leur honneur est en jeu, ils ne sont pas commodes à tenir. Mais, — tu ne te trompais pas, — j'ai quelque action sur M. de Maugiron. Il faudra bien qu'il me cède. Au besoin, je ferais intervenir... Enfin, quels que soient les moyens, quoi qu'il en doive coûter, ce que tu ne veux pas ne sera pas, ma fille.

— Ah! mère, s'écria Angélina se jetant au cou de Balda, que tu es bonne! pardonne-moi! je t'aime!

— Eh! c'est toi qui as à me pardonner, et qui me pardonnes en m'aimant! dit Balda.

La mère et la fille demeurèrent un moment dans les bras l'un de l'autre, confondant leurs baisers et leurs caresses.

Puis Angelina, se dégageant doucement de l'étreinte :

— Mère, dit-elle, tu te rappelles, n'est-ce pas, que le rendez-vous est pour demain, ou plutôt pour aujourd'hui, à la première heure? Tu y penses?

— Oui, j'y pense, reprit Balda en souriant.

— Tu sais ce que tu feras?

— Je sais ce que je ferai. Seulement, nous sommes au milieu de la nuit, et il n'y a rien à tenter en ce moment, tu penses. Mais, par bonheur, c'est l'été, et il fait jour de bonne heure. De bonne heure on agira, soyez tranquille, mademoiselle.

— Je te le disais bien que tu peux ce que tu veux!

— Pour toi, oui. Mais, afin que je ne m'égare pas, n'aie plus de secret pour moi, entends-tu. Ouvre-moi toujours ton cœur; j'y lirai mieux que toi-même. Si j'avais su, il y a des choses que je n'aurais pas faites... — N'importe, ajouta Balda, répondant à sa pensée intérieure, rien n'est compromis, et tout peut se réparer encore. Mon plan et mon but sont changés, voilà tout.

Angelina regardait sa mère avec inquiétude.

— Chère mère, lui dit-elle doucement, pense à ceci : Je te demande d'empêcher ce duel, je ne te demande pas autre chose. Quand cette crise sera passée, heureusement passée, je crois qu'il vaudra mieux, vois-tu, ne pas te mêler de diriger ou d'arrêter les événements ; cela porte malheur.

— Laisse-moi faire, enfant, dit Balda en souriant ; comment veux-tu savoir quelque chose de la vie, toi qui ne sais rien de ton cœur? J'avais fait la faute de ne pas y regarder à ta place. On est toujours un enfant pour sa mère. Je ne réfléchissais pas que tu es Brésilienne comme moi, et que j'étais plus jeune que toi quand j'ai aimé ton père. Je n'ai jamais pu être heureuse, mais j'entends que toi, tu le sois. Tu te seras. Tu as beau l'ignorer, je vois bien que tu aimes le docteur Robert.

— Mère, reprit gravement Angelina, il m'est échappé tout à l'heure un mot, que je regretterais et que je reprendrais, si ce mot avait réellement pu t'apprendre quelque chose; mais tu m'as laissé entendre que tu te doutais de la vérité, et j'ai la certitude que tu en sais plus encore que tu ne le dis. Ne nous déguisons donc rien l'une à l'autre. La vérité, c'est que le docteur Robert aime Lucie, et que Lucie l'aime.

— Mais, dit Balda, si elle épouse M. de Maugiron?

— Elle n'épousera jamais M. de Maugiron.

— Tu n'en sais rien! tu n'en peux rien savoir! s'écria Balda. Je te dirai à mon tour : ne te mêle pas des événements! Le docteur Robert, à ce qu'il me semble, te parle amicalement?...

— Oh! oui, oui! dit Angelina avec ravissement. Elle ajouta, les larmes aux yeux : — Sais-tu ce qu'il me disait, en partant, tout à l'heure encore : « Adieu, ma petite amie!.. » Il est très bon pour moi. Il m'estime beaucoup. Il se fie à moi... ah! comme il a raison!—Écoute encore ce qu'il m'a dit un jour : « Vous êtes une adorable jeune fille : vous unissez à toute l'ingénuité de l'enfant tout le grand cœur de la femme. »

— Il t'a dit cela! s'écria Balda avec joie, il te parle avec cette amitié! Ah! tout est bien alors. Je crois... qu'il ne m'aime pas beaucoup, moi; c'est égal, je l'aime, puisqu'il t'aime. Et si Lucie était à un autre, qu'est-ce donc qui empêcherait qu'il fût à toi? Tu es cent fois plus belle que cette poupée... Oui, oui, tu as beau me fermer la bouche, je dis la vérité! — Il t'apprécie ce que tu vaux; tu en es fière, tu as raison. C'est un grand cœur, lui aussi. Tu seras heureuse, je te dis! il le faut, je le veux! Et si moi-même j'étais un obstacle, oh! cela ne durerait pas longtemps, va! c'est si facile de mourir!

— Mourir! toi! s'écria Angelina, mourir pour moi! ne dis donc pas des choses pareilles!

— Ah! bon Dieu! fit Balda, ce n'est pas la peine d'en parler, tu as raison; je te donnerais ma vie, mon pauvre ange, que je ne te sacrifierais pas grand'chose! — Mais laissons cela. J'ai à réfléchir et à agir. Rentre chez toi; et, pour l'amour de Dieu, pour l'amour de moi, repose-toi, dors en paix, fie-toi à ta mère. La vie de l'homme qu'aime mon enfant est désormais sacrée!

XXVII

Victoire inquiétante

Lucien arriva exactement chez Robert, avec Marvejols, avant huit heures.

Ils le trouvèrent prêt, et fort calme, achevant de mettre les adresses à deux ou trois lettres qu'il venait d'écrire.

Il prit Lucien à part, et lui remit un paquet cacheté.

— Ne crois pas que je sois inquiet, lui dit-il, j'espère que je me tirerai d'affaire tout à l'heure ; cependant, on ne sait pas ce qui peut arriver ; j'ai écrit là quelques dernières dispositions. Je n'ai pas de famille, et tu es riche; je te nomme seulement mon exécuteur testamentaire, et je fais divers legs à des institutions scientifiques et populaires. De plus, je te confie une somme que tu aurais à porter, avec une lettre, à une de mes clientes. Si le Maugiron me tue, il se trouvera que j'aurai réparé une de ses infamies....

Lucien fit un mouvement.

— ... Oh! mais il ne me tuera pas! reprit vivement Robert en souriant; tout ceci n'est que simple précaution, et je vais sur le terrain plein de confiance.

— J'ai apporté des fleurets avec les épées, dit Lucien; et si tu voulais faire quelques passes, pour t'assouplir la main?...

— Ma foi! non, dit Robert; je n'ai pas fait des armes quatre fois dans ma vie ; je veux me fier entièrement à l'instinct.

Robert et Lucien revinrent auprès de Marvejols, qui demanda :

— Est-ce que nous n'emmenons pas un chirurgien?

— J'ai averti, ce matin, par un mot, Demaze, un de mes camarades. Mais il ne peut venir avec nous. Il viendra par le chemin de fer. Je crois qu'il est l'heure de partir.

— J'ai de bons chevaux, et nous arriverons plus qu'à temps, dit Lucien.

Pendant la route, Robert prit part à la conversation avec toute sa présence d'esprit, sans cesser d'être grave comme un homme qui va risquer sa vie.

La voiture descendit au pavillon qu'avait loué Marvejols et, dont le petit jardin avait une porte sur la forêt.

Il fut convenu que Marvejols irait seul chercher sur la Terrasse Maugiron et ses témoins, ainsi que le chirurgien, pour ne pas exciter l'attention des promeneurs.

Il conduisit d'abord Robert et Lucien à une clairière de la forêt, qui avait l'avantage d'être fort retirée, et cependant, en cas d'accident, assez rapprochée des maisons d'habitation et du pavillon même de Marvejols. Les deux amis attendraient là jusqu'à ce qu'il vînt les rejoindre avec les adversaires.

Marvejols arriva sur la terrasse avant dix heures. Il reconnut le chirurgien que Robert lui avait décrit, et qu'il aborda. Ils virent venir presque aussitôt Maugiron et ses deux témoins. Marvejols alla à eux et leur dit quelques mots. Il marcha devant avec le chirurgien. Maugiron et ses amis les suivirent à quelque cent pas de distance.

On entra ainsi dans le bois.

On arriva bientôt à l'éclaircie où attendaient Robert et Lucien.

Les hommes se saluèrent.

— Ce terrain vous convient-il, messieurs? demanda Marvejols aux témoins de Maugiron.

— Parfaitement! dit en s'inclinant le vicomte.

— Nous allons, si vous voulez, messieurs, dit Lucien, tirer au sort de quelles armes on se servira.

Léopold du Plessy pria du geste Lucien de vouloir bien attendre, et, sans répondre à sa demande :

— Messieurs, dit-il, notre ami, M. le marquis de Maugiron a une communication à vous faire.

Maugiron alors s'avança. Il tenait son chapeau à la main. Il était un peu pâle, mais son attitude était assez digne, et sa voix fut assez ferme.

— Aucun de vous, messieurs, dit-il, n'ignore que j'ai eu des duels nombreux — trop nombreux — et, de plus, j'y ai toujours eu la main malheureuse. Dans un premier duel à l'épée, j'ai blessé grièvement mon adversaire. Dans cinq duels au pistolets, j'ai blessé trois de mes adversaires, et j'en ai tué deux. Ces malheurs-là me sont, du moins, aujourd'hui, un triste, mais incontestable avantage ; j'ai fait, je n'ai que trop fait, comme on dit, mes preuves ; et, quand je suis dans mon tort, j'ai maintenant le droit, et plus que le droit, le devoir de ne pas hésiter à me rétracter, ne pouvant plus être soupçonné de reculer.

Robert et ses amis se regardaient avec surprise. Maugiron continua :

— Monsieur Robert, j'affirme et je déclare ici tout haut qu'aucune des paroles, plus ou moins imprudentes et irritées que j'ai prononcées hier ne pouvait, ne devait porter atteinte à votre honneur, qui est et qui reste au-dessus de tout soupçon et de toute injure.

Maugiron s'arrêta un instant; Lucien prit la parole :

— Monsieur de Maugiron, les insinuations quelconques que vous avez faites, et qui, en effet, n'atteignaient pas et ne pouvaient atteindre M. le docteur Robert, ne sont pas ce qui nous amène aujourd'hui sur le terrain...

— J'arrive à l'insulte directe que j'ai adressée à M. Robert, et je la déplore et la retire, déclarant que ce qui l'a mise dans ma bouche, c'est uniquement, avec ma colère du moment, le désir de provoquer la sienne et de rendre cette rencontre entre nous inévitable.

— Vous n'en donnez là que l'explication, monsieur, dit Lucien.

— La chose que je fais ne se fait pas à demi, reprit Maugiron, et, dans ma pensée, rien de l'insulte qui est de mon fait ne doit subsister. Je ne me borne pas à en donner devant vous, messieurs, l'explication ; j'en présente à M. Robert mes excuses.

Il se fit un silence. Robert, grave, s'attendait que Maugiron allait lui demander de retirer et d'effacer à son tour toute allusion qui l'avait pu blesser. Maugiron se tut.

— C'est tout ce que ce que vous avez à dire, monsieur, demanda Lucien.

— C'est tout, dit Maugiron.

Léopold du Plessy, s'adressant alors aux témoins de Robert :

— Si, dit-il, les déclarations loyales que vous venez d'entendre, et dont M. de Maugiron nous avait loyalement avertis, ne suffisaient pas à M. Robert, M. de Maugiron reste à sa disposition; mais nous pensons, et vous penserez comme nous, que, dans ce cas, la responsabilité retournerait à vous seuls de ce qui pourrait suivre.

Cela ne faisait pas doute, et Lucien eut à peine besoin de consulter du regard Robert et Marvejols, pour répondre :

— Nous n'avons plus rien à vous demander, messieurs, et M. Robert accepte la réparation qui lui est donnée. — Il y a lieu seulement, n'est-ce pas? — l'insulte ayant eu d'autres témoins que nous, — de rédiger le procès-verbal de ce qui s'est passé. Voudrez-vous bien prendre la peine de venir à l'hôtel de Sergy vers trois heures?...

— A trois heures, nous y serons, dit le vicomte.

Tous se saluèrent froidement et gravement, comme à l'arrivée ; puis ils se séparèrent. Maugiron et ses amis se dirigeant vers la Terrasse ; Robert et les siens retournant chez Marvejols..

— Qu'est-ce que cela veut dire ? s'écria Lucien, quand ils se furent un peu éloignés; qu'est-ce qui s'est donc passé?

— Je me le demande, et avec consternation, dit Robert. Oui, vous avez vu que je n'étais pas inquiet avant; eh bien, je le suis après !

XXVIII

Les conditions de Maugiron

Que s'était-il passé? Robert et Lucien n'avaient pas tout à fait tort d'être inquiets.

A sept heures et demie du matin, au moment où Lucien partait pour se rendre chez Robert, Balda était entrée dans la chambre d'Angelina, qui n'avait pas dormi, malgré la recommandation de sa mère, et qui était debout, allant et venant pour tromper son impatience et son anxiété.

— Eh bien? s'écria-t-elle, quand Balda ouvrit sa porte.

— Eh bien, chère enfant, j'ai tenu ma promesse ; le duel n'aura pas lieu. Ils iront sur le terrain, mais M. de Maugiron fera à M. Robert des excuses.

— Ah!.. Et c'est bien certain ?

— Absolument certain.

— Merci! fit Angelina en se jetant dans les bras de sa mère.

— Oui, oui, remercie-moi, dit Balda en souriant; car la chose n'a pas été toute seule.

— Tu as eu de la peine ?

— Beaucoup de peine, tu vas voir.

Balda raconta alors à sa fille ce qu'elle avait fait. Elle ne lui dit pas tout; mais tout ce qu'elle lui dit était la vérité.

— Quand tu m'as eu quittée, lui dit-elle, j'ai réfléchi que je pouvais difficilement agir seule, et que, pour arriver à nos fins, l'intervention personnelle de M. de Sergy auprès de M. de Maugiron était indispensable. Mais j'ai commencé par trouver une grande résistance de la part de M. de Sergy. La démarche que je lui demandais de faire auprès de M. de Maugiron lui paraissait bien insolite, bien extrême, et trop peu justifiée. Je lui ai représenté que la querelle avait eu lieu chez lui, que M. de Maugiron avait été le provocateur, que M. Lucien était l'ami intime et avait accepté d'être le témoin du docteur Robert, et que, si le duel avait pour M. Robert une issue funeste, le mariage de M. de Maugiron et de Lucie rencontrerait là de nouveaux empêchements. J'ai fini par décider M. de

Sergy à aller ce matin chez M. de Maugiron, et, de plus, à me permettre de l'y accompagner. Je sentais que ma présence serait nécessaire, et que seule je pourrais tout prévoir et parer à tout ; tu vas voir si j'avais raison !

— Chère mère !... fit Angelina, embrassant de nouveau Balda.

— M. de Sergy a fait donner ordre à Jérôme de tenir prêt le coupé pour six heures, et à six heures un quart nous étions chez M. de Maugiron. Il dormait, ma foi, comme un Turenne; son domestique l'a fait lever, et l'autre délicate négociation s'est entamée. Elle était plus scabreuse encore que je ne le pensais. Tu ne m'avais pas dit que M. de Maugiron avait appelé M. Robert « lâche ». Pour que les épées ne fussent pas engagées, il fallait que M. de Maugiron fît des excuses, et il ne pouvait s'y résoudre. Il offrait, — se disant sûr de lui à l'épée, — de ne faire à M. Robert qu'une blessure légère, ou même de se laisser blesser par lui. Mais la chance me paraissait douteuse et périlleuse...

— Je crois bien! interrompit Angelina; d'abord M. Robert se serait battu, lui, sans rien ménager ; et puis, est-ce qu'après une si grave offense, on s'en tient à une égratignure?

— C'est ce que j'ai pensé; et j'ai insisté, et M. de Sergy avec moi, pour que M. de Maugiron, qui avait été l'insulteur, retirât et réparât à tout prix son insulte. Il a fini par céder. Seulement, il n'admettait pas — et M. de Sergy sur ce point semblait inclin r à son avis, — il n'admettait pas qu'après qu'il aurait rétracté et son injure et même ses intentions et allusions blessantes, M. Robert, à son tour, ne rétractât pas les siennes.

Angelina se leva toute palpitante.

— Oh! mon Dieu! s'écria-t-elle, est-ce que M. de Maugiron a persisté dans cette exigence-là? M. Robert est capable de ne vouloir rien retirer de ses paroles! Tout serait remis en question alors? Parle, parle; est-ce que ce risque-là est à craindre encore ?

— Non, rassure-toi, dit Balda. Il est convenu que M. de Maugiron accordera tout et que, de peur d'être refusé, il ne demandera rien. Dans ces termes-là, M. Robert et ses témoins n'étant pas des insensés, tout duel est absolument impossible. Seulement, dam! M. de Maugiron a fait ses conditions.

— Quelles conditions? demanda Angelina.

— Il a dit à M. de Sergy : — « On m'impose là une concession bien exorbitante, vous en convenez vous-même. Pour que je m'y résigne, pour que je la justifie à mes propres yeux et aux yeux de mes témoins, je ne vois qu'un moyen : j'ai eu l'honneur de vous demander la main de Mlle de Sergy, et vous ne m'avez point fait jusqu'ici de réponse certaine. Ayez la bonté de me dire *oui*; et dès lors, mes amis aujourd'hui, et demain tous ceux qui me connaissent comprendront que celui

qui sera votre gendre a pu et a dû faire tous les sacrifices possibles pour éviter de se battre avec un homme qui était votre hôte, et qui a pour ami, qui avait pour témoin votre fils. »

— Et qu'a répondu M. de Sergy? dit Angelina.

— M. de Sergy a essayé d'éluder et d'ajourner ; mais devant la résolution inébranlable de M. de Maugiron, il a cédé.

— Il a dit oui?

— Il a dit oui.

— Oh! mais, s'écria Angelina, c'est terrible pour Lucie, cela! terrible pour celui qu'elle aime! plus terrible que le duel peut-être !

— C'est possible, dit tranquillement Balda ; mais que veux-tu que j'y fasse?

— Et tu n'as pas été pour quelque chose, mère, dans cette conclusion inattendue?

— Je n'y ai été pour rien, reprit Balda. Dès que la question s'est engagée sur ce point, j'ai laissé dire M. de Sergy et M. de Maugiron, et je n'ai plus prononcé une parole. Mais si tu n'étais pas un enfant, mon Angelina, tu saurais non-seulement que cette conclusion n'était pas inattendue, mais qu'elle était forcée. Je n'y ai rien fait et n'avais rien à y faire : elle était dans la logique des faits et dans la nécessité des choses.

XXIX

Les précautions d'Angelina

Comme un bon général qui, après avoir étudié et arrêté son plan, arrivant sur le champ de bataille et voyant les manœuvres de l'ennemi, modifie tout à coup ses dispositions et en improvise d'autres, parfois meilleures que les premières; ainsi Balda, surprise d'abord par la révélation de l'amour de sa fille pour Robert, avait aussitôt changé et ses moyens et son but. La vie de Robert, — elle l'avait dit à Angelina, — lui était devenue sacrée. C'était maintenant Lucien, c'était surtout Lucie, qui embarrassaient sa route, et qu'elle devait viser et atteindre.

Angelina sentait instinctivement que la pensée de sa mère avait pris cette direction redoutable. Elle connaissait Balda, et, la connaissant, elle avait peur pour sa chère Lucie.

Mais comment dire à sa mère qu'elle avait peur d'elle? comment dire à Lucie de prendre garde à sa mère?

Elle se rappelait cependant avec épouvante l'impression qu'elle avait reçue des confidences de Balda relatives à la mort de son père. Toute jeune qu'elle était alors, cette impression ne s'était jamais effacée. Balda avait pu renoncer à inspirer à sa fille sa haine contre les puissants et les heureux du monde et à l'entraîner dans l'espèce de guerre que, dans

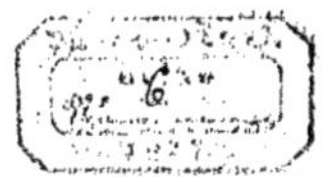

le secret de sa pensée, elle avait déclarée à la société et à l'humanité; mais avait-elle renoncé à la revanche même qu'elle avait juré de prendre? Angelina ne le croyait pas, et c'est là ce qui la faisait trembler.

Lorsque, timidement, Angelina demanda à sa mère si, du moins, elle persisterait dans cette espèce de neutralité où elle disait être restée quant au projet de mariage entre Maugiron et Lucie :

— Je ne demande pas mieux, mon enfant, lui dit Balda avec un sourire tranquille. Je ne m'en suis pas mêlée et je ne m'en mêlerai pas davantage. Seulement, dis-toi bien que mon intervention pour ou contre est en tout cas inutile. Les événements se feront d'eux-mêmes, et je les laisserai faire paisiblement, sans m'occuper s'ils te servent ou non.

— Qu'appelles-tu « me servir » ? demanda Angelina.

— Eh bien, mais engager Lucie, dégager Robert...

— Non! non! s'écria Angelina, je ne veux pas qu'ils me servent ainsi! je ne le veux pas !

— Soit, reprit Balda, je ne le veux donc pas non plus; mais encore une fois, ni toi ni moi, n'y pouvons rien ; et nos volontés ou nos souhaits sont en ceci comme s'ils n'étaient pas.

Angelina ne put tirer autre chose de sa mère.

Elle s'informa si M. de Sergy avait l'intention d'apprendre tout de suite à sa fille la résolution qu'il avait prise et le consentement qu'il avait donné à M. de Maugiron.

— M. de Sergy, dit Balda, s'est réservé, vis-à-vis de M. de Maugiron, de ne faire connaître ce consentement qu'à son heure, et pas avant quelques jours.

— N'en parlera-t-il donc pas à Lucie?

— Pas encore, à ce que je suppose.

— Mais, pour lui épargner l'effet de la surprise et lui donner le temps de se prémunir, ne puis-je, moi, la lui annoncer, cette triste nouvelle?

Balda réfléchit un instant.

— Fais comme tu voudras, dit-elle. M. de Sergy ne m'a pas défendu de parler, je ne te le défends pas non plus. Prends garde seulement de tourmenter Lucie d'avance, et inutilement.

— C'est juste, dit Angelina pensive; je ferais peut-être mieux de m'adresser, si tu m'y autorises, soit à M. Lucien soit à M. Robert.

— A M. Robert, oui! reprit vivement Balda.

Et elle ajouta :

— Je ne peux pas t'empêcher, moi, de prendre ce beau rôle! je ne peux pas t'empêcher de t'effacer, de t'oublier, de te sacrifier! je ne peux pas t'empêcher d'être un ange !

Elle dit cela avec un sourire singulier, qui fit frémir Angelina.

Quels étaient les desseins de Balda? de quel piège caché, de quelle attaque sourde menaçait-elle Lucie? Angelina ne pouvait

le savoir, il fallait qu'elle le devinât ! — Elle le devinerait.

Ne pouvant dénoncer sa mère, elle veillerait seule sur son amie.

Elle n'avait pas attendu ce jour pour s'y préparer, n'ayant pas attendu ce jour pour être inquiète.

La serrure du meuble à secret de Balda était ce qu'on appelle une serrure à pompe, et la clef qui l'ouvrait était une petite clef d'acier droite, et à crans. Angelina, la semaine précédente, était sortie à pied, par une belle matinée, accompagnée de sa femme de chambre; elle s'était acheté chez Tahan un coffret s'ouvrant avec une clef semblable, et elle avait serré dans ce coffret son argent, ses quelques bijoux et les lettres de sa mère et de Lucie.

Puis, au bout de deux jours, elle avait feint d'avoir égaré sa clef, l'avait cherchée partout, avait grondé sa femme de chambre, et n'avait retrouvé cette clef précieuse qu'au bout de quarante-huit heures.

— Je ne veux pas, dit-elle à sa femme de chambre, que le même embarras se représente, je vais faire faire une double clef.

Et le matin qui suivit, pendant que sa mère s'habillait, elle sortit, sous un prétexte quelconque, avec la femme de chambre, entra chez un serrurier du faubourg Saint-Honoré, et lui fit prendre empreinte de sa petite clef à pompe, pour qu'il lui en fabriquât le plus tôt possible une semblable.

Le serrurier la lui apporta deux jours après.

— Me voilà tranquille, dit-elle à Thérèse.

La clef copiée, qu'elle avait maintenant en double, n'était pas celle de son coffret; c'était celle du meuble à secret, qu'elle avait pu prendre pour une demi-heure dans le porte-monnaie de sa mère.

Elle pouvait maintenant, en l'absence de Balda, ouvrir le meuble, et elle croyait connaître le secret.

Angelina, si elle ne pouvait prévoir quels étaient les moyens de sa mère, pressentait bien quelle était sa pensée : Balda voulait, comme elle le lui avait dit, lui laisser le « beau rôle », et, quand elle aurait réussi, d'une façon ou de l'autre, à écarter Lucie, amener Robert à aimer sa fille et à l'épouser.

Mais Angelina était plus modeste et plus résignée. Elle savait le secret de sa naissance; elle avait été, dans son enfance, raillée et dédaignée, parce qu'on la devinait fille de couleur ; elle était de nature bonne et aimante, personne ne lui avait jamais donné de motifs d'amertume et de haine, et Lucie moins que personne. Toute jeune et pure comme elle était, c'était donc avec une sincérité d'abnégation absolue qu'elle s'était immolée à son amie. L'estime et la confiance de Robert lui semblaient les seuls biens précieux qu'elle pût souhaiter, et qu'à aucun prix elle n'eût voulu risquer de perdre.

Les méchants desseins de Balda pourraient choquer et blesser Robert; mais si Angelina, elle, restait en tout et toujours désintéressée et dévouée, il était trop juste pour lui en vouloir des torts de sa mère.

Toutefois, après réflexion, ce ne fut pas à Robert qu'Angelina se décida à apprendre la mauvaise nouvelle du consentement donné par M. de Sergy; peut-être d'ailleurs ne reverrait-elle pas le docteur assez tôt; elle aima mieux s'adresser à Lucien.

Elle le guetta, à son retour de Saint-Germain. Elle avait beau se fier à ce que lui avait affirmé sa mère, elle avait besoin aussi d'avoir la certitude que Robert était hors de danger.

— Eh bien? dit-elle à Lucien qu'elle aborda dans le vestibule; eh bien, ce duel?

— Il n'y a pas eu de duel, répondit Lucien, la regardant étonné; mais comment avez-vous donc su?...

Angelina n'eût voulu pour rien au monde que Robert apprît qu'elle seule avait empêché le duel; elle ne regrettait rien de ce qu'elle avait fait, et elle sentait qu'elle le ferait encore; mais Robert lui saurait mauvais gré sans aucun doute d'avoir préservé sa vie à ce prix.

— J'ai tout su par ma tante, qui savait tout par M. de Sergy, dit-elle à Lucien. M. de Sergy a exigé de M. de Maugiron qu'il ne se battît pas avec l'ami de son fils; en revanche, M. de Maugiron a obtenu de M. de Sergy qu'il consentît formellement à son mariage avec Lucie.

— Ah! les appréhensions de Robert ne le trompaient pas! s'écria Lucien.

— Veuillez le prévenir, monsieur Lucien, reprit Angelina, et dites-lui que l'avis vient de sa petite amie. Vis-à-vis de Lucie, voyez vous-même ce que vous avez à faire.

— Mon père ne lui signifiera-t-il pas sa volonté?

— Pas avant quelques jours, à ce que je crois?

— Alors, dit Lucien, il vaut mieux la laisser dans l'ignorance de ce qui se passe; elle ferait peut-être quelque imprudence. Mais, dès que je vais pouvoir sortir, je cours chez Robert. Et je vous remercie pour lui, Angelina, en attendant qu'il vous remercie lui-même.

On se rappelle, en effet, que Lucien attendait les témoins de Maugiron. Ils ne lui laissèrent pas même un prétexte de rupture, qu'il eût saisi peut-être; car ils le prièrent de rédiger lui-même le procès-verbal, et ils le signèrent, avec lui et Marvejols, tel qu'il l'avait rédigé.

Aussitôt libre, Lucien courut chez son ami.

Robert fut consterné, mais non surpris, de la face nouvelle que prenaient les choses.

— Que faire? lui dit Lucien.

— Rien jusqu'à la déclaration officielle de M. de Sergy, dit Robert; seulement tenons-nous prêts.

— Tu ne peux évidemment plus avoir d'affaire avec Maugiron, lui dit Lucien, mais moi, Dieu merci, je le puis encore. Et qu'il me tue ou que je le tue, ajouta-

1-il en riant, il n'épouserait toujours pas Lucie !

— Oh ! ne fais pas cela ! s'écria vivement Robert ; ne joue pas si aveuglément un tel jeu, jeune homme aux paroles légères !

Lucien, en effet, entrait là, sans le savoir, dans le cercle funeste qu'avait tracé Balda.

Il promit à Robert de ne rien aventurer, de ne rien faire sans son avis. Ils tombèrent aussi d'accord de ne rien dire jusqu'à nouvel ordre à Lucie.

Robert écrivit aussitôt un billet à Octavie pour lui demander si elle serait seule dans la soirée, et si elle pouvait le recevoir.

Elle lui répondit qu'elle l'attendait ; Maugiron l'avait fait prévenir qu'il ne viendrait que le lendemain, et elle défendrait sa porte pour tout le monde.

Robert alla donc chez la veuve, et, lui rendant confiance pour confiance, lui raconta tout, à son tour, tout ce qu'elle ignorait, tout ce qu'elle avait un si grand intérêt à savoir : son amour pour Lucie, sa rivalité avec Maugiron, tout, jusqu'au duel manqué de la matinée, jusqu'au consentement obtenu de M. de Sergy.

Octavie l'écouta avec angoisse, avec épouvante, avec courage.

Quand il eut fini, elle demeura quelques moments pensive ; puis elle dit :

— Quelles conclusions, selon vous, dois-je tirer, mon cher docteur, de vos bien tardives révélations ?

— Je veux, répondit Robert, vous laisser le mérite de les tirer ces conclusions vous-même.

— Il y en a une qui me concerne, dit-elle, et il y en a une qui vous regarde. Celle qui me concerne, c'est que mon devoir est de chercher et de trouver, dans ce que vous venez de m'apprendre, la raison et la force de rompre nettement, fermement, sans regret et sans retour avec cet homme.

— Bien ! dit Robert en lui serrant la main.

— Et ce qui vous touche, reprit Octavie, j'ai un reproche à vous adresser et un reproche à me faire à moi-même. Comment vous êtes-vous exposé ainsi sans m'avertir, sans me dire un mot, sans me faire un signe qui m'eût du moins mise sur la voie ? J'aurais empêché ce duel, je vous en réponds ! et bien plus sûrement et à bien moindre prix que ne l'a pu faire M. de Sergy. Mais c'est aussi ma faute ! reprit vivement Octavie sur un geste de protestation de Robert ; c'est aussi ma faute, parce que je ne vous ai pas tout dit, parce que je ne vous ai pas assez fait entendre que votre généreuse intervention dans ma cause ne devait avoir et n'avait pour vous aucun danger, pas plus qu'elle n'en aurait eu pour le docteur Durantel.

— Vous me l'avez fait entendre bien suffisamment, rassurez-vous, dit Robert en souriant, c'est moi qui n'ai pas voulu entendre, je vous l'avoue. Mais comment M. de Maugiron ne vous ménage-t-il pas davantage, sachant que vous avez en main le pouvoir de l'arrêter dans ses mauvaises actions ?

— J'ai mieux — ou pis — que cela : j'ai le pouvoir de le perdre. Mais il ne le sait pas. Et puis, que voulez-vous ? je ne suis pas une méchante femme ; je n'aurais regardé à rien pour vous sauver ; mais mon arme est si terrible, que je n'oserais m'en servir que dans une extrémité terrible comme elle !

———

XXX

Liens rompus et fils noués

Le lendemain, dans l'après-midi, quand Maugiron se présenta chez Octavie, elle le reçut avec une gravité froide qui lui donna quelque peu à réfléchir.

Lorsqu'il entra, elle fit, au vieux domestique qui l'introduisait, un signe de tête comme pour lui rappeler une recommandation déjà faite, et il répondit par un geste qui voulait dire : Je n'oublierai pas.

— J'ai mille pardons à vous demander, dit Maugiron ; voilà trois grands jours que je n'ai pu venir. Hier j'ai été vraiment empêché. Excusez-moi, je vous prie.

— Vous êtes tout excusé, reprit Octavie ; je sais qu'en effet vous avez été retenu hier. Mais vous n'aurez plus à vous déranger pour moi. Je vais décidément quitter Paris. J'ai loué, pour la fin de la saison, une maison, avec un beau jardin, près de Mantes.

— A Mantes ! s'écria Maugiron ; mais ce sera un voyage que de vous aller voir ! Vous m'aviez dit Bellevue ou Ville-d'Avray ?...

— Et vous m'aviez déclaré que même là vous ne pourriez venir souvent. Mais l'air de la campagne est nécessaire à mon fils. J'ai envoyé, ce matin, un télégramme pour retenir la maison que j'avais en vue. Je partirai demain.

— Demain ! se récria Maugiron.

— Oui, demain. La visite que vous voulez bien me faire en ce moment sera une visite d'adieu.

— Oh ! qu'est-ce que vous dites-là ? reprit-il, un peu inquiet. Puisque vous n'avez aucune pitié d'un homme si occupé, poursuivit-il en essayant de rire, on fera le voyage de Mantes, voilà tout !

— Non, ne prenez pas cette peine, reprit Octavie. Et elle ajouta avec un accent plein de dignité : — Vous me voyez aujourd'hui pour la dernière fois.

— Octavie !... fit Maugiron avec un mouvement de dépit.

Il voulait bien quitter, mais il n'aimait pas qu'on le quittât.

— Plaît-il, monsieur ?... dit fièrement la veuve.

— Pardonnez-moi, reprit-il, mais vous m'avez saisi de stupeur et de chagrin !

C'est une rupture que vous m'annoncez-là, avec cette froideur et cette précipitation !

— En êtes-vous si étonné, vraiment ? Je pense que je n'ai fait que vous prévenir. Pour ma dignité, pour la vôtre, nous ne pouvions plus longtemps tarder à nous séparer, il me semble.

— Que savez-vous donc ?

— Je sais, dit Octavie, en le regardant en face, que vous avez des projets qui ne prendront plus seulement une partie de votre temps, qui prendront toute votre vie. Je ne sais rien de plus, mais c'est assez, j'imagine.

— Et, de qui tenez-vous cela ? dit Maugiron ; de votre docteur Robert, sans doute, dont j'ai hier épargné la vie ?

— Vous auriez peut-être mieux fait, en réalité, de ne vous laisser devancer par personne ; quoi qu'il en soit, je suis instruite, par d'autres que par vous.

— Mais — il n'y a d'engagement un peu sérieux que d'hier matin.

— Je n'ai rien su que d'hier soir, et je sais peu de chose comme vous voyez. Mais ce peu suffit pour que ma détermination ait été prise sur-le-champ. Encore une fois, monsieur de Maugiron, disons-nous adieu, sans récrimination, sans explication même ; c'est le mieux pour vous et pour moi.

Octavie fit le geste de se lever. Il la retint avec supplication.

— Écoutez-moi, je vous en conjure, lui dit-il. Cette détermination que vous prenez si brusquement, elle semble ne rien vous coûter. Je n'ai pu jusqu'ici, moi, me résigner si facilement à vous perdre ! Voilà pourquoi je me suis tu. Ces projets, dont vous parlez, qui vous dit qu'ils se réaliseront jamais ? Il y a bien des empêchements, bien des obstacles ; et savez-vous si les plus graves ne viennent pas de moi-même, de mes hésitations, de mes doutes, de mes regrets ?...

— Je comprends votre anxiété, dit Octavie avec un sourire amer ; vous n'êtes pas tout à fait sûr de réussir, et vous vous demandez si vous ne laissez pas le certain pour l'incertain...

— Oh ! vous êtes cruelle ! s'écria Maugiron furieux de la pénétration d'Octavie. Si vous lisiez mieux dans mon cœur...

Octavie, sans l'interrompre, étendit la main vers le cordon de sonnette, qui pendait près du canapé derrière elle, et sonna.

— Vous sonnez ?... demanda Maugiron surpris.

— Ne faites pas attention ; continuez, dit-elle.

— Je vous disais, reprit-il non sans quelque embarras, que, si vous pouviez lire dans mon cœur, vous y verriez que ce qui véritablement m'arrête, que ce qui me torture, c'est... c'est que je vous aime. Oui, je vous aime toujours !...

Octavie se leva.

— Eh bien, c'est donc moi qui ne vous aime plus, dit-elle d'une voix grave et ferme. Mettons que les torts sont de mon côté, et séparons-nous pourtant sans amertume.

— Non ! s'écria Maugiron, je ne peux vous quitter ainsi ! Je...

En ce moment, la porte s'ouvrit, et le vieux domestique entra, amenant le petit garçon d'Octavie, qui accourut joyeusement se jeter dans la robe de sa mère.

— Voilà justement Paul à qui vous pouvez faire aussi vos adieux, dit Octavie avec le plus grand calme.

Maugiron était devenu tout pâle. Il avait compris que c'était bien fini. Il prit son chapeau, et, d'un ton glacial :

— Adieu donc, madame, dit-il. Je n'ai plus à vous exprimer qu'un regret, c'est que, par malheur, vous ayez encore à entendre parler de moi, comme créancier.

— Ce sera, monsieur de Maugiron, dans les termes et dans le temps que vous voudrez, dit simplement Octavie.

Il lui fit un salut, qu'elle lui rendit; et il sortit, la rage au cœur.

— Maintenant, mes vaisseaux sont brûlés ! se dit-il, et il faut, à n'importe quel prix, que ce mariage avec Mlle de Sergy se fasse ! il le faut !

La soirée du jeudi suivant était la dernière réception de Mme de Sergy ; car la session était terminée, et tout son monde quittait Paris. Robert était du dîner ; Maugiron ne vint que le soir.

M. de Sergy n'avait encore parlé de rien à Lucie, qui tremblait qu'il ne parlât tout haut et devant tous, ce soir-là.

Mais ce qu'il annonça seulement, c'est qu'il partait dans trois jours, avec sa famille, pour son château d'Estourville en Normandie, et qu'en attendant les invitations écrites, il invitait de vive voix les amis qui étaient présents à des fêtes qu'il allait y donner.

Balda avait voulu ce départ, et elle l'avait fait vouloir à son mari. C'est au château d'Estourville qu'elle entendait dénouer le drame, dont elle croyait avoir maintenant préparé tous les fils.

M. de Sergy n'avait communiqué ni à son fils ni à sa fille son dessein d'aller séjourner sitôt à Estourville. Balda n'en avait pas parlé non plus à Angelina, et lorsqu'Angelina, restée seule avec elle, s'étonna d'un si brusque départ, Balda prétendit qu'elle en avait été aussi étonnée qu'elle, et que M. de Sergy ne lui avait pas dit un seul mot qui pût le lui faire pressentir.

Robert, Lucien et Lucie furent très inquiets de cette résolution soudaine. Qu'est-ce qu'elle pouvait bien cacher?

Il n'était pas possible à M. de Sergy d'éloigner Lucien, et le frère serait là sans doute pour protéger et conseiller sa sœur; mais il était le premier à dire qu'il avait lui-même besoin d'être guidé, et le généreux jeune homme, à la fois faible et violent, craignait sa propre fougue, dont il n'était pas toujours maître.

Le probable était qu'on se doutait de quelque chose, et qu'on avait voulu séparer Lucie de Robert.

Robert fut donc très surpris de recevoir une invitation personnelle, écrite de la main de Mme de Sergy, et dans les termes les plus gracieux. Elle le priait de venir à Estourville dès les premiers jours. Il aurait sa chambre au château, à côté de celle de Lucien : puisqu'il avait toujours été pour Lucien un frère, il devait se considérer un peu aussi comme le fils de la maison.

Qu'est-ce que cela signifiait encore? Robert donna à lire sa lettre à Lucien, qui en fit part aussi à sa sœur; et aucun des trois n'y pouvait rien comprendre.

Aucun des trois ne se doutait de la part indirecte qu'avait en tout ceci Angelina. Aucun des trois ne se doutait non plus de l'audace altière de Balda, qui ne faisait jamais les choses à demi, qui ne voulait avoir l'air d'éviter ou de craindre personne, et qui avait calculé que non-seulement elle désarmait Robert par sa bonne grâce, mais que, lui présent, Lucien et sa sœur seraient plutôt moins défiants et moins retenus.

Il n'y avait pas pour Robert à hésiter, — sa vie, la vie de celle qu'il aimait allait être en jeu dans ce séjour à Estourville, — il écrivit une lettre de remerciements, acceptant l'invitation de Balda.

La pauvre Lucie allait, en effet, avoir besoin d'auxiliaires! Elle était sur un perpétuel qui-vive, s'étonnant chaque soir que son père ne lui eût point encore reparlé de la demande de M. de Maugiron, et ne sachant si elle devait s'en féliciter ou s'en effrayer. La vérité est que M. de Sergy, sur le conseil de Balda, tardait jusqu'au dernier moment, depuis plusieurs jours déjà il n'en était plus à hésiter.

Maugiron avait remué ciel et terre ; la « grande affaire » était lancée, et M. de Sergy s'y était engagé pour la part convenue entre lui et son futur gendre. Il avait promesse d'être nommé président de la Société, et il comptait tripler, sinon décupler, sa fortune dans cette vaste opération, qui promettait d'être une des grandes pensées financières du règne.

Néanmoins, ce fut seulement la veille du départ pour Estourville que M. de Sergy parla enfin à Lucie.

Il choisit, cette fois, un moment où elle était seule.

C'était après le déjeuner; Lucien était sorti; Balda avait eu soin de monter chez elle, emmenant Angelina; M. de Sergy était dans le salon, parcourant son courrier et ses journaux. Lucie vint demander à son père une information au sujet des apprêts du voyage. M. de Sergy y répondit; puis, posant une lettre qu'il tenait :

— J'ai autre chose, — et une chose plus grave, à te dire, —ma fille. Je t'ai parlé de la demande que m'avait faite M. de Maugiron,

— Vous m'en avez parlé, en effet, mon père, répondit Lucie affermissant sa voix qui tremblait un peu; mais, comme vous ne m'en aviez plus reparlé...

— Je t'en reparle aujourd'hui, mon enfant. J'avais, comme je te l'ai dit, réservé mon consentement. Aujourd'hui, après mûre réflexion, ce consentement, je l'ai donné ; et j'espère qu'il sera confirmé par le tien.

— N'y comptez pas, mon père! dit vivement et nettement Lucie.

— Ne vous hâtez pas tant, Lucie, de me faire une réponse que je ne vous ai point demandée. Je vous prie de prendre au moins le temps de la peser, et de prendre en considération, ainsi qu'il sied à une fille de votre nom, la volonté et la parole engagée de votre père.

M. de Sergy prononça ces paroles avec cet air d'autorité et de hauteur qui faisait toujours plier sa première femme; mais il allait trouver la fille bien différente de sa mère.

— Je regrette, mon père, dit-elle d'un ton calme et grave, que vous ayez engagé votre parole sans consulter mon sentiment, Mais, ne fût-ce que pour vous épargner un mécompte, je dois dès à présent vous déclarer que ce sentiment ne changera pas. Jamais je n'épouserai M. de Maugiron.

M. de Sergy se leva, et, d'une voix impérieuse, qui s'efforçait pourtant de ne pas paraître courroucée :

— Ma fille, restons-en là pour aujourd'hui, dit-il. Je vous répète que j'ai fait une déclaration, non une interrogation. Je n'accepte donc pas de réponse à une question que je n'ai pas posée. Nous reprendrons cet entretien en temps et lieu. Mais pour qu'il ne soit pas dit que la parole du père aura faibli devant celle de l'enfant, tenez pour certain — c'est mon dernier mot — que je ferai respecter mon droit et que vous épouserez M. de Maugiron.

— Tenez pour certain, dit Lucie, que j'aimerais mieux mourir.

Elle s'inclina, et sortit.

M. de Sergy, très irrité, monta aussitôt chez Balda, qui l'attendait, et qu'il prit à part pour lui dire la scène courte et vive qui venait d'avoir lieu.

— Il faudra bien qu'elle cède ! fit-il avec menace. Nous verrons, — à Estourville !

Il sortit. — Angelina, que sa mère avait mise au courant de ce qui devait se passer en bas, se rapprocha avec anxiété. Balda lui dit tout à son tour.

— Tu vois, mère, que j'avais raison, dit Angelina. Jamais Lucie n'épousera M. de Maugiron !

— Oui, oui, reprit Balda pensive; elle a dit qu'elle aimerait mieux mourir!

Mais Angelina remarqua en frissonnant que sa mère avait un singulier sourire en répétant ces paroles, et qu'il y avait à coup sûr dans son accent plus de satisfaction que d'effroi.

XXXI

A cœur ouvert

Les fêtes du château d'Estourville étaient commencées depuis huit jours, aucun nouvel incident grave ne s'était produit encore, et cependant les choses avaient marché d'un progrès lent mais continu, qui mettait au désespoir Lucie.

Il y avait grande animation au château, et déjà les hôtes étaient assez nombreux; c'étaient d'anciens amis de la maison, quelques hommes politiques, quelques hommes de finance, des femmes élégantes et deux ou trois jeunes et jolies filles. Le vicomte, conducteur de cotillon, était un des invités forcés. Robert et Maugiron étaient arrivés dès le premier jour.

Le château d'Estourville était ce château où Lucie avait demandé à sa mère, le soir même où Mme de Sergy était morte, de venir passer, avec Lucien, la saison des vacances. C'était un bien propre à Mme de Sergy, et il avait été attribué, dans le partage, à Lucie; mais M. de Sergy en avait l'usufruit jusqu'à la majorité ou jusqu'au mariage de sa fille. Ce domaine était d'ailleurs de ceux qui allaient être aliénés pour fournir des fonds à la « grande affaire », et c'était vraisemblablement la dernière fois qu'on y viendrait; il y avait même parmi les invités un acheteur désigné.

Le château, construit sous Louis XV, manquait de style et était d'une architecture médiocre ; mais il était vaste et bien aménagé à l'intérieur. Il y avait trente chambres de maître, sans compter les appartements de la famille.

Angelina aurait voulu que sa chambre fût voisine de celle de Lucie; mais Balda tint à garder sa fille près d'elle. Lucie fut, comme à Paris, logée près de son frère; sa chambre donnait de l'autre côté, sur le salon particulier de M. de Sergy.

Le temps était magnifique et permettait les excursions, les promenades et les déjeuners sur l'herbe. Le parc était très étendu et très giboyeux, et, bien que la chasse ne fût pas ouverte, M. de Sergy pouvait, sans sortir de chez lui, chasser tout le jour avec ses amis. En attendant un grand bal annoncé, et où l'on devait venir jusque de Paris, on improvisait des sauteries sur la pelouse, et des concerts au salon. Bref, on s'amusait fort au château d'Estourville.

Quand nous disons qu'on s'amusait fort, nous parlons des invités et des indifférents; car, au milieu de tous ces plaisirs, il était là plus d'un cœur qui souffrait d'autant plus de ses soucis et de ses angoisses.

M. de Sergy n'avait cependant pas encore présenté officiellement Maugiron comme son futur gendre ; Balda avait trouvé — ou plutôt lui avait fait trouver mieux : il annonçait le mariage prochain de sa fille à chacun en particulier ; et Maugiron avait été autorisé à être bavard de son côté vis-à-vis de ses amis.

C'était pour Lucien, et surtout pour Lucie, un supplice. Chacun croyait devoir leur parler du mariage avec force félicitations. Que répondre à ces compliments? — « C'est loin d'être fait encore !... La nouvelle n'est pas exacte... Ne croyez pas à ce bruit-là!... » Mais comme on tenait la nouvelle de M. de Sergy, comme le bruit était répandu par Balda et par Maugiron, les amis, tout en se défendant d'avoir été indiscrets, n'ajoutaient aucune foi aux démentis et aux désaveux de la sœur et du frère.

Il est vrai que Lucie traitait Maugiron avec une froideur et une hauteur qui se tenaient bien juste en deçà de la limite de l'impertinence et du mépris. Il est vrai que Lucien ne le saluait jamais, ne lui adressait jamais la parole. Mais ces négligences passaient pour signes d'intimité et de familiarité avec quelqu'un qui était déjà de la maison.

Le « tout Paris » consacré était donc informé déjà du mariage prochain de M. le marquis de Maugiron et de Mlle de Sergy, et les reporters des feuilles boulevardières qui champignonnaient sous l'empire, en parlaient à mots non couverts, dans leurs récits des fêtes du château d'Estourville.

Ces commérages mensongers impatientaient Lucien jusqu'à la fureur. — Je ferai un éclat! disait-il ; et Robert avait grand'peine à le contenir.

D'ailleurs, Robert n'était pas sûr de pouvoir toujours être là. Il fut deux fois appelé d'urgence à Paris, et obligé de partir subitement. Par bonheur, la station du chemin de fer n'était pas loin; il n'y avait que quatre petites heures de route, et, en profitant des trains de nuit, il ne fut jamais dehors un jour entier.

Il eut même le temps, lors de sa seconde absence, de passer une heure à Mantes et de voir Octavie, dont la santé s'était raffermie, et qu'il trouva calme et heureuse avec son fils.

Robert n'était tranquille néanmoins que lorsqu'il était revenu à Estourville, afin d'y garder à vue en même temps, bien que de façon fort différente, Lucien et Balda.

En effet, Robert et Balda, qui se trouvaient maintenant rapprochés et en face l'un de l'autre, étaient les deux vrais antagonistes de la partie engagée : Balda menant tout sans avoir l'air de se mêler de rien ; Robert, en apparence attentif seulement à M. de Sergy et à Maugiron, mais à travers eux surveillant Balda.

Balda était toujours pour Robert d'une grâce extrême; mais lui, il avait beau faire effort, il ne pouvait, tout en restant poli, s'empêcher d'être froid et, sinon sévère, sérieux. Angelina s'en apercevait et en souffrait cruellement.

La pauvre enfant, si elle n'eût été si inquiète, eût été pourtant bien joyeuse.

Elle voyait maintenant Robert tous les jours et à toutes les heures! Et, comme Robert ne pouvait se montrer trop assidu et trop empressé près de Lucie, il était par le fait beaucoup plus à Angelina qu'à Lucie.

Elle n'était pour lui que sa petite amie, sa petite alliée ; il lui parlait avec une amitié et une douceur fraternelles ; il la faisait danser; il se plaisait à causer longuement avec elle, amusé par son babil d'enfant, attendri de son dévouement pour Lucie.

Angelina vivait ainsi dans la fièvre et le rêve, comme dans un paradis traversé d'enfer.

Balda l'observait à la fois contente et anxieuse.

Un soir, elle lui dit, en la regardant fixement :

— Tu parais bien heureuse, mon enfant bien-aimée?

— Oui, bien heureuse !

Et elle éclata en sanglots.

— Voyons, dit Balda, il faut nous expliquer.

— Oh! je ne demande pas mieux! dit Angelina.

Balda prit sa fille sur ses genoux, et, quand elle eut essuyé ses larmes avec des baisers :

— Mon Angelina, lui dit-elle, tu es heureuse, et en même temps tu souffres. Je n'entends pas cela! je veux que tu aies toujours la joie et que tu n'aies plus la peine. Qu'est-ce donc qui te chagrine? Et d'abord le sais-tu bien toi-même?

— Je crois le savoir, dit ingénuement Angelina. M. le docteur Robert, qui est si bon et si affectueux pour moi, te parle à toi sur un ton cérémonieux, où je sens la raideur et la sécheresse. Pourquoi cela? Je n'aime pas qu'on n'aime pas ma mère. Il t'en veut, sans doute, parce qu'il pense que tu favorises M. de Maugiron et que tu es par conséquent contraire et hostile à son amour. J'ai peur qu'il n'ait raison de le penser; et cela m'afflige.

— Est-ce bien parce qu'il pense cela qu'il a pour moi si peu de sympathie? dit Balda en secouant la tête. En tout cas, chère enfant, l'éloignement qu'il peut avoir pour moi ne l'empêche pas, Dieu merci, d'avoir pour toi et de te témoigner beaucoup d'amitié. Pour le moment, je ne lui demande pas autre chose. Si, plus tard, mes prévisions et mes souhaits se réalisent, si quelque jour il éprouve pour toi un sentiment plus tendre...—laisse-moi achever! —ce ne sera jamais, je te l'ai dit et je te le répète, ma présence et ma personne qui seront un obstacle au bonheur de mon enfant. Ce bonheur est maintenant mon unique but, mon unique raison de vivre; et, le jour où je le gênerais, va, cela ne me coûterait pas de disparaître de ton chemin, de disparaître, au besoin, de ce monde.

Angelina serra sa mère dans ses bras avec épouvante.

— Ah! s'écria-t-elle, ne reviens donc pas, je t'en prie, sur ces sombres idées!

tu vois bien qu'au lieu de me rassurer, tu m'attristes et tu m'effrayes!

En elle-même, elle se disait en frémissant :

— C'est donc pour elle que ma mère avait mis en réserve ce poison!

Balda reprit en souriant :

— Sois tranquille, petite peureuse, on n'aura pas besoin d'en arriver à ces extrémités. Pour le présent, sache que je ne peux plus rien, soit pour ou contre M. de Maugiron, soit pour ou contre M. Robert. M. de Sergy est désormais personnellement engagé et lié. Je voudrais le faire revenir sur sa détermination, que toute mon influence y échouerait. Il changerait d'avis lui-même, qu'il ne pourrait reprendre sa parole. La nécessité serait plus forte que sa volonté. Il faudra donc que Lucie se résigne à épouser M. de Maugiron.

— Et si elle ne s'y résigne pas? si elle aime mieux mourir? Elle l'a dit, tu te le rappelles.

— Oui, certes, je me le rappelle; et je le rappelle à M. de Sergy; et je l'ai dit à M. de Maugiron. Ils n'ont fait qu'en sourire, je sais bien; les hommes croient peu à ces menaces du désespoir. Elles sont pourtant quelquefois très sérieuses. Tu feras peut-être même bien d'en avertir Lucien et M. Robert... — Mais quant à moi, lors même, encore une fois, que j'essaierais de venir en aide à Lucie, je ne le pourrais plus.

— Et, dis-moi, le voudrais-tu, si tu le pouvais?

— Je serai sincère, répondit Balda, après un instant d'hésitation ; non, je ne le voudrais pas. Entre Lucie et ma fille, mon choix ne peut balancer.

— Eh! il n'est pas question d'une lutte entre Lucie et moi!

— Pour toi, non; pour moi, oui. Tu ne me parles que de moi, parlons donc un peu de toi-même. Ma pauvre enfant! tu ignores ton propre cœur; veux-tu que nous tâchions d'y lire ensemble? Suppose que tu puisses à ton gré conduire les événements, que ferais-tu?

— C'est bien simple, dit sur le champ Angelina, en levant sur sa mère son clair et pur regard : je ferais que Robert pût tout de suite épouser Lucie.

— Ah! cher ange! s'écria Balda, comme tu mérites de n'être pas exaucée! — Mais allons jusqu'au bout; voilà ton souhait accompli; Robert et Lucie sont mari et femme; ils s'aiment librement, ils sont heureux, tu assistes à leur bonheur... Qu'est-ce que tu deviens, toi?

— Moi? dit Angelina d'une voix un peu moins assurée; puisqu'ils sont heureux, moi je suis heureuse.

— Bien! et, l'heure venue, à ton tour, n'est-ce pas, tu te maries?

— Jamais! s'écria Angelina.

— Jamais? et pourquoi?

— D'abord, dans ma position, qui donc m'aimerait, moi? Qui donc m'épouserait?

— Tu ne fais pas attention, chère mignonne, reprit douloureusement Balda, que tu me dis là une parole un peu dure.

— Ah! c'est pourtant vrai! et injuste, et fausse! pardonne-moi! s'écria Angelina en embrassant sa mère à plusieurs reprises. Est-ce que tu n'as pas dit que tu aurais le pouvoir de me faire heureuse, riche, que sais-je? est-ce que je n'ai pas en toi pleine confiance? Oui, tu tiendrais certainement ta parole. Mais c'est moi, vois-tu, c'est moi qui n'aimerai jamais personne, c'est moi qui ne veux pas me marier. Non! je ne te quitterai pas, je resterai avec toi, près de toi, toute ma vie. Ah! est-ce que je pourrais être nulle part aussi heureuse?

— Et c'est pour cela que tu es si pâle! c'est pour cela que tes mains tremblent! c'est pour cela que tu as peine à retenir tes larmes! Va, ce n'était pas seulement parce que le docteur Robert était froid pour ta mère que tu souffrais tous ces jours-ci. Et c'est pour autre chose aussi que tout à l'heure tu pleurais, — et qu'en ce moment tu pleures!

— Eh bien, oui, je pleure; oui, je souffre! dit Angelina qui fondit en larmes. Je ne sais pas pourquoi. Je ne vois pas de raison. Je ne me rends pas compte de ce que j'éprouve; mais ce que j'éprouve est très douloureux.

— Et qu'est-ce que ce serait donc, reprit vivement Balda, s'il ne se mêlait pas encore à ta douleur une dernière, une vague espérance? Qu'est-ce que ce serait, si déjà Lucie était la femme de Robert?

— Tu crois? — Mais ce serait mal à moi, cela! ce serait indigne! Ah! je viendrais bien à bout de vaincre une pareille faiblesse!

— Tu n'en viendrais pas à bout! et ce que tu souffres n'est rien auprès de ce que tu souffrirais.

— Tu crois? — répéta Angelina avec égarement; oh! c'est que vraiment ce ne serait pas supportable! Et cela durerait bien longtemps?

— Toute ta vie, mon ange adoré! toute une vie de jalousie, d'angoisse et de torture!

— Tu crois?... dit pour la troisième fois Angelino, tenant son front dans ses mains.

— Je crois, je vois, je suis sûre. Et tu n'as qu'à regarder maintenant dans ton cœur déchiré, pour y lire que je ne me trompe pas.

— Oui, dit Angelina, morne et les yeux fixes, je commence, en effet, à le croire.

— Et c'est pourquoi, reprit Balda, quand même je pourrais m'opposer au cours des événements, je ne le ferais pas. Tu dois à présent le comprendre. Mais nous n'avons plus, ni toi, ni moi, — et toi surtout, — à nous mêler de rien. Tu es en dehors de tout. Si tu as pris une part à ce qui se passe, ç'a été toujours dans le sens du sacrifice et du dévouement. Laissons aller les choses. Tu comprends, n'est-ce pas? tu entends?

— Je comprends, dit Angelina, qu'il se pourrait que je ne fusse jamais heureuse

qu'au prix de la vie de ma mère ou de mon amie.

— Oh! tu exagères! Non! non! ton bonheur ne coûtera pas si cher!

— Eh bien, reprit Angelina de la même voix grave et triste, laissons donc, comme tu le dis, aller les choses.

———

XXXII

Ce que coûte une dot

Balda avait dit vrai; elle non plus ne pouvait arrêter maintenant aucun des rouages dont le mouvement était parti de sa main. Elle se bornait à les surveiller, prête, selon ses habitudes félines, à s'élancer d'un bond, pour finir tout par un coup soudain.

Maugiron la prit à part, un soir, pour se plaindre à elle des façons de Lucien à son endroit.

— Que M. Lucien de Sergy, lui dit-il, me marque de l'indifférence et fasse comme s'il ne me connaissait pas, peu m'importe. Mais ce qu'il est difficile de supporter, c'est qu'il me témoigne du mépris. Ce matin, devant dix personnes, au moment où l'on montait à cheval pour une promenade dans la forêt, j'ai été forcé de lui adresser la parole (car Dieu sait si j'évite avec soin les occasions d'avoir affaire à lui); il m'a regardé fixement en face, et il a tourné le dos sans me répondre. Je voyais le sourire involontaire de tous les témoins de cette scène, et j'avais bonne envie de faire payer à quelque autre l'insolence du jeune homme. Mais je me suis contenu, de peur de faire ressortir, par un éclat, les procédés inqualifiables dont M. Lucien use à mon égard.

— Vous avez eu raison, monsieur de Maugiron, dit Balda. Si un duel avec un ami de Lucien eût été déjà un cas grave, je n'ai pas besoin de vous rappeler que toute querelle avec Lucien lui-même serait une cause de rupture absolue.

— Eh! c'est justement pour cela qu'il la cherche, cette querelle!

— C'est pour cela aussi que vous ne devez pas, vous, lui en laisser le moindre prétexte.

— Ainsi fais-je; mais ce n'est pas facile, quand on se trouve en contact douze heures par jour! Le docteur Robert est beaucoup plus sage, et je vois bien qu'il contient, autant qu'il lui est possible, l'ardeur agressive et bouillante de mon futur beau-frère; mais il n'est pas toujours là, et je vous assure qu'il serait temps d'aviser. Ne pourriez-vous, comme maîtresse de la maison, demander à M. Lucien d'avoir un peu plus d'égards pour un de vos hôtes?

— Etes-vous bien sûr, dit Balda avec son sourire équivoque, que mon intervention serait efficace, et qu'elle ne produirait pas l'effet contraire à celui que vous souhaitez?

— Vous pourriez parler au nom de M. de Sergy.

— Il faudrait que M. de Sergy m'y autorisât, me le demandât même.

— Si vous me permettez de lui en dire un mot?..

— Soit. Mais, mon cher monsieur de Maugiron, voulez-vous que je vous donne un conseil?

— Je crois bien!

— Eh bien, quelque délicate que soit votre position, ne vous abritez pas derrière M. de Sergy ou derrière moi; comptez plutôt sur vous-même, sur votre prudence...

Il y avait dans l'accent de Balda une nuance de persiflage, qui n'échappa pas à Maugiron.

— Ma prudence! ma prudence! répéta-t-il amèrement, on l'a déjà bien éprouvée, ma prudence!

— Raison de plus! ne perdez pas le fruit de vos sacrifices. A mesure que ce jeune écervelé montrera plus d'impertinence et de bravade, redoublez de calme et de modération; à mesure qu'il avancera, reculez.

— Reculer! reculer! grommela Maugiron, ah! cela me coûte assez, je vous jure!

— Certainement! reprit Balda du même ton moqueur, mais songez que ne pas reculer vous coûterait bien davantage : quelque chose comme deux millions!

L'entretien en resta là et Maugiron s'en alla pensif.

Cette difficile patience que lui imposait la dure nécessité devait être, le lendemain, mise encore à une rude épreuve.

Après le déjeuner, et en attendant le départ pour une partie de pêche, fixé à trois heures de l'après-midi, les hommes allaient et venaient, causant par groupes dans les allées du jardin.

Maugiron, marchant côte à côte avec son vicomte, croisa Lucien qui, un cigare à la bouche, venait en sens opposé, s'entretenant avec un de ses amis, arrivé le matin.

— Voulez-vous bien nous prêter du feu? dit le vicomte à Lucien.

Lucien tendit son cigare au vicomte; mais, au moment où Maugiron avançait à son tour la main, il le retira vivement avec un geste d'humeur.

— Pardon, monsieur de Maugiron, dit-il, répondant au mouvement de surprise de Maugiron, voici M. Jules d'Asty qui m'a dit une chose sur laquelle j'aurais à vous demander une petite explication : vous lui auriez annoncé tout à l'heure que vous alliez épouser Mlle de Sergy.

— Je lui ai annoncé, reprit Maugiron, que M. de Sergy avait bien voulu donner son assentiment à ce mariage. Vous savez que le fait est exact.

— Non, monsieur, je n'en sais rien, reprit sèchement Lucien. Tant que M. de Sergy ne l'a pas annoncé publiquement et officiellement, personne ne peut le savoir,

personne n'a le droit de le dire, — et vous, monsieur, moins que personne.

— Deux choses, repartit Maugiron, prouveront cependant que j'ai dit la vérité. La première, monsieur de Sergy, c'est que, quand vous me parlez sur ce ton provoquant, je ne réponds pas à la provocation, et je m'incline; considérant qu'il ne peut y avoir désormais d'affaire entre vous et moi, et que, même insulté par vous, j'aurais le devoir de ne pas relever l'insulte et de vous en laisser porter seul la responsabilité. L'autre preuve, que mon indiscrétion de ce matin a eu, je le reconnais, le tort de devancer, je vais, puisque vous m'en pressez, demander à M. de Sergy de vouloir la donner sans plus de retard; et j'espère que la journée de demain, journée du bal, où nous aurons de plus nombreux témoins de Paris, ne se passera pas sans que M. de Sergy ait annoncé tout haut, et devant tous, la nouvelle que vous voulez ignorer encore.

Maugiron salua et s'éloigna vivement.

Robert avait vu de loin cette espèce d'altercation et s'était empressé d'accourir. Il blâma Lucien de sa vivacité.

— Mais, toi, lui dit Lucien, je ne comprends pas ta patience; qu'espères-tu donc? qu'attends-tu donc?

— J'espère, dit Robert, dans des moyens qui, pour n'être pas violents et ne pas compromettre ta vie, n'en sont pas moins, crois-moi, puissants et même redoutables. Et j'attends, pour obtenir d'user de ces moyens, la crise décisive.

— Eh bien, dit Lucien, je me charge, moi, de l'avancer, cette crise!

<hr>

XXXIII

Le plan de la bataille

En quittant Lucien, Maugiron, très irrité, alla trouver M. de Sergy.

Il lui conta, tout animé encore, ce qui venait de se passer.

— Monsieur le comte, lui dit-il, permettez-moi de vous faire observer que je ne saurais décidément rester plus longtemps dans cette situation équivoque : accepté par le père, repoussé par la sœur et par le frère.

— Monsieur de Maugiron, dit fièrement M. de Sergy, le père seul compte, je pense; d'après le droit ancien, le droit éternel, qui est le nôtre, à nous gentilshommes.

— Pour nous, monsieur, oui, certainement, reprit Maugiron; mais, en fait, la loi moderne, la loi révolutionnaire exige, vous le savez aussi bien que moi, le consentement de la fille, il ne faut pas même dire avec, il faut dire avant le consentement du père.

— Je considère, dit M. de Sergy, non ce

qui est légal, mais ce qui est moral. Vous avez ma parole; ma fille sera votre femme. Si elle résiste, je vous affirme que je saurai la faire plier. Quant à l'opposition de mon fils, je ne veux pas même m'en occuper.

— Je me fie entièrement à vous, monsieur le comte, dit Maugiron. Mais en attendant que j'obtienne le consentement de Mlle de Sergy, je pense qu'il y aurait actuellement avantage à rendre le vôtre public et en quelque sorte officiel. Vous et Mme de Sergy vous avez pensé qu'il valait mieux procéder graduellement, faire connaître à Mlle de Sergy d'abord ma demande, puis votre acquiescement, et laisser s'écouler encore un intervalle avant de faire connaître cet acquiescement à tous. Mais ne vous semble-t-il pas que l'intervalle a été suffisamment long, que Mlle de Sergy a eu le temps de réfléchir et de s'habituer à votre volonté, et qu'il serait bon maintenant de la mettre en présence d'un fait acquis, contre lequel elle hésitera sans doute à se révolter?

— C'est mon avis, répondit M. de Sergy, et je pense que ce sera aussi l'avis de la comtesse.

— Il avait été dit déjà entre nous, continua Maugiron, que cette déclaration pourrait être utilement faite demain, jour du grand bal, en présence des nouveaux invités de Paris. Voilà pourquoi j'ai pris sur moi tout à l'heure d'annoncer — un peu par anticipation — à M. Lucien que c'était là le moment choisi et fixé.

— Vous avez eu raison, et je ne vous démentirai pas. M. du Plessy vous a bien assuré, n'est-ce pas? que son oncle m'avait fait l'honneur d'accepter mon invitation et qu'il viendrait à cette soirée?

— Oui, monsieur le comte. Le ministre sera forcé de repartir dans la nuit, par un train spécial; mais il viendra sûrement.

— Eh bien, M. de Maugiron, je présenterai, devant tous, mon gendre à Son Excellence.

— Merci! fit Maugiron en serrant la main de Sergy.—Maintenant, je n'ai plus qu'un souci : c'est que, d'ici là, M. Lucien de Sergy n'essaye de tout remettre en question par quelque esclandre.

— Je voudrais voir qu'il s'en avisât! s'écria M. de Sergy.

— Mais, moi, permettez! je ne le voudrais pas! reprit en riant Maugiron. Mieux vaut prévenir que punir. Si vous aviez la bonté de lui dire un mot, ou de demander à Mme de Sergy, comme maîtresse de céans, de le lui dire de votre part?

— Vous avez là une excellente idée! repartit M. de Sergy; les femmes ont la main plus légère, et l'esprit plus souple que nous dans ces délicates questions. Moi, je crains ma colère, et j'irais peut-être plus loin qu'il ne faut. Allons trouver ensemble Mme de Sergy, voulez-vous? et prions-la de nous prêter sa gracieuse assistance.

La vérité est que M. de Sergy ne craignait pas seulement sa colère. Il avait peut-être plus peur que Lucien de se trouver avec lui face à face. Il sentait qu'il ne lui serait pas facile de répondre au fier jeune homme plaidant pour sa sœur, qu'il ne s'en tirerait que par la violence, et que la violence avait ses périls. Lucien n'était plus l'adolescent qu'il pouvait envoyer pour des années en exil. Il était indépendant et maître de sa fortune ; et, fort de son droit, il était capable d'accepter avec son père une lutte où, peut-être, il aurait l'opinion de son côté..

Pour toutes ces raisons, M. de Sergy préférait donc de beaucoup que Balda fût dans la circonstance son intermédiaire auprès de son fils. Sa situation même, son titre de belle-mère l'obligeaient à des ménagements que M. de Sergy ne pourrait pas garder. Et, si Lucien se tenait vis à vis d'elle dans les termes d'une extrême réserve, il s'était toujours imposé de rester poli et déférent pour la comtesse de Sergy, pour la femme de son père.

M. de Sergy se rendit, avec Maugiron, auprès de Balda, et tous deux la mirent au courant de la scène du jardin et des résolutions qu'ils venaient d'arrêter.

— Ainsi, dit-elle, c'est décidé ? Ce serait pour demain ?

— Oui, ma chère, reprit M. de Sergy.

Elle répéta, songeuse :

— Pour demain !

Et, malgré elle, une légère pâleur se répandit sur son visage.

L'heure décisive était donc arrivée ! Elle était prête sans doute ; et pourtant c'était elle qui, sans se rendre compte de ce qui l'arrêtait, avait toujours reculé, toujours ajourné ce moment terrible.

Mais elle n'était pas femme à hésiter longtemps, et, passant la main sur son front :

— Demain, soit ! dit-elle.

Elle reprit :

— Voyons, convenons bien de nos faits. Il ne s'agit plus maintenant de tergiverser ou de tâtonner ; il faut marcher vite et droit au but. Vous disiez, mon ami, que vous voudriez me charger d'une démarche. Laquelle ?

— C'est auprès de Lucien.

Et M. de Sergy expliqua les raisons qu'il avait de ne pas la faire lui-même et les raisons qu'il avait de l'en charger.

— La mission n'est ni facile ni agréable, dit Balda, mais si vous tenez à ce que je l'accepte ?...

— J'y tiens, et je vous supplie de ne pas me refuser.

— Je vous obéirai donc. Seulement, je vous demande de me donner des instructions bien précises, dont je ne me départirai pas. Puis, si je parle à votre fils, c'est vous qui parlerez à votre fille.

— Cela, oui ! dit M. de Sergy, plus brave vis-à-vis des femmes.

— Et il faudra le faire le plus tôt possible. Écoutez. Je parlerai à Lucien demain, après le déjeuner. Jusque-là, M. de Maugiron fera bien de l'éviter ; il pourrait même, sous un prétexte quelconque, rester ce soir dans sa chambre. Demain soir,

pendant le bal, M. de Sergy annoncera le mariage de sa fille. Puis, quand tout le monde se sera retiré, avant que Lucie ait eu le temps de voir personne, il la retiendra dans le petit salon de leur appartement, et il aura avec elle cet entretien nécessaire.

— C'est admirablement réglé ainsi ! dit M. de Sergy, et vous seriez un politique de premier ordre.

— Je suis simplement, dit Balda, votre copiste et votre élève.

<hr>

XXXIV

Dernières manœuvres préparatoires

Balda fut, à partir de cette minute, comme un général d'armée qui, au moment de passer à l'exécution d'un plan lentement conçu, savamment préparé, rassemble toutes ses facultés, sachant qu'un faux mouvement, une manœuvre manquée peut compromettre et perdre le résultat le mieux acquis et le plus certain.

Elle avait merveilleusement calculé et merveilleusement réussi son « bond » sur Mme de Sergy. Mais, cette fois, il s'agissait de faire, en un jour, coup double ; il s'agissait d'atteindre à la fois Lucien et Lucie.

Balda, d'ailleurs, ne commit pas une faute, — sinon qu'elle ne regarda que du côté de l'ennemi.

Elle dormit peu cette nuit-là, pesant tout, ne négligeant aucun détail, songeant aux paroles qu'elle dirait et presque aux pas qu'elle ferait, tâchant de ne rien oublier et de tout prévoir.

Le matin elle vit Angelina, qui lui parut un peu pâle et mélancolique ; mais sa pensée et son attention étaient concentrées ailleurs.

Angelina, de son côté, parla peu à sa mère ; elle avait l'attitude d'une personne indifférente ou résignée.

Elle avait pour office d'aider Lucie à renouveler et à disposer, avec le jardinier-chef, les fleurs des corbeilles et des jardinières : la chose avait ce jour-là, à cause du bal, plus d'importance que d'habitude. Est-ce parce qu'elles étaient trop affairées ou parce qu'elles étaient préoccupées d'autre part, que les deux amies s'adressèrent à peine la parole ?

Pendant ce temps, Balda avait fait prier M. de Sergy de passer un instant chez elle. Il s'empressa de venir.

— Il importe, lui dit-elle, que nous nous entendions bien sur les termes de l'entretien que je vais avoir avec Lucien. Je ne veux ni aller au delà ni rester en deçà de vos intentions.

— Je m'en rapporte entièrement à vous, ma chère Balda, dit le comte ; je suis sûr

que vous saurez avoir autant de modération que de fermeté. Je voudrais pouvoir répondre de rester aussi maître de moi dans l'explication que j'aurai avec Lucie.

— Je crains, en effet, dit Balda, que vous ne rencontriez de sa part une certaine résistance, plus de résistance même que vous n'en attendez peut-être.

— Que voulez-vous dire ? demanda M. de Sergy.

— Je vais m'expliquer. Vous me pardonnerez de ne pas l'avoir fait plus tôt. Vous comprendrez quelle répugnance j'avais, d'abord à dénoncer Lucie, puis à paraître m'offenser et me plaindre des jugements, ou plutôt des accusations qu'elle a pu porter contre moi. Mais je ne peux pas tarder plus longtemps. Il est nécessaire que vous connaissiez les raisons qu'elle aura ce soir de se montrer indocile, et qu'en même temps vous ayez entre les mains des armes pour réduire cette volonté rebelle.

— Parlez, parlez, ma chère amie ; savez-vous que vous m'inquiétez. Qu'y a-t-il donc ?

— En deux mots, — elle aime.

— Lucie ! est-ce possible ? Et qui aime-t-elle ?

— Le docteur Robert.

— Ah ! ce serait grave, en effet ! s'écria le comte. Mais en êtes-vous bien sûre ?

— J'en ai là des preuves écrites.

— Des lettres ?

— Du docteur Robert ; des lettres qui sont des réponses ?

— Pouvez-vous me les montrer ?

— À une condition : c'est que vous ne me demanderez pas de qui je les tiens. Sachez, d'ailleurs, qu'elles remontent à plus d'un an, mais que je ne les ai que depuis peu.

Balda ne se dissimulait pas qu'en parlant ainsi, elle laissait soupçonner la pauvre Angelina ; mais il fallait aller au plus court, elle justifierait sa fille plus tard.

— Je ne vous demanderai rien, dit M. de Sergy ; mais ces lettres ! ces lettres !

— Ce ne sont que des copies ; mais en voici une qui est l'original, et c'est la plus expressive de toutes.

Balda lut à M. de Sergy cette lettre « expressive », et ensuite les passages les plus saillants des autres, qu'elle avait d'avance marqués au crayon.

Le comte entra dans une violente colère. Il ne voyait pas, il ne voulait pas voir ce qu'il y avait de pur, de noble et d'élevé dans l'amour des deux jeunes gens. Ce qui l'exaspérait, c'était la façon dont Lucie avait dû parler de Balda dans ses lettres, pour que les réponses de Robert fussent ce qu'elles étaient sur ce point : on voyait que Robert, tout en plaignant et en consolant Lucie, essayait plutôt de la contenir et de la modérer.

M. de Sergy se sentait blessé dans son autorité et dans son orgueil. Lucie, en critiquant sa belle-mère, osait blâmer le choix qu'il avait fait ! en pleurant, en louant sa mère, elle le blâmait et l'accusait encore !

Balda fut obligée de le ramener au sang-froid et au calme; autrement, il eût fait sur-le-champ une sortie et un scandale.

— Vous avez raison, toujours raison, lui dit-il ; ceci, en nous créant des obstacles, nous fournit aussi des armes. Il faut en user. Mes dispositions sont maintenant très modifiées : Mlle de Sergy s'en apercevra tantôt! Vous aussi, ma chère, en parlant en mon nom à Lucien, vous pouvez, vous devez être plus entière et plus altière, et prendre nettement l'offensive. Lucien est placé sur un mauvais terrain. Nous avons toujours agi, de notre côté, selon les convenances et les règles; M. de Maugiron m'a présenté sa demande, comme je l'ai acceptée, au grand jour. Eux, pourquoi ont-ils gardé le secret? — Oui, je sais bien, elle le dit dans ses lettres, c'est parce que vous étiez là, parce qu'elle me craignait, parce qu'elle n'avait plus sa mère. Mais ce ne sont pas là, extérieurement et pour le monde, des raisons. Lucien, s'il n'a pas connu d'abord leur amour, en a été ensuite le complice; il a favorisé son ami; il a compromis l'honneur de sa sœur!...

— Et il le compromettrait bien davantage, interrompit Balda, en persistant à se montrer hostile à la loyale et honorable recherche de M. de Maugiron! J'ai compris votre pensée, mon ami, et je l'exprimerai de mon mieux. Je vous réduirai Lucien à merci.

— Reste à décider ce qui serait à faire vis-à-vis du docteur Robert?

— Rien, si vous m'en croyez, mon ami ; ne faites rien aujourd'hui, du moins. Le docteur Robert est, après tout, un homme de haute valeur qu'on ne traite pas comme le premier venu. Que tout se passe entre vous et vos enfants.

Le comte se rangea, selon son habitude, à l'avis de Balda, et ils se quittèrent.

Balda avait obtenu tout ce qu'elle voulait. Elle était contente surtout que Robert restât au château. Il était essentiel pour elle de ne pas paraître avoir voulu un seul instant l'écarter.

Mais elle fut bien surprise quand un domestique lui remit un billet de Robert, lui annonçant qu'à son grand regret il avait été obligé de partir avant le jour pour prendre l'express de nuit, appelé à Paris par une dépêche urgente. Il espérait être de retour à temps pour le bal.

— Ma foi! se dit Balda, du moment que ce n'est pas moi qui l'éloigne, il vaut évidemment mieux qu'il soit absent!

Robert était parti, en effet, et il en avait prévenu Lucien; seulement, ce n'était pas pour Paris.

———

XXXV

Où la bataille s'engage

Le temps avait été magnifique toute la matinée ; seulement la chaleur était excessive. Vers onze heures, les nuages s'amoncelèrent tout à coup, et un violent orage éclata.

La foudre tomba dans le parc. Tous les apprêts de la fête à l'extérieur furent détruits, renversés et brisés. Le feu d'artifice fut éteint d'avance et noyé. Mais les salons du rez-de-chaussée étaient assez vastes pour le bal, et il était aisé d'y concentrer la fête.

Mme de Sergy rassura les femmes, qui, à l'heure du déjeuner, descendirent toutes désolées et se lamentant sur leurs toilettes inutiles.

L'orage passa, mais le temps était gâté pour le reste de la journée. Une pluie fine et continue mouillait les gazons et détrempait les allées. Il fallait remiser les breaks et les chars-à-bancs et renoncer à toute promenade.

Après le déjeuner, les femmes se réunirent pour faire de la musique, broder et causer.

Les hommes allèrent au fumoir et à la salle de billard. On organisa aussi des tables de jeu.

Au milieu de ces indifférents et de ces désœuvrés qui ne cherchaient qu'à distraire leur ennui et à tuer le temps, ceux dont la destinée se jouait, pendant ces heures si vides pour les autres, souffraient plus cruellement peut-être de leurs douleurs et de leurs angoisses.

Pourtant, il leur fallait, comme on dit, être à la conversation, répondre à des riens, s'intéresser à des choses étrangères et insignifiantes; ils étaient dans le monde, et ils étaient gens du monde!

M. de Sergy s'était donné l'occupation d'envoyer force télégrammes, au ministre et à ses principaux invités, pour leur dire, si l'orage s'était étendu jusqu'à Paris, que la fête n'en tenait pas moins, et qu'il comptait toujours sur leur présence.

Maugiron, docile au conseil de Balda, avait prétexté, pour ne pas paraître la veille au soir et même dans la matinée, une forte migraine, qu'il était charmé de pouvoir mettre maintenant sur le compte de l'orage. Mais son absence ne pouvait se prolonger sans éveiller les commentaires, et il était descendu pour le déjeuner.

Seulement il évitait, par de savantes manœuvres, de se rencontrer avec Lucien, et, quand il le voyait venir dans une pièce, il passait sans affectation dans une autre. Mais, malgré l'habitude qu'il avait de se maîtriser et de « se tenir », il ne pouvait réprimer parfois des mouvements nerveux, qu'il attribuait à un reste de malaise.

Lucie semblait la plus calme, étant la plus affermie dans la conscience de son bon droit et dans sa résolution inébranlable.

Si d'ailleurs elle savait que M. de Sergy allait présenter Maugiron comme son gendre, elle ignorait que la lutte avec son père dût s'engager le soir même.

Angelina était-elle calme, elle aussi? On l'eût dit, à voir son air de nonchalance. En tout cas, elle ne pouvait être que passive dans tous les événements qui se produisaient autour d'elle; cela allait à sa nature créole; elle attendait.

Elle était assise dans un groupe de trois ou quatre jeunes filles, elle faisait de temps en temps un point à sa tapisserie, elle mettait de temps en temps un mot dans la conversation, mais le plus souvent elle écoutait, ou faisait semblant d'écouter.

Elle avait pourtant demandé à Lucie :

— Je ne vois pas M. le docteur Robert?

— Lucien m'a dit, répliqua Lucie, qu'il avait été obligé de partir de grand matin pour Paris, appelé en toute hâte par un de ses clients pour un cas très grave.

— Vraiment? — Et il ne reviendra pas d'aujourd'hui?

— Oh! si fait! ce soir peut-être.

Lucie craignait qu'Angelina ne poussât plus loin ses questions. Il avait été convenu entre elle et Lucien qu'on ne lui dirait sur le départ de Robert que ce qu'on disait à tout le monde, non par défiance, mais parce que la confidence était inutile, et parce que du reste Robert lui-même s'était fort peu expliqué.

Mais Angelina ne pressa aucunement Lucie; elle se contenta de dire :

— Espérons donc qu'il reviendra!...

Néanmoins, si Lucie l'eût attentivement observée, elle eût surpris sur ses lèvres pâles un sourire qui n'était pas sans tristesse et sans amertume.

Lucien parcourait les journaux, assis près de deux ou trois de ses amis, quand Balda, s'approchant de lui, toucha doucement du doigt son épaule. Il leva la tête.

— Un mot si vous voulez bien? lui dit-elle.

— A vos ordres, madame.

Il se leva, et fit quelques pas avec Mme de Sergy.

— Avez-vous en ce moment quelque chose à faire? lui demanda-t-elle.

— Mais... non... comme vous voyez, dit-il, croyant qu'elle allait le prier de se charger de quelque soin relatif à la fête.

— J'aurais, reprit-elle, à vous parler en particulier.

— A moi! fit-il, étonné et contrarié.

Jamais il n'avait eu d'entretien seul à seul avec sa belle-mère, et, dans les circonstances présentes, il ne se souciait pas d'en avoir.

— Mais... madame la comtesse... dit-il avec embarras, je ne voudrais pas dérober à nos hôtes la maîtresse de la maison.

— Ma présence est inutile pour l'instant, reprit Balda. J'ai à vous parler de choses graves, et c'est de la part de votre père.

Lucien fronça le sourcil.

— Eh bien, dit-il, pour être franc, ma-

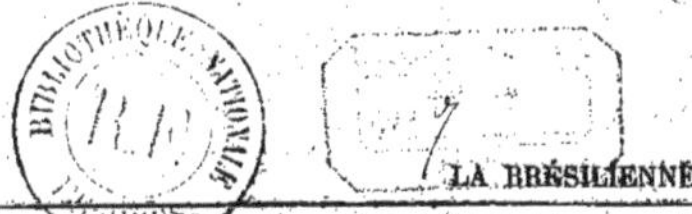

damé, je vous avoue que j'aimerais mieux parler de ces choses graves directement à mon père...

— Pour être franche, monsieur Lucien, je vous assure que je l'aimerais mieux aussi. Ce n'est pas, croyez-le, de mon plein gré, ce n'est pas sans résistance même, que j'ai consenti à être auprès de vous l'interprète de M. de Sergy. Et si je m'écoutais, je me retirerais sur votre première parole. Mais je pense à M. de Sergy, et, permettez-moi de le dire, je pense à vous-même; et, dans votre intérêt comme dans le sien, je crois de mon devoir d'insister. Si vous persistez, vous, à refuser de m'entendre, c'est bien; personne, pas même vous, n'aura de reproche à me faire, et vous aurez seul la responsabilité de tout ce qui pourra résulter de ce refus.

Lucien, averti par un vague instinct, hésitait encore. Mais nous avons vu qu'il s'irritait aisément de ses propres hésitations. Il prit brusquement son parti :

— Où vous plaît-il, madame, que nous ayons cet entretien?

— Allons chez moi, dit-elle, nous sommes sûrs de n'être pas dérangés.

— Allons! reprit-il.

Et il offrit son bras à la comtesse.

A côté de la chambre de Balda, il y avait un très petit salon, ou plutôt un boudoir, servant de passage entre la chambre et le salon commun à M. et Mme de Sergy et à Lucie.

Cette petite pièce, éclairée par une seule fenêtre, n'avait pour meubles qu'un canapé pour deux personnes placé en face de la fenêtre, un guéridon, et deux chaises. On n'y pouvait tenir plus de trois ou quatre.

C'est dans ce petit salon que Balda amena Lucien.

Nul ne saurait dire si elle avait calculé que, pour l'orageux entretien qu'ils allaient avoir, le bouillant jeune homme allait se trouver gêné et mal à l'aise dans ces trois mètres carrés, pouvant tout au plus se lever, mais ne pouvant marcher, faire quelques pas, tromper par un peu de mouvement son impatience et son irritation. Les nerfs déjà excités par l'orage du matin, il allait étouffer sur place, faute d'espace et d'air.

Ce qui est certain, c'est que, si Balda n'avait pas songé à lui imposer cette contrainte physique, elle avait tout préparé pour lui faire subir une contrainte morale bien autrement pénible et cruelle.

Elle savait, par une redoutable expérience, combien était exaspérante cette sorte d'humilité doucereuse dont elle ouatait, pour ainsi dire, ses insinuations les plus blessantes et ses coups d'épingles les plus perfides. On ne pouvait s'emporter, sous peine de paraître grossier et brutal; on était retenu et comme enchaîné dans une politesse forcée, et on souffrait peut-être moins de l'injure qu'on supportait que de l'effort auquel on était condamné.

Balda s'assit sur le canapé, indiqua de la main une chaise à Lucien qui s'assit en face d'elle, et commença d'une voix calme et lente :

— Avant tout, monsieur Lucien, je vous prie encore une fois de vouloir bien vous rappeler que ce n'est pas moi qui vous parle, et que ce que je vais vous dire, c'est votre père qui vous le dira. Je n'oublie pas, je n'oublierai jamais que vis-à-vis de vous et vis-à-vis de Lucie je ne suis qu'une étrangère, et que je n'ai à prendre aux choses qui vous concernent aucune part directe. M. de Sergy m'ayant imposé hier, malgré mes observations, la mission épineuse que je remplis en ce moment, je l'ai prié, ce matin, de me préciser bien nettement ses intentions et sa pensée. Je l'ai averti que j'en atténuerais plutôt que je n'en exagérerais l'expression. Je sais quelle douloureuse et déplorable scène entre votre père et vous a été, il y a quelques années, la cause de votre départ; —et vous n'étiez qu'un tout jeune homme alors! Maintenant que vous êtes un homme, une altercation pareille pourrait avoir des conséquences plus funestes encore; il faut donc, à tout prix en éviter le retour: c'est pour cela, je vous le répète, que j'ai accepté de remplir entre vous ce rôle d'intermédiaire, bien qu'il me doive être... plus difficile qu'à personne. J'y apporte... tout ce qu'il me sera possible de modération et de conciliation. S'il vous échappait quelque parole imprudente, il va de soi que je la tiendrais pour non avenue; je vous serais cependant bien reconnaissante d'avoir la bonté de vous souvenir, de votre côté, que je suis une femme et la femme de votre père, et que je suis absolument neutre et désintéressée dans les questions dont j'ai à vous entretenir.

— En vérité, madame, reprit Lucien, qui se voyait ainsi avec dépit les mains liées d'avance, vous avez donc à me dire des choses bien fâcheuses et bien dures, que vous vous croyez obligée à tant de précautions oratoires!

— Oh! dit Balda, je me rassure plutôt contre mes propres craintes; non, non, je n'ai pas, Dieu merci, de dures paroles à vous transmettre. Mais le sujet à traiter est en lui-même si délicat!...

Elle regarda Lucien, qui cette fois garda le silence. Elle continua :

— Quand M. de Sergy est venu me trouver hier, M. de Maugiron l'accompagnait. M. de Maugiron avait cru devoir se plaindre à lui...

— Se plaindre de qui? dit Lucien.

— De vous.

— Ah! ah! M. de Maugiron s'est plaint du fils auprès du père?... Et qu'est-ce que le père a répondu?

— M. de Maugiron trouvait que vous aviez manqué d'égards envers lui; il assurait que votre attitude en sa présence était provocante et blessante...

— Et M. de Maugiron n'est pas assez grand garçon pour se faire respecter lui-même! Qu'est-ce que M. de Sergy avait à voir dans les différends qu'il peut avoir avec moi?

— M. de Maugiron est en ce moment l'hôte de M. de Sergy.

— S'il n'était que son hôte, reprit vivement Lucien, je me contraindrais, quels que soient envers lui mes sentiments, à ne lui témoigner jamais, dans la maison de mon père, que la courtoisie qui convient. Mais M. de Maugiron prétend être autre chose, il s'est vanté de devenir bientôt le gendre de M. de Sergy.

— Je crois qu'il ne s'est pas vanté, dit doucement Balda, et qu'il a véritablement la promesse de votre père.

— Fort bien! mais comme il faut, pour devenir le gendre de mon père, qu'il devienne le mari de ma sœur, j'estime que dès lors la chose me regarde, et je fais, comme il me plaît, sentir et comprendre à ce prétendant que, s'il a le père pour lui, il aura contre lui le frère.

— Ah! voilà justement ce qui épouvante! s'écria douloureusement Balda; vous vous mettez en opposition contre la volonté et l'autorité de votre père!

— Nullement, madame, dit Lucien; je laisse, quant à moi, mon père en dehors de la question. Je ne veux pas me mettre en opposition contre lui, je ne peux pas m'en prendre à lui. Je m'en prends à celui à qui je ne dois ni soumission ni respect, à qui je vouerais plutôt mépris et haine; —je m'en prends à M. de Maugiron!

Balda, si elle eût été seule, eût jeté un cri de triomphe et de joie; elle le changea en un cri de terreur et de détresse.

— Ah! Dieu du ciel! fit-elle en joignant ses mains au-dessus de son front, c'est ce danger, c'est ce malheur qu'il faut écarter!

— Pardon, madame! interrompit Lucien avec vivacité; que vous ayez voulu intervenir entre mon père et moi, j'ai pu le comprendre; mais, entre moi et cet homme, je n'admets l'intervention ni de vous, ni de mon père, ni de personne!

Balda voyait avec une satisfaction intime « l'ennemi » venir se placer de lui-même sur le terrain où elle l'avait appelé et voulu. Mais ce n'était pas assez : il fallait précipiter les choses, il fallait que la journée ne se passât pas sans qu'eût lieu le choc de Lucien et de Maugiron.

Lucien, d'ailleurs, elle le voyait bien, n'avait pas besoin d'être beaucoup aiguillonné.

En entendant récuser avec tant d'énergie toute intervention entre Maugiron et lui, elle affecta une extrême épouvante.

— Ah! ne parlez pas ainsi! s'écria-t-elle; c'est surtout pour prévenir, c'est pour empêcher ce conflit terrible que je suis ici et que je vous parle au nom de votre père. Songez-y! M. de Maugiron — il l'a promis —évitera toujours, avec un soin scrupuleux, tout sujet de querelle avec vous; ce serait donc vous qui le provoqueriez?

— Eh bien, dit Lucien, pourquoi ne le provoquerais-je pas, je vous prie?

— Pourquoi? Ah! mais, malheureux jeune homme! ce serait pousser l'intrépidité jusqu'à la démence! M. de Maugiron, provoqué par vous, aurait le choix des armes. Il choisirait le pistolet. Et vous savez quelle est son adresse et quelle est sa bravoure?

— Vous appelez cela de la bravoure? dit ironiquement Lucien.

— Je ne sais pas, moi; je ne suis qu'une femme, reprit Balda ; je ne fais que répéter ce que j'ai entendu dire à M. de Sergy.

— Vraiment? Mon père admire M. de Maugiron tant que cela!

— Je ne voudrais pas vous contredire et vous irriter, monsieur Lucien; mais il est bien vrai que M. de Sergy ne pense pas comme vous, et qu'il a pour M. de Maugiron la plus haute estime. Autrement, lui donnerait-il sa fille?

— Est-ce bien possible?. Il croit à sa probité peut-être?

— Sans aucun doute. La preuve en est qu'il l'a pris pour second dans une affaire où il a mis toute sa fortune, et où M. de Maugiron doit mettre toute la fortune de votre sœur.

— Que me dites-vous là? s'écria Lucien en bondissant. Mais alors ce n'est pas seulement le bonheur de ma sœur que j'ai à protéger contre ce misérable, c'est aussi l'honneur de mon père! Oh! quel abime j'entrevois! Pourquoi mon père n'a-t-il pas parlé? J'aurais remis entre ses mains tout ce que je possède; ma sœur—ou le mari que je veux pour ma sœur et qui est riche — lui aurait laissé toute la dot de Lucie, plutôt que de souffrir qu'il se mette à la remorque et à la merci de ce qu'un Maugiron peut appeler « une affaire » !

— Calmez-vous, au nom du ciel! dit Balda. En tout cas, il est trop tard. M. de Sergy, à l'heure qu'il est, a engagé sa parole et sa signature.

— Ah! je le dégagerai, moi! s'écria Lucien, frappant du pied avec fureur.

— Vous le dégagerez? Comment?

— En tuant Maugiron, — ou en étant tué par lui; — ce sera le même résultat.

— Mais, miséricorde! c'est vous qui seriez tué!

— Eh bien, tant mieux! Mon père ne pourra plus guère, je pense, avoir pour gendre et pour associé le meurtrier de son fils!

Lucien se leva brusquement, et, faisant un pas vers la porte :

— Adieu, madame, je crois que nous n'avons plus rien à nous dire.

Mais Balda n'avait pas encore tout ce qu'elle voulait. Elle se jeta à genoux, les bras étendus, en travers de la porte.

— Monsieur Lucien!... par grâce, par pitié!... attendez-moi. — Non, certainement, je n'ai pas dit tout ce que j'avais à vous dire. Mais vous me dites, vous, des choses si terribles que j'en perds la raison et le souvenir. J'ai de très bonnes raisons à vous donner. Ecoutez-les. Votre père m'en voudrait d'avoir si mal rempli ses instructions. Ne le réduisez pas au désespoir, ne le contraignez pas à quelque extrémité, en vous jetant dans une telle extrémité vous-même.

— Mais vous voyez bien, criait Lucien, qu'il n'y a pas d'autre issue !

— Si fait,! si ! il doit y en avoir d'autres. Enfin, quand il s'est agi du duel de M. Robert, M. de Sergy a pu intervenir et l'empêcher. Pensez, lorsqu'il s'agira de son fils...

— Quand il s'agissait de Robert insulté, interrompit Lucien, M. de Sergy a pu amener Maugiron à lui faire des excuses; mais je vous jure qu'il n'obtiendra pas de son fils insulté de faire des excuses à Maugiron.

— Aussi n'aurez-vous à lui faire d'excuses, car vous ne l'insulterez-pas. Voici pourquoi.

— Pourquoi? Ah! oui, je serais curieux de le savoir, par exemple!

— Parce qu'au lieu de sauvegarder votre sœur, vous la compromettriez.

— Comment cela?

— Monsieur Lucien! vous avez été, malgré mes prières, si irritable et si emporté que je n'ai pas pu, que je n'ai pas osé vous dire tout ce dont m'avait chargée pour vous votre père. Veuillez m'entendre sans trop de colère. M. de Sergy sait l'amour du docteur Robert pour Lucie et il s'est fort courroucé que vous ayez tous trois gardé vis-à-vis de lui ce secret... — Ne m'interrompez!... — Que M. de Sergy connaisse cet amour, cela est sans danger pour la réputation de Lucie. Mais M. de Maugiron le connaît aussi; et c'est pour cette raison qu'il avait cherché querelle au docteur Robert. Si vous lui cherchiez querelle, vous, parce qu'il a demandé la main de votre sœur, il n'aurait plus qu'un intérêt, après un duel malheureux, ce serait de s'excuser, en accusant, en calomniant, si vous voulez, Lucie, M. Robert et vous-même. Il ferait là, cet homme si estimable, une belle infamie!

— C'est vous qui l'en croyez capable; c'est à vous de tirer la conclusion du jugement que vous portez sur lui.

— La seule conclusion que j'en tire, reprit Lucien s'exaspérant, c'est que, si je lui cherche querelle, ce ne doit pas être, comme vous le disiez, parce qu'il a demandé la main de ma sœur. Soyez tranquille, je m'arrangerai pour que Lucie reste absolument en dehors du débat entre nous. — C'est tout maintenant, n'est-ce pas, madame?

— Non! non! attendez encore! j'ai encore à vous dire quelque chose pour Lucie! Si vous persistez à vouloir défier M. de Maugiron, savez-vous à quoi vous pousserez votre père? A tout révéler à votre sœur!

— Oui, à lui dire quelle est votre intention, quelle danger vous allez braver pour elle, à quel mort vous allez courir. Et alors, pour vous arrêter, pour vous sauver, Lucie donnera son consentement à son mariage avec M. de Maugiron ; et cependant, elle a dit, vous le savez, qu'elle aimait mieux mourir. Tirez encore, monsieur, la conclusion de ceci.

— La conclusion?.. dit Lucien hors de lui, la conclusion, c'est que je dois devancer

mon père, et ne pas attendre un jour, ne pas attendre une heure, pour mettre entre ce Maugiron et les miens une infranchissable barrière... Pour le coup, je crois, madame, que tous vos arguments sont épuisés.

— Oui, et mes forces!.. dit d'une voix languissante Balda, laissant tomber ses bras le long de son corps, Ah! j'ai fait tout ce que j'ai pu!..

— C'est la vérité, dit Lucien en sortant; et je vous promets, si j'en ai le temps, d'en rendre témoignage à mon père.

— Qu'importe! dit Balda, puisque je n'ai réussi à rien!..

Lucien était déjà dehors, et elle l'écoutait s'éloigner à pas précipités.

— Je crois pourtant, se dit-elle avec un sourire, que j'ai réussi à tout! — Ce pauvre Maugiron! Comment va-t-il se tirer de là?

XXXVI

La partie d'écarté

Maugiron, quand il avait vu Lucien s'éloigner avec Balda, inquiet, nerveux, ne sachant que faire, était entré dans un petit salon du rez-de-chaussée, où quatre des invités du château, assis autour d'une table, jouaient à l'écarté.

Maugiron était joueur dans l'âme, et les cartes l'attiraient. Il paria, et perdit une vingtaine de louis,

— Ma foi! dit le joueur pour lequel il pariait, je ne suis pas en veine, ou bien je suis un maladroit; prenez donc ma place, monsieur de Maugiron.

Maugiron refusa d'abord; mais il trouvait, à part lui, que son partenaire était, en effet, plus maladroit que malheureux; il était, lui, fort habile; il prit en main les cartes.

Il gagna successivement quatre parties; ses adversaires se relayaient, mais il les battit l'un après l'autre.

Il avait quinze cents francs en or et en billets devant lui. Il commençait à être lui-même contrarié de son bonheur.

— J'en ai assez, et je vous rends les armes! dit en riant son dernier adversaire, à la fin de la quatrième partie.

Et il fit mine de se lever.

— Oh! monsieur, lui dit vivement Maugiron, permettez-moi, je vous en prie, de vous donner votre revanche. Ne me forcez pas à faire Charlemagne malgré moi.

— Si le cœur en dit à un de ces messieurs? fit le joueur.

— Hé! reprit un autre, M. de Maugiron est d'une force!.., ce n'est pas amusant d'être battu !

— Messieurs, insista Maugiron, je vous en supplie!..,

— Je prends le jeu, dit d'une voix calme quelqu'un qui venait d'entrer.

C'était Lucien.

Le joueur décavé s'empressa de laisser sa chaise à Lucien, qui s'assit.

Maugiron le regardait, muet, pâle et interdit.

— J'ai trop de chance!... balbutia-t-il, je ne voudrais pas...

— Comment? dit Lucien, je vous ai entendu offrir à ces messieurs leur revanche?

— Oui, à eux; mais j'ai encore un peu mal à la tête, et je...

— Et vous refusez de jouer avec moi, monsieur de Maugiron?

— Non pas, non, certainement! dit Maugiron, se résignant.

— Qu'avez-vous là de gain? dit Lucien. Quinze cents francs. Je les fais.

Il tira trois billets de cinq cents francs de son carnet, et les posa sur la table.

Ils jouèrent. Maugiron gagna la partie.

— Je tiens les trois mille francs, dit tranquillement Lucien.

La sueur coulait du front de Maugiron. Toute son habileté, il la mettait à tâcher de perdre. Mais la Fortune, terrible, l'accablait d'une chance infernale. Il avait beau écarter ses atouts, il lui en revenait d'autres.

Il gagna la seconde partie.

— Voilà six mille francs, dit Lucien impassible, posant six billets devant lui.

Maugiron avait un nuage devant les yeux. Les deux joueurs ne prononçaient que les paroles nécessaires au jeu. Les assistants, attentifs et haletants, gardaient le silence. Il y avait dans l'air on ne savait quelle anxiété. On sentait que ce qui se jouait là n'était pas une simple partie de cartes.

Son effroyable chance ne voulait pas lâcher Maugiron. Il avait cependant réussi, dans cette troisième partie, à tricher pour perdre; et Lucien avait trois points. Mais il en avait quatre.

C'était à Maugiron de faire.

Il donna les cartes, et retourna le roi.

Alors Lucien posa ses deux coudes sur la table, son menton dans ses deux mains, et, regardant fixement Maugiron éperdu:

— Monsieur de Maugiron, lui dit-il, sans élever la voix et du ton le plus simple, on disait que vous étiez un grec; je n'avais pas voulu le croire; je vois maintenant que vous en êtes un; mais je ne souffrirai pas que vous le soyez dans cette maison.

Et, sans se lever, il lui jeta ses cartes à la figure.

Maugiron sauta debout, en poussant un cri sourd.

Il passa ses mains sur son visage. Quand il les écarta, ses yeux sortaient de leur orbite; il était livide.

Il y eut un moment d'affreux silence.

Maugiron reprit, enfin, d'une voix étranglée:

— Monsieur..., vous m'avez fait là... une effroyable insulte.

— En effet!... dit avec un sourire moqueur Lucien toujours assis.

— Cette injure... elle veut du sang.

— Je suis tout prêt à vous en rendre raison, dit Lucien sur le même ton de conversation tranquille.

— Je me battrais au pistolet... continua Maugiron.

— Bien entendu!

— Je me battrais au pistolet, répéta Maugiron; et tout autre que vous ne serait pas vivant dans douze heures!

— En vérité! fit Lucien, tout autre que moi... Mais moi?...

— Vous, monsieur, vous me ferez des excuses.

— Oh! je ne crois pas!

— Je suis sûr que si!

— Permettez! je suis sûr que non!

— Et ma certitude est telle, poursuivit Maugiron dont la voix se raffermissait peu à peu, que je demande que ce qui vient de se passer ici ne sorte pas d'ici. Ces quatre messieurs, — dont un seul m'est personnellement connu, — voudront bien être nos témoins.

— J'accepte très volontiers pour témoins, dit Lucien, ces messieurs qui tous sont mes amis.

— Je n'ai pas besoin de leur recommander le secret, reprit Maugiron. Et je les prie de ne pas s'étonner, si, pour la raison que j'ai dite, me considérant comme l'hôte du seul M. de Sergy, je ne sors pas sur-le-champ du château. Je n'y passerai pas la nuit; mais, pour que rien ne s'ébruite, j'y passerai la soirée.

— Cela vous regarde, monsieur! dit dédaigneusement Lucien en se levant. Faites, ce soir, tout ce qu'il vous plaira. Je ne tiens, moi, qu'à une seule chose, c'est à me battre avec vous demain matin.

— Nous verrons si vous vous battrez!

— Vous verrez!

XXXVII

Où Maugiron retrouve à peine sa fidèle alliée Balda

Maxime d'Angenne, celui des assistants que connaissait Maugiron, dit un mot tout bas à son voisin, qui consentit à assister Maugiron avec lui. Les deux autres personnes présentes seraient, cela allait de soi, les témoins de Lucien.

Comme Maugiron, affectant un air d'insouciance, se dirigeait vers la porte:

— Vous n'avez pas d'instructions à nous laisser? lui demanda Maxime d'Angenne.

— Je me battrai au pistolet, voilà tout, dit en se retournant Maugiron. Pour ce qui est du reste!...

Il sortit, en faisant de la main un geste qui voulait évidemment signifier: Arrangez comme il vous plaira toutes les conditions d'un duel qui n'aura pas lieu, cela m'est fort égal!

Mais Lucien resta, et s'adressant d'un ton grave aux témoins:

— Moi, messieurs, dit-il, je prends beaucoup plus au sérieux que ne paraît le faire M. de Maugiron la rencontre convenue entre nous. Mon adversaire, comme c'était son droit, a eu le choix des armes, et vous laisse à régler les autres détails. Je crois pouvoir me permettre de vous dire à mon tour dans quelles conditions j'entendrais ce duel. Je demande que les adversaires soient placés à vingt-cinq pas de distance, avec faculté de s'avancer chacun de cinq pas; on tirerait à volonté. L'affaire pourrait avoir lieu demain matin à six heures. Le bal se prolongera peut-être jusqu'à quatre heures; le train spécial est commandé pour trois heures, mais l'express régulier ne passe à la station que vers quatre heures et demie. A six heures, tout le monde reposera, maîtres et gens. Il y a, tout près du château, là, derrière ces arbres, l'emplacement, aujourd'hui vide, des anciens communs, qui serait un endroit très bien disposé. Maintenant, vous ayant donné ces indications, je vous laisse.

— De quels pistolets se servirait-on? demanda Maxime.

— J'ai là-haut, dit Lucien, des pistolets anglais que j'ai achetés, l'an dernier, en Amérique, et je vous donne ma parole d'honneur que je ne m'en suis jamais servi. Mais je suppose que M. de Maugiron a les siens...

— Oh! il les aurait apportés ici!... se récria Maxime.

— Ma foi! reprit Lucien en souriant, je me figure qu'il ne les quitte pas plus que mon ami le docteur Robert ne quitte sa trousse. Mais cette question le regarde. Au revoir, messieurs.

Lucien quitta le petit salon, et rentra dans le grand.

L'altercation avait été aussi rapide qu'imprévue, et ni Lucien ni Maugiron n'avaient un seul instant élevé la voix, Maugiron même l'avait baissée; et un des témoins avait fermé la porte au commencement de la querelle. Personne, parmi les invités du château, ne se doutait donc de ce qui venait de se passer à deux pas d'eux.

Maugiron s'était hâté de chercher Balda. Elle était redescendue, mais elle causait dans un groupe.

Il attendit, non sans impatience, qu'elle fût seule.

Au bout de quelques minutes, elle se leva, et passa dans une autre pièce, où il la rejoignit.

— Vous avez l'air d'une âme en peine, lui dit-elle. Y a-t-il donc du nouveau?

— Oui, du nouveau, — et du terrible. M. Lucien de Sergy vient de me souffleter publiquement.

— Grand Dieu!.. Comment se fait-il?.. qu'est-il arrivé?

— Il a pris un prétexte: une partie d'écarté. Il m'a jeté les cartes à la figure. Nous devons nous battre au pistolet.

— Ah ! malheur ! s'écria Balda. Je vous avais tant recommandé de l'éviter !

— Est-ce qu'on évite un homme qui vous cherche, quand on est sous le même toit ? Il m'aurait trouvé ce soir, demain ; il m'aurait trouvé toujours. Mais, — pardon, madame, — la question n'est pas l'insulte ; c'est le duel qu'elle peut amener.

— Comment l'empêcher ? dit Balda, qui cachait son visage dans ses mains et semblait atterrée.

— Vous dites ?.. demanda Maugiron surpris.

— Je dis : Comment l'empêcher ? répéta-t-elle.

— Vous ne trouvez pas autre chose ! s'écria Maugiron stupéfait. Ah ! j'attendais de vous, de votre énergie, un autre mot, je l'avoue.

— Quel mot donc ?

— Je pensais tout d'abord que vous alliez dire : ce duel, *il faut* l'empêcher ! il faut l'empêcher à tout prix !

— Hé ! sans doute, il faut l'empêcher ! Mais le moyen. Le voyez-vous ?

Maugiron serra les poings, fronça les sourcils ; ses yeux s'injectèrent de sang ; il devint effrayant.

— Madame de Sergy ! dit-il entre ses dents, vous avez pu arrêter ma main quand j'étais l'insulteur ; mais cette fois je suis l'insulté ! Et vous ne me demanderez pas, je suppose, de présenter mes excuses pour le soufflet que j'ai reçu ! Ecoutez-moi et retenez bien ceci : si on laisse aller ce duel jusqu'au bout, demain, à pareille heure, M. de Sergy n'aura plus de fils !

— Monsieur de Maugiron, reprit Balda le regardant en face, je n'ai pas, je pense, besoin de vous dire, moi, que, si vous tuez ou si seulement vous blessez Lucien de Sergy ; vous n'épouserez jamais Lucie de Sergy ; et vous êtes ruiné, et même, je crois, déshonoré !

Maugiron poussa un cri de véritable désespoir.

— Ah ! je le sais bien ! tous *nos* projets sont renversés, détruits !...

Et, plus doucement, il reprit :

— C'est pourquoi, chère madame, il faut aviser, chercher, — chercher ensemble...

— Chercher ensemble, à la bonne heure ! dit Balda, vous voilà moins injuste et plus raisonnable.

— Voyons, reprit Maugiron, M. de Sergy ne peut-il intervenir ?

— Inutile !

— Mais Mlle Lucie ?.. En la prenant par la terreur ?.. Vous avez déjà songé à ce moyen, vous vous le rappelez ?

— Oui, dit Balda, qui semblait profondément réfléchir, oui, c'est la meilleure, et, probablement, la seule chance qui reste.

Maugiron était dans une mortelle inquiétude. Il sentait vaguement que Balda n'était plus la même. Est-ce que par hasard il n'aurait été que son instrument ? Est-ce qu'elle ne l'aurait amené à cette minute suprême que pour l'abandonner, le

laissant la débarrasser de Lucien ? Mais, quoi ! Lucien tué, sa mort ne profiterait pas à Balda, puisque sa sœur vivrait et serait son héritière !

Maugiron avait beau se donner ces raisons à lui-même, il était maintenant en défiance.

Il en témoigna d'autant plus de confiance à Balda, sauf à surveiller et à contrôler ses faits et ses dires.

— Je m'en rapporte entièrement à vous, lui dit-il ; je sais qu'en même temps qu'une tête charmante, vous êtes une forte tête. Je crois, comme vous, que Mlle Lucie peut seule arrêter cette furie insensée de son frère. Mais, voyons, comment allons-nous procéder ? Ne jugez-vous pas utile de la prévenir tout de suite ?

— Tout de suite, non ; ce serait imprudent.

— Ah !... Pourquoi ? demanda Maugiron.

— Pour une raison fort simple. Si Lucie est avertie avant le dernier moment, elle aura le temps de voir et de consulter Lucien. Il faut la prendre par surprise, l'étourdir et la terrifier en lui disant que son frère est perdu si elle ne le désarme pas en vous acceptant sur-le-champ comme mari. Pour empêcher Lucien de se sacrifier, elle se sacrifiera. Mais si vous leur donnez le temps de s'entendre, Lucien la rassurera, il lui persuadera qu'il n'y a pas de danger réel, et nous n'aurons plus d'action sur elle.

— C'est juste, dit Maugiron frappé de l'argument. Cependant, il ne faudrait pas trop tarder non plus. Quand lui parlerait-on ?

— M. de Sergy doit, comme vous savez, avoir une explication suprême avec Lucie aussitôt après le bal. A cette heure-là, on la tiendra seule, et, en dehors de toute influence, il y a chance de lui arracher par peur ou persuasion ce consentement difficile.

— Mais M. de Sergy lui-même, ne me conseillez-vous pas de le mettre au courant de ce qui se passe ?

— Faites là-dessus comme il vous plaira, repartit Balda ; mais, à votre place, je garderais encore le silence avec lui. Autrement, vous allez le placer dans une situation bien délicate et bien ardue. Pourrait-il présenter comme son gendre ce soir, l'homme qui doit se battre avec son fils demain matin ?

— Vous avez toujours raison ! dit Maugiron pensif.

— Laissez plutôt M. de Sergy s'engager d'abord, et ne lui apprenez la provocation de Lucien qu'après. Nous en aurons bien plus de force pour agir sur Lucie, et, par elle, sur son frère.

Le point de vue de Balda avait une apparence spécieuse que, Maugiron ne pouvait contester. Il n'était pourtant convaincu qu'à moitié, et il gardait certains doutes ; mais il n'en fut pas moins convenu entre Balda et lui, qu'on laisserait

M. de Sergy ignorer tout jusqu'après la présentation.

Balda continuait ainsi de tenir dans sa main tous les fils qu'elle avait si artistement préparés.

Elle se croyait maintenant sûre du succès.

<hr>

XXXVIII

Aggravation

Il pouvait être cinq heures quand Lucien, par la fenêtre ouverte du salon, vit Robert traverser la terrasse, se dirigeant vers le château.

Le temps s'était un peu éclairci. Lucien sortit et alla à la rencontre de son ami.

Il n'attendait pas si tôt son retour, et, dans cette crise grave de sa vie, il fut heureux de le revoir.

Robert, cependant, paraissait soucieux, et marchait la tête baissée comme un homme préoccupé.

Lucien l'arrêta au moment où il mettait le pied sur la première marche du perron.

— Restons dehors, lui dit-il, nous avons à causer seuls. Quelles nouvelles as-tu ?

— Mauvaises ! dit Robert, en secouant tristement la tête. Je t'avais fait espérer que je rapporterais contre Maugiron des armes et des preuves invincibles.

— Eh bien ?

— Eh bien, je n'ai pu réussir. Ces preuves, ces armes, existent ; mais la personne qui les a dans les mains n'a pas pu se résoudre à me les remettre. Elle a eu des scrupules, presque des remords. Maugiron ignore que cette personne a conservé par devers elle ces pièces accablantes pour lui, qu'il croit anéanties. — « Il serait trop cruel et trop affreux d'en faire usage, m'a-t-on dit, dès qu'il ne s'agit pas de parer à quelque extrémité urgente et terrible ; or, le mariage de Mlle Lucie est loin d'être fait, et il faut espérer qu'il y a des moyens de l'empêcher autres que cette dénonciation, qui, si elle n'avait le caractère d'un grand service et d'une bonne action, prendrait celui d'une trahison et d'une vengeance. » J'ai essayé de combattre ces raisons, au fond cependant je ne pouvais m'empêcher de trouver assez justes ; mais je n'ai pu y parvenir. Je reviens les mains vides. Il faut chercher d'autres moyens de confondre notre ennemi.

— Alors, dit Lucien en souriant, je vois que j'ai bien fait.

— Quoi donc ? qu'est-ce que tu as fait ? reprit Robert.

— Mme de Sergy m'avait irrité, exaspéré. J'ai souffleté son Maugiron.

— Lucien !... Oh ! tu n'as pas fait cela ! s'écria Robert avec épouvante.

— Je l'ai fait et ne m'en repens pas ; je le ferais encore !

— Mais, malheureux ! alors ?...

— Alors, nous nous battons demain matin.

— Au pistolet?

— Au pistolet.

Robert ouvrit la bouche comme pour un cri de désespoir; mais il s'arrêta, ne voulant pas effrayer Lucien.

— Je devine ce que tu allais dire, reprit Lucien. Je suis un homme mort, n'est-ce pas?

— Non certes ! mais...

— Dans tous les cas, que je survive ou non, Lucie sera libre.

———

XXXIX

Le bal

Le soir, la brillante fête, derrière laquelle se préparait le drame terrible, fit aux acteurs de ce drame l'effet d'un rêve.

Chose singulière, la soirée leur parut d'une longueur effrayante ; les heures se traînaient et n'en finissaient pas.

Le ministre avait fait dire qu'il n'arriverait qu'assez tard et qu'on se mît à table sans l'attendre. Mais on l'attendit, et le dîner ne commença qu'à huit heures et demie.

Il était dix heures et demie quand on passa au salon.

Ce fut seulement à ce moment-là que M. de Sergy annonça, comme il l'avait promis, le mariage de sa fille.

Il fit un signe à Maugiron, qui vint aussitôt à lui, et, le conduisant au ministre :

— Votre Excellence, dit-il, me permettra-t-elle de lui présenter M. le marquis de Maugiron qui, sous peu, sera mon gendre.

Le ministre serra la main de Maugiron, en le félicitant, comme il convenait, et la chose fut faite.

La foule s'était écartée par discrétion du groupe où se trouvait le ministre, et très peu d'intimes, une quinzaine au plus, assistaient à la présentation. Mme de Sergy était là, mais Lucie se tenait dans un autre salon.

La nouvelle ne se répandit pas moins sur le champ dans toute la fête, portée par ceux qui avaient entendu M. de Sergy.

Lucie tressaillit quand elle entendit chuchoter le fatal on-dit non loin d'elle. Mais ce ne fut que l'affaire d'un instant; la vaillante fille se remit aussitôt.

A onze heures, on commença à danser. Lucie ne fut pas de toutes les danses, mais elle en dansa quelques-unes. Elle et Angelina, toutes deux vêtues de blanc, étaient comme deux apparitions diaphanes, qui firent à tous ceux qui les virent ce soir-là une impression étrange.

A un moment, elles se rencontrèrent et se regardèrent réciproquement.

— Tu es pâle, ma chérie! dit Lucie à Angelina.

— Tu pourrais, je crois, dire : Nous sommes pâles ! reprit Angelina, en secouant la tête avec mélancolie.

Un des témoins de Lucien vint lui apprendre que son père avait présenté Maugiron comme son futur gendre.

— M. de Sergy, dit tout bas Robert à Lucien, ignore évidemment ta provocation et le duel de demain matin ?

— Evidemment, répondit Lucien. On espère peut-être par là me retenir et me paralyser. On ne fait que m'exciter et m'exaspérer encore.

— Tient-on tant que cela à ne pas t'exaspérer? reprit Robert.

— M. de Maugiron ? Oh ! sans doute, il y tient.

— Je ne parlais pas de M. de Maugiron, dit Robert, qui suivait de loin, autant qu'il lui était possible, tous les mouvements de Balda.

Il vit Maugiron lui dire quelques mots à l'oreille ; elle alla ensuite parler à M. de Sergy.

Elle lui annonçait, à ce moment seulement, le duel, qui menaçait entre son fils et celui qu'il venait de nommer son gendre.

M. de Sergy parut avoir un vif mouvement de colère. Mais Balda s'empressa d'ajouter quelques mots qui semblèrent le calmer en le rassurant.

Si bien que Maugiron, qui, lui aussi, les observait, conçut quelque défiance, et, quand Balda se fut éloignée, s'approcha à son tour de M. de Sergy.

— Mme de Sergy, lui dit-il tout bas, vient de vous apprendre, n'est-ce pas, l'agression inouïe de M. Lucien de Sergy, et l'affreuse alternative où je me trouve placé.

— Oui, reprit M. de Sergy, mais soyez tranquille, nous y mettrons bon ordre.

— Vous savez, ajouta Maugiron, que ce serait demain matin...

— Dès cette nuit, interrompit M. de Sergy, j'aurai avec Mlle de Sergy une explication, devenue plus urgente et plus nécessaire que jamais. Mme de Sergy et moi, nous agirons, et avec toute l'énergie que réclame la circonstance. Ne craignez rien ! ce que l'insolente rébellion de monsieur mon fils a dirigé contre vous, tournera en votre faveur.

En ce moment, ils furent interrompus; Maugiron remercia M. de Sergy et s'éloigna satisfait.

Il n'avait pourtant pas eu le temps de lui préciser l'heure à laquelle devait avoir lieu le duel; mais il pensait que Mme de Sergy n'avait pas omis ce détail important.

Nous devons dire tout de suite qu'en cela il se trompait.

Il y eut souper à une heure et demie.

Puis le ministre, et ceux des invités qui profitaient avec lui du train spécial pour retourner à Paris, partirent un peu après trois heures. La foule dès lors fut très diminuée, et le bal fut plus languissant.

Maugiron, ainsi qu'il l'avait annoncé, avait bien pu passer la soirée au château, mais il eût été contre toutes les convenances qu'il y restât à coucher, et qu'il sortît de sa chambre pour aller se battre avec le fils de la maison.

Il y avait dans le village un hôtel d'une certaine importance, Maugiron y avait fait retenir une chambre et transporter ses effets par son domestique.

Il prévint Balda de ces dispositions.

— Je quitterai le château, à quatre heures, avec les invités, lui dit-il. C'est donc à l'hôtel que vous aurez à envoyer pour me tenir au courant de tout ce que vous aurez fait. Songez que le combat doit avoir lieu à six heures. Bien que le rendez-vous soit à deux pas, sur la pelouse des anciennes écuries, je serai obligé de partir de l'hôtel à cinq heures et demie. Il faut donc que, de toute nécessité, votre message m'arrive avant cette heure là.

— Très bien ! dit Balda.

— Permettez-moi d'insister sur ce point essentiel de l'heure, dit encore Maugiron. Remarquez bien qu'ici le moindre retard serait funeste. J'attendrai jusqu'à cinq heures et demie; mais je ne pourrai attendre une minute de plus. Ne vous dites pas qu'il serait temps encore d'arrêter l'affaire sur le terrain même; ce serait beaucoup plus difficile, pour ne pas dire impossible.

— J'ai compris, dit Balda.

— Je me suis pourtant dit, continua Maugiron, qu'il serait bon peut-être que, pour plus de sûreté, M. de Sergy accompagnât son fils sur le lieu du rendez-vous, soit que M. Lucien fît lui-même les excuses, soit que, pour faciliter la chose, M. de Sergy eût la bonté de les présenter pour lui, en sa présence; ce que j'accepterais, je n'ai pas besoin de vous le dire. Mais, même en ce cas, je devrais, avant cinq heures et demie, être averti par vous à l'hôtel. Avant cinq heures et demie, vous entendez bien.

— Oui, oui, certainement, répliqua Balda.

— Ah ! c'est que je tiens, poursuivit obstinément Maugiron, à bien vous mettre dans l'esprit que, quittant l'hôtel sans nouvelles de vous, arrivant sur le terrain sans y trouver M. de Sergy, ne recevant pas d'excuses,—alors... alors je ne ménage plus rien; je ne me contente pas de blesser Lucien, je le tue. Je me venge.

— Entendu ! dit Balda.

———

XL

Le père et la fille

Les salons étaient à peu près vides; les invités de Paris étaient partis tous, les hôtes du château étaient pour la plupart remontés chez eux; Lucien et Robert avaient disparu; Maugiron s'était retiré aussitôt après avoir parlé à Balda.

M. de Sergy s'approcha de Lucie, qui semblait s'apprêter à quitter le salon.

— Lucie, lui dit-il, je vous prie de vouloir bien m'attendre dans le petit salon du premier; je vous rejoins dans peu d'instants. J'ai à vous parler d'une chose qui ne peut souffrir aucun retard.

Lucie tressaillit, mais elle répondit avec fermeté :

— Je suis à vos ordres, mon père.

Quelques minutes après, le père et la fille étaient en présence : le père affectant la gravité jusqu'à la raideur, la fille, pâle, mais calme et résolue.

Les bougies de deux candélabres continuaient à brûler sur la cheminée; cependant la lueur pâle de l'aube commençait à blanchir dans le ciel, et ces deux clartés en se mêlant formaient une sorte de lumière pâle et incertaine qui prêtait on ne sait quoi d'étrange à la réalité.

M. de Sergy invita du geste Lucie à s'asseoir sur le canapé. Il rapprocha pour lui-même un fauteuil; mais, avant de s'asseoir, il lui dit, appuyant la main sur le dossier :

— Ma fille, vous savez que j'ai présenté tout à l'heure au ministre et à nos amis M. le marquis de Maugiron comme mon futur gendre.

— On me l'a dit, mon père, repartit Lucie, et j'en ai été profondément affligée.

— Pour quelles raisons, je vous prie?

— D'abord, parce que vous avez annoncé publiquement une détermination si grave pour moi sans penser même à m'en prévenir.

— Le père n'a pas besoin de prévenir ses enfants des déterminations qu'il prend dans leur intérêt, et dont il ne répond qu'à sa propre conscience. Si vous n'avez que cette raison?...

— J'en ai une autre plus sérieuse encore : c'est que je me verrai obligée, à ma grande douleur, de vous faire manquer à votre parole.

— Je n'ai jamais manqué à ma parole! s'écria M. de Sergy.

— Pour ce qui dépend de vous, j'en suis sûre; mais là où vous avez engagé, malgré elle, une volonté qui n'est pas la vôtre...

— Quand cette volonté est celle de ma fille, interrompit M. de Sergy, je la considère comme étant mienne et j'avais le droit de l'engager. Me contesteriez-vous ce droit?

— Je vous ai déjà respectueusement averti, mon père, que je ne serai jamais la femme de M. de Maugiron, que je méprise et que j'abhorre. Je persiste, et je persisterai jusqu'au bout, dans mon invincible refus.

— Malheureuse! s'écria M. de Sergy, dont la figure s'empourpra de colère, je n'ai qu'un mot à dire pour l'humilier et la réduire à néant, cette résistance impie.

— Quel est donc ce mot, mon père?

— C'est que je sais, fille rebelle, où cette résistance a sa source. Si vous ne tenez pas l'engagement que j'ai pris pour vous, c'est peut-être, dites-moi, que vous en aurez pris un vous-même?

— Peut-être, répondit fièrement Lucie.

— Vraiment? et oseriez-vous me dire avec qui?

Lucie se leva, et, les yeux baissés, d'un ton respectueux et grave :

— C'est avec M. le docteur Robert, dit-elle.

M. de Sergy poussa un cri de fureur.

— Ah! elle l'avoue! fit-il; c'est le comble de l'audace! Voilà où en viennent les filles de noblesse à présent! Voilà comme elles respectent leur honneur!

— Mon honneur est pur et intact! et doit être respecté de tous, même de mon père!

— Et votre père doit-il respecter aussi l'abominable engagement dont vous osez faire parade?

— Mon père a le droit de dire : non à cet engagement, comme j'ai le droit — dont j'use — de dire : non, au sien.

M. de Sergy était hors de lui. Accoutumé à faire plier tout, hommes et choses, devant son despotisme, il voyait, avec une rage qui touchait au délire, une jeune fille — sa fille! — lui tenir tête avec cette énergie.

Lucie, agitée d'un tremblement intérieur, se tenait debout par un héroïque effort de volonté. Lui, il était violent; elle était forte.

— C'est effroyable! s'écria-t-il. Vous invoquez la loi humaine, la loi sacrilége, contre la loi divine, contre l'autorité paternelle! Ah! vous êtes bien digne de cet odieux révolutionnaire dont vous êtes affolée!... Mais, écoutez bien. Avant de pouvoir vous passer de mon consentement, vous avez sept ans à attendre, sept ans!... vous entendez! Et vous pensez bien, n'est-ce pas, que je ne vous en épargnerai pas un jour pas une heure...

— Pour n'avoir pas à souffrir toute ma vie, dit Lucie éperdue, j'aime mieux attendre sept ans, et plus encore; j'aimerais mieux, je vous l'ai déjà dit, mourir tout de suite!

— Prenez garde! cria M. de Sergy, étendant le poing, vous ne savez pas ce que deviennent les filles rebelles!

— Je sais, répliqua Lucie avec égarement, ce que deviennent les femmes malheureuses : elles meurent!

Sur ce cri terrible, arraché à Lucie sans qu'elle en eût presque conscience, M. de Sergy eut devant les yeux un nuage de sang à travers lequel il revit sa femme morte; et, comme aveuglé de furie, il s'élança sur sa fille, les yeux pleins d'éclairs, le bras levé, comme s'il allait l'écraser.

Lucie tomba sur un genou, effarée et palpitante, les bras pendants, la tête en arrière.

Soudain la porte s'ouvrit. Balda, d'un bond, fut entre le père et la fille. Des deux mains, elle retint le bras de M. de Sergy.

— Monsieur le comte!... cria-t-elle.

M. de Sergy s'arrêta.

XLI

Le grand jeu de Balda

Lucie demeura un instant anéantie, comme si elle eût reçu le coup dont l'avait menacée son père.

Balda, avec une feinte sollicitude, l'aida à se relever et à s'asseoir.

Elle voyait Lucie déjà atteinte et affaiblie par tant d'émotions, elle jugea le moment venu de lui porter le dernier coup; c'est ainsi qu'elle avait procédé avec Mme de Sergy.

— Remettez-vous, dit-elle à Lucie; reprenez vos forces, vous en avez besoin. M. de Sergy ne vous a pas dit, il n'a pas eu encore le temps de vous dire à quel danger terrible, en refusant ce mariage, vous exposerez votre frère.

— Mon frère!.. s'écria Lucie, Lucien en danger! Je ne comprends pas.

— Pour rendre ce mariage impossible, il a gravement insulté M. de Maugiron. Ils doivent se battre.

— Se battre! Dieu du ciel! et quand cela?

— Ce matin; tout à l'heure, reprit Balda. Ils se battent au pistolet, ajouta-t-elle, implacable; et M. de Maugiron est sûr de son coup au pistolet; il a déjà tué deux hommes.

Lucie jeta un cri d'épouvante.

— Ah!.. Et ce serait pour moi! Je ne veux pas! je ne veux pas qu'il se batte pour moi! qu'il soit tué pour moi! Qu'est-ce qu'il faut faire pour empêcher ce duel?

— Ce qu'il faut faire, Lucie? votre devoir! dit M. de Sergy, qui pendant ce temps s'était remis et calmé lui-même. Il faut déclarer à votre frère que vous consentez à être la femme de M. de Maugiron.

— La femme de... Jamais! s'écria Lucie.

— C'est bien! alors, vous laissez mourir votre frère.

— Non! non!... c'est à moi de mourir! s'écria Lucie brisée.

Balda jugea utile de souligner ce cri de désespoir.

— Mourir! que parlez-vous de mourir? personne ne mourra, Dieu merci!

— Vous consentez? demanda le comte.

— Je ne veux pas que Lucien meure! s'écria Lucie, cachant sa tête dans le coussin du canapé.

Tout à coup, elle se releva.

— Je désire voir Lucien! dit-elle.

— C'est inutile! reprit vivement Balda, ce serait même périlleux! Votre frère verrait que vous lui faites un sacrifice, et il ne l'accepterait pas! Il suffira qu'on lui affirme que vous consentez.

— Je veux le voir ! insista Lucie ; je suis sûre qu'au contraire il n'en voudra croire que moi. Je veux lui parler moi-même.

Elle se leva et fit quelques pas toute chancelante.

— Il doit être dans sa chambre. J'y vais.

— Non ! dit Balda ; il vaut mieux le faire appeler.

M. de Sergy tira le cordon de la sonnette. Un domestique entra, Balda prit la parole.

— Allez dire à M. Lucien que son père désire lui parler sur-le-champ.

— Son père, et sa sœur, ajouta Lucie.

— M. Lucien n'est pas dans sa chambre, répondit le domestique. Il y est rentré pour changer d'habits, mais je viens de le voir sortir.

— J'y vais moi-même, dit Lucie.

Et, se dégageant de Balda qui voulait la retenir, elle sortit du salon, traversa le couloir, alla à la chambre de Lucien qui touchait à la sienne.

La porte était ouverte, la chambre était vide.

— Vous voyez bien ! dit Balda qui avait suivi Lucie.

Lucie, sans lui répondre, rentra dans le salon, et s'adressant au domestique, en mots entrecoupés :

— Allez... allez... à la chambre du docteur Robert... Il doit y être.

— Non, mademoiselle, M. le docteur Robert était avec M. le vicomte, quand je les ai vus sortir du château, il y a dix minutes.

Lucie, pâle, les yeux égarés, fut prise d'un tremblement nerveux : — Mon frère ! balbutia-t-elle.

— Allez ! dit vivement Balda au domestique, qui sortit.

Lucie répéta d'une voix étranglée :

— Mon frère !... Il est tué ! tué pour moi ! tué par moi !

Puis elle s'affaissa sur les genoux, la tête basse, les mains touchant à terre.

— Elle perd connaissance ! s'écria Balda.

— Appelons du secours, dit M. de Sergy, étendant le bras vers la sonnette.

— Non ! non ! reprit vivement Balda : pas de scandale ! pas de bruit. N'appelons personne. Aidez-moi seulement à la porter dans sa chambre.

M. de Sergy prit sa fille sous les aisselles, Balda tint les pieds, et ils portèrent Lucie évanouie dans sa chambre qui était contiguë au salon.

Ils la posèrent tout de suite sur son lit.

Balda avait eu le temps de rentrer dans sa chambre et de changer de robe ; mais Lucie avait toujours sa toilette de bal ; et rien n'était navrant comme le contraste de cette figure de mourante dans ces habits de fête.

— Laissez-nous maintenant, dit Balda au comte ; elle se ranimera plus vite quand je l'aurai déshabillée.

— Ne voulez-vous pas, Balda, que je vous envoie sa femme de chambre ?

— Encore une fois, n'en faites rien ! dit Balda ; évitons les commentaires des domestiques. Je n'ai pas besoin d'aide.

— Balda, un dernier mot, reprit M. de Sergy. Mon fils est sorti avec le docteur Robert ; ce n'est pas déjà pour ce duel, dites ?

— Non, soyez tranquille, reprit Balda. Quelle heure est-il ?

— Cinq heures un quart.

— Le duel est pour plus tard.

— Vous êtes sûre ?

— Oui, pour plus tard, — je vous en réponds. — Mais elle ne rouvre toujours pas les yeux. Laissez-nous, je vous en prie.

M. de Sergy jeta un regard sur sa fille, toujours sans connaissance, secoua la tête, et quitta la chambre.

Il faisait maintenant grand jour.

Balda, active, commença à délacer Lucie.

Tout à coup elle sentit instinctivement la présence de quelqu'un ; elle leva les yeux et demeura saisie.

C'était Angelina qui venait d'entrer sans bruit.

Elle était en peignoir du matin, plus blanche que sa robe blanche, l'air triste mais calme.

— Veux-tu que je t'aide, mère ? dit-elle doucement.

Balda n'avait pas prévu la présence de sa fille. Elle fut un instant interdite, rassemblant ses idées.

— Te voilà ?... dit-elle à Angelina sans trop savoir ce qu'elle disait. Je croyais que tu étais dans ta chambre, dormant. Je t'avais dit de rentrer chez toi.

— C'est vrai, reprit Angelina, mais j'avais entendu M. de Sergy dire à Lucie d'aller l'attendre dans le salon du premier. J'étais inquiète pour elle ; inquiète aussi pour toi. Je n'ai pas pu m'endormir ; le bruit des voix me tenait éveillée, et même effrayée. Je me suis levée, et je suis venue.

Elle regarda Lucie avec attendrissement.

— Ma pauvre Lucie !... Vite, achevons de la déshabiller.

Balda prit son parti.

— Allons ! c'est cela ; aide-moi, dit-elle. Quand Lucie fut débarrassée de ses vêtements, elle respira plus librement, et parut revenir un peu à elle.

Balda lui frotta les tempes, tandis qu'Angelina lui faisait respirer des sels.

Elle rouvrit les yeux, vit Angelina et lui sourit, puis balbutia :

— Lucien !

— Rassurez-vous, ma chère Lucie, il n'y a pas pour lui de danger immédiat, lui dit Balda.

Elle jeta les yeux sur la pendule, qui marquait cinq heures et demie, et pensa qu'en ce moment même sans doute Maugiron quittait l'hôtel, impatienté d'attendre.

— Le duel est pour plus tard, ajouta-t-elle.

Lucie répéta d'une voix indistincte :

— Pour plus tard !...

Puis elle retomba dans sa torpeur. Sa force était évidemment brisée.

Balda, alors, d'un ton bref, dit à Angelina, en lui mettant dans les mains un linge et un flacon :

— Tiens, continue à lui frotter les tempes.

Puis, elle alla à un guéridon placé vis-à-vis du lit.

Il y avait sur ce guéridon le plateau d'un verre d'eau en cristal.

Balda jeta un rapide coup d'œil derrière elle ; Angelina, penchée sur Lucie, lui tournait le dos.

Seulement, Balda ne remarqua pas que, dans un miroir placé dans l'angle du lit, Angelina pouvait, sans se retourner, suivre tous ses mouvements.

Angelina les suivit, en effet.

Elle vit sa mère verser, d'une main qui tremblait un peu, de l'eau dans le verre.

Puis Balda ôta le couvercle du sucrier ; mais elle ne toucha pas au sucre.

D'un geste rapide, elle fouilla dans la poche de sa robe de chambre, en retira deux morceaux de sucre, et les mit dans le verre d'eau.

Elle prit ensuite sur le plateau un flacon d'eau de fleur d'oranger, et en jeta quelques gouttes dans le verre.

Elle revint alors vers le lit de Lucie, tenant le verre d'eau de la main gauche, et, de la droite, tournant la cuiller pour remuer et faire fondre le sucre.

Angelina n'avait pas cessé de frotter le front et les tempes de Lucie.

— Elle va un peu mieux, je crois, dit Balda.

— Tu crois ? dit Angelina.

— Elle va peut-être dormir. Tu pourrais maintenant te retirer, Angelina.

— Je m'en irai quand tu t'en iras, dit Angelina.

Balda, tenant toujours le verre, écarta doucement sa fille de la main, pour s'approcher du chevet du lit.

Elle passa sa main gauche sous l'oreiller, afin de soulever la tête de Lucie. Pour ce mouvement, le verre d'eau l'embarrassait dans sa main droite.

— Laisse que je tienne le verre, lui dit tranquillement Angelina.

— Non ! reprit brusquement Balda.

— Veux-tu que je la fasse boire ? dit Angelina du même ton.

Balda se retourna vivement vers sa fille, interrogeant d'un coup d'œil inquiet son visage.

Angelina arrêtait sur elle un regard fixe, mais absolument calme.

Il y eut entre la mère et la fille une seconde de silence.

Et, du même accent bref et amer, Balda lui répondit :

— Non !

Puis, raffermissant sa main, elle approcha le verre de la bouche de Lucie :

— Buvez, Lucie, dit-elle.

Lucie entr'ouvrit les yeux, et, trouvant cette eau fraîche sous ses lèvres altérées, elle but avidement.

Balda replaça sa tête sur l'oreiller. Angelina avança la main pour reprendre le verre à sa mère; mais Balda retira la sienne, et mit le verre, au fond duquel il restait un peu d'eau et de sucre, sur la table de nuit.

— Elle va mieux! dit-elle pour la seconde fois. Je crois maintenant qu'il faut la laisser se reposer.

— Laissons-la, dit Angelina.

Elle ajouta seulement:

— Attends! je vais l'embrasser.

Et, se penchant sur Lucie :

— Lucie! appela-t-elle, Lucie!... C'est moi, m'entends-tu?

Lucie souleva avec peine ses paupières, et murmura :

— Ah!... c'est toi?...

— Oui, moi. Tu me reconnais, n'est-ce pas?

— Angelina!...

— C'est cela !—Eh bien, je t'en prie, Lucie, dis-moi : Adieu, ma petite Angelina!

— Adieu... ma petite... Angelina, répéta machinalement Lucie.

— Tu la fatigues! dit Balda.

Angelina mit un baiser longuement appuyé sur le front de Lucie.

— C'est fini! dit-elle à sa mère; viens t'en, si tu veux, maintenant.

Balda, sans répondre à Angelina, alla fermer les rideaux de la fenêtre, et, prenant la main de sa fille, quitta la chambre de Lucie avec elle.

Quand elles furent dehors, elle retira la clef de la serrure et la mit dans sa poche.

— Il ne faut pas qu'on la dérange, dit-elle à Angelina.

Elles étaient dans le petit salon où s'était passée la scène entre M. de Sergy et sa fille.

La pendule marquait six heures moins un quart.

Balda se tourna vers sa fille avec une certaine angoisse.

Angelina, qui était si questionneuse, et qu'elle avait toujours trouvée si passionnée pour son amie, allait certainement lui demander des explications sur tout ce qui s'était passé. Elle devait avoir entendu et peut-être avoir écouté l'altercation entre le père et la fille, avoir saisi au moins quelques mots sur le duel de Lucien; elle allait donc s'informer, interroger sa mère; et Balda se demandait quelles réponses elle allait lui faire, et surtout comment elle pourrait abréger ces réponses; car les minutes devenaient suprêmes.

Mais Angelina ne fit à sa mère aucune question. Elle était sérieuse et elle semblait accablée, mais nullement anxieuse.

— Tu as l'air bien fatiguée, mon enfant, dit Balda.

— Oh! oui! répliqua Angelina, extrêmement fatiguée!

— Eh bien, tu vas rentrer chez toi maintenant, te coucher, essayer de dormir.

— Je vais essayer, dit Angelina. Et toi?

— Oh! moi, j'ai encore à faire, je dois aller retrouver M. de Sergy, donner des ordres. Je te rejoindrai tout à l'heure. Va, va, ma fille.

— Tu ne m'embrasses pas? dit Angelina; pourquoi ne m'embrasses-tu pas?

— Mais si fait! reprit Balda avec trouble. Seulement, puisque j'allais te rejoindre...

Angelina avança son front, d'un mouvement ingénu, comme lorsqu'elle était petite fille.

Balda mit un baiser sur ce doux front, et, sentant sa fille si près d'elle, elle la prit, l'attira, et la serra d'une étreinte ardente sur sa poitrine.

— Chère ! chère Angelina! fit-elle. Je t'aime !... Ma fille ! souviens-toi toujours, entends-tu, que je t'aime !

— Oh! oui, par exemple, tu m'aimes! dit Angelina, d'un accent singulier et profond.

Elle se dégagea doucement, et fit à sa mère, en souriant, un petit signe de la tête.

— Adieu, lui dit-elle.

— A tout à l'heure, dit Balda.

Angelina sortit du salon. Balda, tendant l'oreille, l'entendit refermer la porte de sa chambre.

Elle regarda à la pendule. Il était six heures moins dix minutes.

Balda, à pas rapides et souples, entra dans sa chambre, prit sur une table sa montre, dont elle passa, tout en marchant, la chaîne autour de son cou, descendit presque en courant l'escalier, et, traversant deux ou trois pièces du rez-de-chaussée, entra dans le petit salon qui, la veille, avait vu la partie d'écarté et la provocation de Lucien.

On se rappelle que de là Lucien avait indiqué à ses témoins le bouquet d'arbres qui cachait le terrain où le duel devait avoir lieu. C'était la pièce du château la plus rapprochée et celle d'où Balda pouvait entendre quelque chose.

La haute fenêtre avait été fermée, de peur de la pluie. Balda l'ouvrit à deux battants.

L'air frais du matin entra dans le salon, avec le chant des oiseaux. Le ciel était gris, mais l'air était doux, et il ne pleuvait pas.

Tout dormait au château; au dedans et à l'entour, pas un bruit.

Balda, pâle, les mains crispées, une flamme dans ses grands yeux bruns, se plaça tout contre la fenêtre, à demi-perdue dans les plis tombants du rideau vert, prit dans la main droite sa montre, et, la tête penchée en avant, écouta.

Il était cinq minutes avant six heures. Balda regardait l'aiguille s'avancer lentement sur les minutes.

Quand l'aiguille s'arrêta sur l'heure, Balda ne put y tenir, elle se dégagea, sans prendre garde, du rideau, et, saisissant le balcon de la main gauche, avança la tête pour mieux écouter.

Une, deux, trois, quatre minutes... A six heures cinq minutes, le bruit lointain, mais distinct, d'une détonation d'arme à feu se fit entendre derrière les arbres.

Balda, laissant sa montre, se pencha des deux mains hors de la fenêtre.

Une minute s'écoula.

— Rien! un seul coup ! murmura Balda; Maugiron seul a tiré. Lucien est mort.

Elle tremblait de tous ses membres. Elle marcha à reculons et vint tomber sur un fauteuil, la tête sur la poitrine, les tempes inondées d'une sueur froide.

Elle se disait :

— *Il* est mort. Et *elle*, là-haut, se meurt. — Tout a réussi. J'ai gagné la double partie. — C'est superbe! C'est terrible... Bah ! Angelina sera riche, heureuse. Je la fais adopter par le comte. Elle épouse Robert. — Elle seule peut me soupçonner. Mais moi, qu'est-ce que ça fait? J'ai fini, je suis prête. Pour un rien, je la délivre de moi. Je suivrai Lucie — par le même chemin.

Ces pensées, confusément, fiévreusement, s'agitaient dans sa tête.

Tout à coup la porte s'ouvrit.

Robert entra, grave et sévère.

XLII

Le passé qui revient

Quand Balda vit Robert, la première idée qui lui vint subitement à l'esprit fut :

— Lucien a été tué sur le coup ! autrement le docteur serait auprès de lui.

Puis elle se demanda, non sans effroi :

— Qu'est-ce qu'il vient faire auprès de moi ?

Et, se maîtrisant aussitôt, elle fit tout haut, avec son audace habituelle, la question qu'elle se posait tout bas :

— Monsieur le docteur Robert !.. debout déjà !.. s'écria-t-elle, qu'est-il donc arrivé?

— Ce qui est arrivé? répéta Robert; l'ignorez-vous donc, madame?

— Sans doute, puisque je le demande.

— Il est arrivé... un duel.

— Entre qui?

— Entre Lucien et M. de Maugiron. Inutile de feindre l'étonnement avec moi, madame. Vous savez que ce duel a eu lieu, puisque c'est vous qui avez voulu qu'il eût lieu.

— Moi ! reprit Balda.

— Oui, vous, répéta Robert, et c'est sur vous, sur vous seule, que doivent en retomber les conséquences.

— Voilà une étrange accusation, monsieur ! reprit Balda en pâlissant, une accusation qui, de votre part, me surprend et me navre. Dans ce duel, quel a été le provocateur? Assurément, ce n'est pas M. de Maugiron!

— C'est Lucien.

— Eh bien, quelle influence ai-je pu